應用文寫作

（第二版）

方琦、肖錫彤　編著

U0539559

財經錢線

第二版前言

應用文寫作是高等院校普遍開設的一門應用性課程，它是為提高當代大學生的應用寫作能力而設置的。該課程主要講授在人們日常工作和生活中經常使用的各種應用文體的相關知識，同時輔以一定的寫作訓練。課程的主要目的是幫助學生熟悉各種應用文體，提高他們的應用寫作能力。該課程是當代大學生的基礎性和應用性課程之一，修讀該課程，能夠幫助當代大學生更快適應和有效完成各種應用文稿的起草工作。

編寫一本適用於各高等財經院校、成人（網絡）教育本科和專科應用文寫作課程教學需要的《應用文寫作》教材，是我們編寫此書的宗旨。為了適應成人（網絡）教學的特點，本教材在編寫體例上特別做了如下安排：第一，專門編寫了「寫作基礎知識」和「文體知識」兩章內容，以適應部分基礎薄弱的學生的需求；第二，精心安排了各種應用文體的教學內容，包括行政公文、財經文書、通用文書、新聞報導、司法文書、學術論文等內容，這些內容基本囊括了在現代工作和生活中使用頻率較高的主要應用文體，對提高學生的應用寫作能力有直接的幫助；第三，對每一種應用文體，均編排了示例範文，供學生學習參考；第四，在每一章末尾，均提出了復習要求，以幫助學生鞏固所學知識。在教學中，本教材適宜採取重點講授和學生自學兩種教學方法，同時強化寫作訓練。

本教材由方琦和肖錫彤編著。方琦老師編寫了第二章、第三章、第六章、第七章、第八章，肖錫彤老師編寫了第一章、第四章、第五章。由於學識有限，本教材在編寫過程中不可避免會出現一些疏漏和錯誤，歡迎廣大讀者批評指正。

本教材出版得到了西南財經大學成人教育學院和出版社的大力支持，本書責任編輯也為本教材付出了辛勤勞動，在此表示衷心感謝！

方琦

目 錄

第一章　寫作基礎知識

寫作是一個運用材料表達思想的完整的工作過程，它大致要經過這樣四個階段：準備階段——醞釀思想，在此基礎上研究分析材料，產生初步的認識；構思階段——提煉觀點，選擇材料以至謀篇佈局；寫作成篇——通過語言文字將思想表現出來；修改階段——修改語言文字，增刪材料內容，調整篇章結構，定稿。

在這一章裡，我們將探討寫作過程的規律，學習前人在長期寫作實踐中總結出來的經驗。為了方便學習，我們將分別討論寫作過程的幾個重要環節，即材料的搜集和選擇、觀點的提煉、結構的安排和語言的運用。

第一節　材料

一、材料的概念和作用

要想寫文章，先得有材料。

所謂材料，就是作者為著某一寫作目的，從生活、工作中搜集累積以及寫入文章中的事實和論據。材料是構成文章內容的主要成分，也是提煉觀點的客觀依據。常言道：「巧婦難為無米之炊。」沒有充分、真實的材料，觀點就得不到充分的表現。寫出來的文章，就只能是言之無物、空話連篇、缺「血」少「肉」，恰似皮包骨頭的「病人」一樣，沒人愛看。

二、材料的搜集

準備材料，要做到一個「多」字。所謂「韓信點兵，多多益善」。搜集材料的方法主要有兩個：

一是平時累積。我們在實際工作中，接觸的都是鮮活的人和事。只要我們做個「有心人」，就不難發現值得寫的課題和供寫作的材料；只要平時注意把材料搜集起來，寫作時就有豐富的材料供我們使用了。

二是專門調查。有些情況是我們平時不可能接觸到的，這就需要有目的、有計劃、有組織地專門調查，搜集材料。

具體地講，需要掌握四方面的材料。

（一）直接材料與間接材料

親身經歷獲得的直接材料最具體、最生動，也最有說服力。但是，世界上的事物豐富多彩，複雜紛紜，而個人能經歷的有限。為了能比較深刻地認識事物，完整地反映事物，就必須搜集間接材料，包括聽取有關單位介紹，查閱文書資料，查看會計、統計資料等。

（二）現實材料與歷史材料

現實材料能體現新情況、新經驗和新問題，我們要重視它。同時，任何事物都有它的過去和現在，瞭解了事物發展變化的全過程，就可以從中發現規律，從比較中發現問題。

（三）內部的材料與外部的材料

本單位、本地區的材料需要把握，外單位、外地區的材料也需要把握。這樣才能更全面地認識客觀事物，有利於以宏觀視角表現事物。

（四）正面材料與反面材料

事物都是辯證統一體。要想全面、正確地認識事物，必須注意正反兩面的材料。

三、材料的選擇

搜集材料，應當「以十當一」，以多為佳；選擇材料，應當「以一當十」，以嚴為上。

選擇材料應遵循三點原則。

（一）要圍繞觀點選擇材料

這是材料選擇的首要依據。材料的取捨必須以表現觀點為依據，而不能獨立地著眼於材料本身。和觀點有關並能有力地說明、烘托、突出觀點的材料，把它留下；和觀點無關，不能說明、烘托、突出觀點的材料不管它多麼新穎、生動都要堅決地「扣」下來，不讓過「關」。這樣，文章才能不枝不蔓，觀點集中。

我們一些初學寫作的同學，最常犯的毛病之一恰恰在於疏於選材，不忍「割愛」。他們以個人喜好來選擇材料，總想把自己辛辛苦苦搜集來的材料都塞進去，不加剪裁，不加剔除。這樣做的結果，只能使文章龐雜、觀點模糊。

（二）選擇典型材料

我們搜集來的材料，與觀點有關的還很多，當然不能把它們都寫進文章中去。這就需要選擇那些最有能力表現觀點、說明問題的典型材料。

所謂典型材料，是指能夠深刻揭示事物本質，具有廣泛代表性的個別事例。人們認識事物總是由「個別到一般，又從一般到個別」這樣的邏輯思維模式進行的。所以，通過「個別」反映「一般」，通過「典型」反映「共性」，這是所有文章寫作反映生活、表現觀點的一條共同規律。所謂「抓典型」「解剖麻雀」等，說的都是這個意思。

比如日新在《函中之鼎以烹雞》中談到社會上浪費人才的現象十分嚴重，他用了這樣一個材料：「相當一部分科學家（其中包括國際上知名的老一代科學家）不能專心致志於科學研究。要麼社會活動過多，會議過多，耗去了他們大量寶貴時間；要麼家務纏身，讓諸如採購、領工資、修理儀器等瑣碎事務絆住了手腳。前些年，曾聽說過國外人士震驚和感慨於童第周洗瓶子。今年，要求幫科學家擺脫雜務的呼聲也屢見報端。北京大學一位搞分子生物學的副教授，每周要拿出百分之七十的時間來干雜務。西安地質礦產研究所一位工程博士，為添置一臺設備跑了十八天還毫無結果。」這個材料令人感到震驚，很能說明問題。

(三) 選擇真實、準確的材料

所謂真實，有兩層意思：第一，材料必須符合客觀事實，可靠可信；第二，它不是偶然的、個別的現象，而是反映著客觀事物的主流和本質。列寧曾經強調指出：如果從事實的全部總和去掌握事實，那麼，事實不僅是勝於雄辯的東西，而且是證據確鑿的東西；如果不是從全部總和，不是從聯繫中去掌握事實，而是片斷的和隨便挑出的，那麼事實就只能是一種兒戲，或者甚至連兒戲也不如。

應用文與文學作品相比較，在材料的真實性上有著不同的要求。文學作品可以以生活的真實為基礎，而不受真人真事的限制，把多個人，多種事件集中起來，進行藝術加工，創出嶄新的藝術形象。應用文則不能這樣，它所敘述的人物、環境、時間必須絕對真實，連細節也不能虛構。

準確，就是確鑿無疑，可靠無誤。記人，實有其人；敘事，確有其事，時間、地點、原因，交代明確；引文，完整無誤；運用數據，精確不差。

要使材料真實準確，對所選材料須認真審核。尤其是關鍵性的材料，更要花力氣核實，任何一個細節也不能掉以輕心。

四、材料的使用

從不同渠道搜集來的材料，雖然經過了選擇，也不能原封不動地寫進文章中。還必須經過一番加工改造，使材料符合自己文章的需要，並且使文章語言有一個統一的風格。這需要一定的表達技巧。

(一) 截取與濃縮

所謂截取，是指對原始材料取其一段，為我所用。比如有的材料完整地記載了某一社會事件，頭緒複雜、過程詳盡、涉及面廣，我們只需截取其中一兩部分內容用在自己的文章中就足夠了。再如有的材料全面反映了某一企業生產管理、技術設備、產品銷售、資金運用等方方面面的情況，而我們只選擇其中一個方面的材料就行了。截取的要點是摘取材料中的精華，而捨棄其余。

所謂濃縮，就是對材料進行壓縮，用簡潔的語言概括性地敘述材料。比如表述一個事件，只要抓住敘述要素，一句話就可以表達清楚了。例如：「今年二月上旬，南京青山路儲蓄所的員工，協助公安機關抓獲了詐騙犯劉某，保護了銀行資金的安全。」

(二) 點面結合使用材料

所謂「面」，指的是事物的整體狀貌，全局性情況；所謂「點」，指的是事物的某一側面，某一局部或某一個別的情況。

在寫作中，我們使用概括材料，簡潔地表述「面」的情況，寥寥數語，即見精神，給讀者以整體印象。而對「點」的情況，我們使用具體材料，細緻而微地給予表現，給讀者留下深刻的印象。這種方法是十分經濟有效的。

第二節　觀點

一、觀點的概念和作用

人們寫文章總有著某種意圖：或宣傳某種思想，或說明某個問題，或闡發某種主張，或傳播某項經驗……總之，作者總要在文章中表露自己的思想感情，表達自己對生活、對事物的認識和理解。通過文章，作者直接地表示他對於所反映的事物的態度和意見。這也就是文章的觀點。

觀點是文章的靈魂。一篇文章質量的高低，價值的大小，關鍵就在於有沒有一個好的觀點。只有觀點正確、鮮明的應用文才能有益於工作，才能切實地解決工作中的問題，推動我們的工作健康發展。如果一篇應用文，只是羅列了一大堆材料，而不試圖說明什麼問題，解決什麼問題，那麼，這篇文章就不能對工作發揮任何作用。

觀點又是文章的統帥。我們寫文章時，材料如何選擇，結構如何安排，採用何種表達方式和語言風格，這都要有個統一的標準、統一的依據。這個標準、這個依據，就是文章的觀點，其他就是為表現、突出觀點服務。有了觀點，從表現觀點的需要出發，材料的取捨才能得當，材料的使用方可主次分明；結構的安排才能合理、巧妙，文章才能條理清楚，表達方式的運用、語言的驅遣、標題的擬製等也都有了依據。

古人作文，主張「以意為主」，強調文章必須以明確的觀點作為統帥，王夫之說：「無論詩歌與長行文字，具以意為主。意猶帥也，無帥之兵，謂之烏合。李、杜所以稱大家者，無意之詩，十不得一二也。」這裡所說的「意」，就是我們所說的觀點。這個說法很形象，也很有道理：烏合之眾的軍隊是不可能在戰場上克敵製勝的；沒有「立意」，沒有觀點，就不可能寫出好文章來。如果一定要寫，勉強運筆成文，就只能東拉西扯、漫無邊際地拼湊詞句、羅列材料。這樣的文章恐怕連作者自己也會不知所雲。

總之，觀點是決定文章成敗優劣的重要因素，是組織全文的依據，是統率全文的總綱。

作為文章的靈魂與統帥，觀點在一篇應用中一般只能有一個，這就是基本觀點。為了論證和說明基本觀點，往往需要用一些從屬觀點來進行闡述，從屬觀點下面也可以再有從屬觀點。基本觀點與從屬觀點之間是統帥與從屬的關係。

二、觀點的提煉

人們認識事物，要經歷一個從感性認識上升到理性認識的過程。提煉文章的觀點也如此。作者在工作中獲得了大量材料，有了一定的認識，但這只是提煉觀點的基礎。這種初步萌生的認識常常是朦朧的、粗淺的。要想獲得正確而深刻的觀點，使文章思想性強、作用大，就得對觀點進行提煉，進行一番改造製作，使我們對客觀事物的感性認識上升為理性認識，得出正確而深刻的觀點來。

應用文的觀點來源於現實工作中，服務於社會工作。它的形成與提煉涉及以下因素：

(一) 分析研究材料，揭示客觀事物的本質屬性

人們的思想觀念是對客觀現實的反映，要想獲正確而深刻的觀點思想，必須研究社會工作現象，通過對材料的分析、比較、綜合，獲得對事物內部聯繫、固有規律的本質性認識，從而抽取、提煉出思想觀點。

應用文講究客觀真實性，切忌對觀點隨意拔高，任意貼標籤。

(二) 依循貫徹國家方針政策的軌跡，體現應用文的政策性的特點

國家的方針、政策形成於現階段社會主義建設的實踐，是開展工作的依據。政策的作用是巨大的。因此，在應用文觀點的提煉過程中，必須充分意識到方針政策在實際工作中的作用，聯繫相關政策進行思考，並為貫徹方針、政策出一分力。這也是寫作中開啓思路、體現思維開闊性的一種方法。

(三) 領會領導意圖，考慮現實工作需要

從組織學的角度看，單位的領導是組織意志的體現者；從管理學的角度看，單位領導是決策者，他的意見是應該遵從的。因此，如果是領導交代的寫作任務，寫作者就應該認真領會領導意圖，在文章中給予體現。

應用文是適應實際工作而寫的，文章應有針對性。作者要關注現實工作的熱點、焦點現象，回答實際工作中迫切需要解決的問題。而且，要注意觀點的可行性、可操作性，體現應用文觀點在理論上的具體實用性，最大限度發揮文章的實際功效。例如《廣東省政府關於防治水污染的通知》一文，就是針對廣東省水質污染嚴重的現象，向下級提出了加強措施，防治水污染的要求。

三、對觀點的要求

應用文不同於一般的說理或敘事的文章，它是我們在業務工作中處理和解決問題的工具，對於推動事業的發展具有重要的作用，既有很強的政策性，又有執行上的嚴肅性。因此，它特別需要有鮮明、正確的觀點。

(一) 正確

所謂正確，就是要符合黨和國家的方針、政策，合乎事物本身的規律，合乎社會發展的規律。正確的觀點不是憑自己的頭腦空想出來的，而是對生活現象和事實材料本身所具有的思想意義的高度概括，是對客觀事物本質的正確發掘。因此，我們必須從客觀實際出發，詳細地解讀材料，進行深入的分析，歸納，從材料中引出合乎實際的正確結論來。只有這樣，才能杜絕任意強加不符合材料性質的觀點，或人為地拔高觀點之類的不良現象。

(二) 鮮明

所謂鮮明，即是思想觀點明確，態度明朗，提法明確。議論文常直接表明觀點，文學作品則常借形象思維來表達觀點，人們領會它的觀點，要有一個分析揣摩的過程。就以文學名著《紅樓夢》而言，魯迅先生曾經說它：「單是命意，就因讀者的眼光而有種種：經學家看見《易》，道學家看見淫，才子看見纏綿，革命家看見排滿，流言家看見宮闈秘事……」

應用文多用邏輯思維，對於文章中所要說明或解決的問題，明確地表達自己讚成什麼反對什麼，態度就要明確，毫不含糊。語言運用絕不模棱兩可、似是而非，造成理解和觀點的差異。

在寫作中，常把觀點概括為簡短的語句。基本觀點句或作為全文的標題，或放在開頭，或放在結尾，以引起人們的注意。從屬觀點句常作為層次的小標題，或作段落的首句。這是使觀點鮮明的好辦法。

第三節　結構

一、結構的概念和作用

佔有了材料，確立了主題，解決了文章的思想內容，還不能成為文章，還需要進一步解決文章的形式，即文章的結構和語言，才能完成為一篇文章。

所謂結構，就是文章內部的構造，就是文章內容組織安排的方式。它要解決的是文章中整體與部分、部分與部分之間的關係，是一種組織「局部」為「整體」的構造藝術，是「分」與「合」的藝術。

結構是作者思路的體現，在動筆之前先要理清思路，立定格局。也就是說要事前籌劃怎樣開頭，分多少層次，何先何后，何輕何重，如何過渡照應，如何跌宕起伏，如何結尾等。只有思路理清了，全文的間架、輪廓、大綱立定了，寫起文章來，才會從容不迫，「言之有序」。結構的具體內容很多，我們只擇其要點，講講層次的安排和開頭與結尾的方式。

二、層次的安排

所謂層次，指的是文章思想內容的表現次序。它是事物發展的階段性，是客觀事物矛盾的各個側面，是人們認識事物和表達看法的思維進程性在文章中的反映，它體現了作者思路開展的步驟。

安排層次的方式多種多樣，文章的題材不同，安排的方式也不盡相同。應用文常採用下列三種方式來安排層次。

(一) 按事物發生、發展的過程來安排層次

這種結構方式的時間性、階段性強，線索清楚，有助於讀者對事物來龍去脈有深

入全面的瞭解。這種方式適用於本身具有很強的階段性的工作，利於展現各個階段不同的工作內容和不同的特點。

（二）按材料的性質分類來安排層次

這就是所謂的「邏輯順序」。把表現觀點的眾多材料按照它們的性質加以分類——相同的材料歸在一起，寫在一個層次裡，然后從各個不同的側面，多層次地展現觀點。

（三）按問題或事物的各個方面來安排層次

這一結構的特點是全文各層次之間為並列關係，各層次從不同方面、不同角度來表現觀點。如做全面總結，往往分別談信貸工作、會計工作、思想工作……再如寫調查報告，往往按照經驗（或存在的問題）來劃分層次，有幾條重要經驗就有幾個層次。

（四）按「提出問題——分析問題——解決問題」的方式安排層次

這種方式適合於解決工作中阻礙工作開展的困難或弊端。它符合人們認識事物，解決問題的思維模式，邏輯性很強。

（五）按對比的方式安排層次

對比式適合於將不同事物進行比較。運用對比式要注意結構的對稱性，讓讀者能清晰地看出不同事物的差異。

還有一點需要說明：結構方式是多種多樣的，也是靈活多變的。在一篇複雜的應用文中，往往以某一種方式作為全文安排大層次的基本方式，而在某一層次中又使用其他方式安排小層次，從而在一篇文章中呈現出兩種或三種方式交叉運用的情況。

三、開頭與結尾

（一）開頭

應用文的開頭一般採用平實的方式，一開始就提綱挈領，接觸文章的實質內容，開宗明義，落筆入題。忌諱拐彎抹角、委婉曲折，半天也不能進入正題。常見的開頭方式有以下幾種：

概述式——以概括的語言提示全文的主要內容，給讀者一個整體印象。例如總結的開頭，通常介紹工作開展的條件、本期主要的工作、主要成績、核心經驗、對工作的評價等，全文的內容都在開頭給予了交代。

主旨式——在文章的開頭就亮出作者的觀點，統領全文。如經濟論文就常採用這種方式。

目的式——交代寫作動機與目的，使人明瞭作者的意圖。例如指示性通知的開頭就常這樣寫。

根據式——根據政策條文或上級指示精神寫作的文章，在開頭一般就採用根據式的開頭。

問題式——介紹工作面臨的困難或不利局面，從中提出需要解決的問題，突出矛盾，引人注目。例如揭露問題的調查報告常用問題式的開頭。

（二）結尾

應用文的結尾採用的方式也是平實的，講求曉之以理、言盡意止，不追求言外之意。常見的方式有以下幾種：

結論式——將全文的內容概括起來，給一個結論性意見，加深讀者的印象。一些調查報告就採用這種寫法。

對策式——針對存在的問題和原因分析，在結尾提出解決問題的辦法、措施，切實改進工作，推動工作發展。

第四節　語言

在文章的寫作過程中，語言的運用是個十分重要的問題。一篇文章，有了深刻的立意、精選的材料和好的組織結構，最終都要通過語言文字表達出來，否則就不能稱為「文章」。語言是文章的「細胞」，是文章最基本的「建築材料」，是構成文章的「物質形式」。離開了語言，就沒有文章。因此，對於每一個學習寫作的人來說，準確而熟練地掌握語言這個表情達意的主要工具，是學習寫作最重要的任務。

對於語言的運用，一般文章都要求準確、鮮明、生動。就應用文來說，則著重於明確、簡練，在此基礎上再追求生動，如調查報告、總結等也要盡可能寫得生動些。

一、準確

所謂準確，是指運用最確切、精當的字、詞、句，恰如其分地表達意思，使人一看就懂。

要使語言準確，需要從以下四個方面下功夫。

（一）用詞要確切

要準確地表達情意，就得精心選擇最準確、最恰當的詞彙，這是運用語言最基本的要求。如：

我們認為美國的這些侵略行動應該被製止，亞洲的和平應該得到保證，亞洲各國的獨立和主權應該受到尊重，亞洲人民的權利和自由應該得到保障，對亞洲各國的內政干涉應該停止，在亞洲各國的外國軍事基地應該撤出，駐在亞洲各國的外國軍隊應該撤退，日本軍國主義的復活應該防止，一切經濟封鎖應該限制和取消。

（周恩來總理一九五四年四月二十八日在日內瓦會議上的講話）

有些人愛用模棱兩可的詞語，如「據我們不成熟的意見」「據不完全可靠的判斷」「大約」「也許」等詞語，在寫作中也要盡量避免。

（二）句子要通順

句子通順，要符合兩方面的要求：一是要符合語言規範，二是要符合邏輯。

不符合語法規範而使句子不通順的情況有以下幾種：句子成分缺失；詞語搭配不

當；詞序不合理。

有些句子雖然符合語言規範，但邏輯上却於常理不合，也不能正確地表達思想。如違背科學常識和生活常識，主觀想像等都是錯誤的。

(三) 標點符號要正確

標點符號的遺漏或錯用，也會影響意思的表達，有時甚至會使政策發生偏差。一定要認真對待，正確使用標點符號。

(四) 行款格式要符合規範

行款格式符合規範，可以使文章眉目清楚，便於閱讀。

文章的標題，要居中排列（可從稿紙第二行或第三行開始）。如有副標題，副標題前用破折號；副標題比較長須回行時，要講究排列美觀。

一般情況下，標題不用標點。有時為了強調語氣、情感，用了問號、感嘆號或省略號等，應視為例外。

標題之后應寫作者姓名（中間亦可空一行），寫法仍應居中排列。

這之后，最好再空一至二行，開始寫正文。

每段開頭，均空兩格。

二、簡練

所謂簡練，就是以盡可能少的文字表達出盡可能多的內容，使文章言簡意賅，「文約而事豐」（劉知己《史通・敘事》）。

要做到文字簡練，首先要訓練自己思想精密。語言不簡練，主要是由於思想認識模糊不清，抓不住事物的要害，因而寫起文章來，東一句、西一句，啰啰唆唆寫個沒完。所以要簡練，最根本的是「煉句」。學會緊扣文章的中心，抓住事物的本質，抓住問題的要害來組織文章內容，這樣寫出來的文章，一定是簡練的。

其次，要節省用字，刪繁就簡，努力壓縮，提煉最精簡的詞語。有一篇稿件裡的一句話原來是這樣的：「自去年 12 月 6 日安裝完畢，再次點火試車以來，基本上做到了安全、穩妥、持續生產，為國家提供了許多化工產品，還實現了基本建設收入。」后來壓縮為：「試車以來，為國家提供了許多化工產品，還實現了基本建設收入。」文字少了，却絲毫不損原意。

最后，不說或少說理論性的話。理論性的話一般都是眾所周知的，用不著多講，非說不可時，也要以簡為主。

有些人寫文章愛穿靴戴帽，說一大堆空話廢話。像下面一段話就完全多余，可以刪去，毫不可惜：「我行收貸工作，由於各級黨委和上級行的正確領導，群眾的積極支持，以及工作人員思想覺悟的不斷提高，基本上有了良好的工作條件。通過一系列有效措施，並在逐步推進中克服了一些偏向，現在一般說已經獲得一定成績，但由於經驗不足，還存在著缺點。」

需要指出的是，簡練也有個界限，不能為簡而簡。一味求簡會使語意不明，意思表達不完整的。古人說：「凫脛雖短，續之則憂；鶴脛雖長，斷之則悲。」應在思想表達清楚、準確、完整的前提下力求簡練，還應根據思想內容、讀者對象來安排語言的繁簡長短。更不能貪圖方便，該說的不說，當用的不用，走向另一極端，這就不是簡練而是苟簡了。

三、生動

語言生動，就是要講究文採，形象生動，繪聲繪色，有感染力，讓人願意看。「如果一篇文章，顛來倒去，總是那幾個名詞，一套『學生腔』，沒有一點生動活潑的語言，這豈不是語言無味，面目可憎，像個癟三麼?」（毛澤東《反對黨八股》）。應用文也同樣如此，也應該適當地講一講語言的生動性。特別是調查報告、總結之類，能寫得生動些，加強文章的感染力，效果也會更好。

請看下面的例子：

學會「彈鋼琴」。彈鋼琴要十個指頭都動作，不能有的動，有的不動。但是，十個指頭同時都按下去，那也不成調子。要產生好的音樂，十個指頭的動作要有節奏，要互相配合。黨委要抓緊中心工作，又要圍繞中心而同時開展其他方面的工作……黨委的同志必須學好「彈鋼琴」。

（選自《毛澤東選集》）

當然，應用文不能像文學作品那樣，運用誇張、含蓄等修辭手法使語言生動，但可以通過典型事例，運用比喻、比擬、借代、排比等手法使語言生動。

四、數字的應用

經濟工作離不開數字，因此應用文常常用數字來說明問題。我們講用詞要確切，也包含運用數字要準確。

數字有基數、序數、分數、倍數、確數、概數等，使用時要加以注意。

說明數字的變化要準確。例如在說明數量的增加或減少時，要把原數、增加數、合計數區別清楚；要把原數、減少數、差數表達準確。

復習要求

1. 重點掌握材料的真實性、觀點的鮮明性、結構的顯性化、語言的樸實性。
2. 掌握材料選擇的四原則，重點是材料的真實性。
3. 掌握觀點的提煉、觀點的要求，重點是觀點鮮明。
4. 掌握結構的三大基本內容，重點是安排層次的方式，開頭與結尾的方法，常用序號的標示。
5. 掌握語言樸實性特征及準確、簡潔的要求。

第二章　文體知識

第一節　文體知識概述

寫作是現代人交流思想、傳播知識、溝通信息的重要手段之一，同時也是我們當代大學生必備素養之一。對於當代大學生來說，學會寫作，熟練掌握寫作基礎知識是一項必不可少的基本技能。隨著社會主義現代化建設事業的飛速發展，各行各業都需要寫作，各行各業也都離不開寫作。掌握了寫作這一基本技能，不僅能為我們做好本職工作打下良好的基礎，而且能夠幫助我們學好各種專業知識，為在各自的專業領域繼續鑽研深造、騰飛冲天插上有力的翅膀。

寫作是一項綜合性、實踐性很強的活動。要學會寫作，並成為寫作的能手，除了應當具有深刻的思想認識、深厚的知識功底以外，還應當熟練掌握各種寫作基礎知識和寫作技巧。在學習寫作的過程中要注意：一方面，我們應經常結合各自的生活和工作實際勤奮思考，多加練習；另一方面，我們還需要準確把握各種文體的不同特點。只有勤思多練，才能使我們真正掌握寫作這門技能；只有準確把握各種文體的不同特點，才能讓我們在各種場合下都能夠寫出思想深刻、中心突出、觀點鮮明、文理通順、結構嚴謹、語言流暢、感情充沛、文採飛揚、能充分體現各種文體特點的文章來。

學習寫作，必須熟練掌握各種文體的基礎知識，這是十分重要的。文章有各種文體。要寫好各種文章，就必須瞭解各種文體的基本特點。只有熟練掌握了各種文體的基本特點，我們才能寫出各種類型的合格文章。

在日常工作和生活中，文章的種類十分繁多，並且，其分類方法也多種多樣。有古代文體，也有現代文體；有文學創作類文體，也有日常工作、生活類文體。古人曾把文體分為有韵文和無韵文，也有人把文體分為詩、詞、曲、賦、悼、銘、讚、序、跋、疏、史傳、雜記、小說、散文等，這其中每一類文體，又可以做若干種類型的細緻劃分。如詩歌，可以分為古體詩、近體詩，也可以分為敘事詩和抒情詩，長詩和短詩，格律詩和非格律詩，還可以分為四言詩、五言詩、七言詩和雜言詩等。從詩歌的內容方面，我們也可以劃分，如愛情詩、山水詩、田園詩、抒懷詩、懷古詩、言志詩、諷喻詩等。總之，從不同的角度來劃分就會有不同的種類，按不同的標準來劃分也會分出各種不同的類別。當代社會同樣如此，文章的分類法多種多樣。按不同的標準，我們可以從很多層面，分出各種不同類型的文體來。

在通常情況下，我們把文章分為文學創作類文體和日常工作生活類文體。其中，文學創作類文體包括：小說、詩歌、散文、戲曲、電影和電視劇劇本、童話等種類；

日常工作生活類文體則包括：記敘文、議論文、應用文、說明文等文體。

記敘文是應用十分廣泛的一種文體。我們要記敘某地發生了某件事，通常就採用記敘文的方式來寫作。

議論文也是一種應用十分廣泛的文體。我們要表達某種觀點，要闡述自己對某個問題的看法，一般就寫議論文。

應用文更是廣泛地運用於我們的工作和生活中，計劃、報告、合同、規章、制度等，都是應用文，幾乎我們每做一項工作，都和某一種應用文有關係。

說明文也廣泛運用於各個領域。工廠生產出了產品，需要有說明書，如電視機使用說明書、計算機使用說明書、挖掘機使用說明書等的；藥廠生產出的藥品，需要有說明書；化肥廠生產出了化肥，同樣需要印製化肥使用說明書。另外，博物館也大量使用說明書。我們參觀博物館，可以看到大量有關展品的說明。旅遊產業也是運用說明文較多的行業。旅遊景點介紹、賓館簡介、觀光注意事項等，都是說明文。總之，說明文是為說明某一種事物的性質、形狀、特點，某一種產品的使用方法，某一種商品的功能和用途，某一處古代遺址的歷史價值等而寫作的，應用十分廣泛。

文章的體裁不同，文章的特點就完全不同，寫作方式、寫作要求、語言表達、文章格式也會有很大的差別。例如，記敘文的寫作方法就與應用文和議論文的寫作方法完全不同，議論文的寫作方法又和應用文的寫作方法完全不同。在同一類文體中，各種不同細分的文體，也會有很大的差異。學術論文和時事論文都是議論文，但寫作要求就有很大的差異。規章和合同，都是應用文，寫作要求也有明顯的不同。可以這樣說，幾乎每一種具體的文體，都有其自身的特點，都和其他文章體裁有明顯的區分。所謂「文章千式」說的就是這種現象。

文章各有各的特點，因此，學習寫作各種不同的文體就有不同的方法。有的需要著重掌握它規範的格式，有的需要著重注意語言表達習慣，還有的需要著重學習寫作技巧。本教材主要針對各種應用文體，分門別類地介紹其各自的特點，同時輔以寫作訓練，以幫助同學們掌握各種文體的基本知識，提高寫作各種文體的技能。

文章體裁雖然繁多，但對於學生來說，並不是每一種文章體裁都必須掌握，只需要著重學習一些在日常工作和生活中最常用的文章的寫作，就基本上能夠勝任將來的工作需要。

在日常工作和生活中，記敘文是一種最基本的文體，因此，需要簡單講述這種文體的基本特點和寫作方法，同時也應當明確其寫作要求。議論文是進行各種應用寫作的基礎，不學習有關議論文的各種基礎知識，不熟練掌握議論文的寫作技巧，寫不好議論文，也就很難寫好各種應用文。

第二節　記敘文

記敘文是一種對社會生活中的人、事、景物的狀態及其變化發展進行敘述和描寫的文章。記敘文以記人、敘事、寫景、狀物為基本手段，以敘述、描寫和抒情為主要表達方式，通過對人物活動、事件經過、環境變化、景物狀態的具體敘述和形象描繪來反映事物的本質，表達作者的觀點。

記敘文是以寫人記事為主要內容的。那麼，怎樣才能記敘好一件事呢？要寫好一件事，首先應當清楚地交代事情發生的時間、地點、人物這些基本要素。任何一件事，總有它發生的時間和空間，總有其特定的原因和結果，並且往往離不開人的活動。時間、地點、人物、事件、原因、結果這六個方面的內容，就被稱為記敘文的「六要素」。我們在寫作記敘文時，只有把這六個方面的內容寫清楚了，才能使別人明白你寫了一件什麼事，才能讓讀者對文章所記敘的人物和事件有一個完整和清醒的認識。如《薩迦的魅力》這篇文章，開篇用優美的文筆描寫了薩迦迷人的晨景后，接著作者就寫了如下一段文字。

例文 2－1

薩迦的魅力

吴傳玖

……

那是一個冬日的下午，我們從地區所在地日喀則市出發，驅車前往位於日喀則南側 135 公里外的這座雪域深處的薩迦古鎮。……第二天上午 10 時我們在縣人武部領導的陪同下，一路步行前往心儀已久的薩迦寺。我們穿行在古鎮古樸的也很有規矩的街巷裡，穿行在那條青石板鋪砌而成的長街上，身心感到一陣陣少有的興奮和愉悅。於是對這座古鎮自然也就有了我在文章開篇時的那樣一段如同欣賞一幅自然古樸山水水墨畫一般的文字描述和心靈感受。一座方圓不足一平方公里，僅只有 2 000 余人的小鎮，此刻已把我們的思緒帶進了歷史與現實的尋踪和思考中……

（選自中國作家網 http：//www. chinawriter. com. cn/）

上面這段文字，清楚地交代了時間、地點、人物這些基本要素，這樣，讀者閱讀這篇文章，就能夠清晰地瞭解事情發展的基本情況，這有助於幫助讀者理解作品。

在各種文章的寫作中，記敘文是一種最基本的文體。人們只要對一件事情有了基本的瞭解，掌握了最基本的寫作技能，就能寫出一篇記敘文。記敘文雖然比較好寫，但要寫出一篇非常優秀的記敘文却不太容易。要寫好記敘文，首先必須掌握如下一些寫作的基礎知識。

一、記敘文的主題

主題是一篇文章的靈魂，記敘文必須有一個集中鮮明的主題。沒有主題，作者將無法把各種材料統一組織起來，讀者也將不能夠理解作者所要表達的思想內容。

記敘文的主題也叫中心思想。在記敘文的寫作中，作者必須遵循這樣一個原則，即必須明確表達一個中心思想。作者在寫人記事時，不是為寫人而寫人，為記事而記事，作者要寫作一篇文章，總有一個明確的目的，總要表達一種明確的情緒。讚成、否定，欣賞、蔑視，同情、憎恨，不論你想表達一種什麼觀點，不論你想表達一種什麼情緒，這個觀點和這種情緒合起來就是這篇文章的主題。

《薩迦的魅力》這篇文章就有一個明確的主題。它的基本內容是描寫位於日喀則南側 135 千米外的雪域深處的薩迦古鎮悠久的歷史和壯美的自然景色，其主題就是展示薩迦古鎮是西藏歷史的權威見證，表現藏族人民今天美好的生活。

記敘文的主題必須鮮明。一篇文章主題模糊不清，思想含糊混亂，是難以打動讀者的。朱自清先生的《背影》一文，正是鮮明地表達了父親的愛子之情和兒子對父親的懷念之情這樣一個中心思想，才打動了所有的讀者。

確立一個有積極意義的主題是構思一篇文章的基礎。我們在寫作一篇記敘文時，首先應當確立一個鮮明的主題，然后再用這個主題把所有的材料組織起來，加以構思，理清文章的線索，確定先寫什麼，再寫什麼，又寫什麼，最后怎樣結尾，搭好文章的架構，安排好文章的層次，這樣動起筆來才不會陷於混亂。有些初學寫作的同學常常在沒有確立一個鮮明的主題的情況下就開始下筆寫作。開始可能寫出了一個自以為不錯的開頭，寫著寫著，就變得糊涂了。再接著，連自己也弄不明白自己到底要寫什麼了。

提煉文章的主題是一項重要的工作。要寫好一篇記敘文，首先應當從自己所掌握的材料中提煉出一個鮮明的主題，其關鍵是把材料放在一定的背景中去考察。背景就是時代環境，即政治動態、經濟發展、人文精神和社會變遷等。一件小事，孤零零地看，毫不起眼，但如果把它和事情發生的背景聯繫起來，那就不尋常了。有很多深刻的思想都是從一些毫不起眼的小事中提煉出來的。有些同學看見別的同學寫出一篇好文章，便驚嘆：「這些內容，我也熟悉，怎麼我就沒把它們寫出來呢！」這說明你缺乏從小事中見出深意的能力。生活中，驚天動地的事情是少見的，大多是平凡的、細小的事情。但平凡的、細小的事情中往往蘊涵著深刻的思想。《紅樓夢》寫的是封建社會大官僚仕宦家族中極其平常的生活瑣事，但它反映的思想意義却是極其深刻的。

二、記敘文的材料

記敘文的材料是寫作記敘文的基礎。沒有材料，就像沒有米要煮飯，沒有磚要蓋房一樣，要寫作記敘文是根本不可能的。

一篇記敘文的材料從哪裡來？只能從生活中來，從工作中來，從社會實踐中來。那麼，怎樣才能選擇到新穎、獨特的材料呢？這就需要從自己的生活中去找。我們每個人生活的環境不同，興趣愛好不同，人生的經歷也必然不同。從自己的生活中選擇獨有的、新鮮生動的經歷，便是記敘文極好的材料。一些同學常說，我的生活很貧乏，沒有什麼新鮮、獨特的事情值得記敘。這就需要同學們做生活的有心人，換個角度思考問題，讓常見的生活內容放出異彩。選擇材料還應該打開思路，擴大視野。不要只是封閉在自己生活的狹小圈子中，而應當把自己的生活和家庭與社會、與宏觀經濟、與國家、與民族、與人類社會的共同命運聯繫起來，從中找出生活的真諦。只有這樣，我們寫作記敘文的材料才會豐富多彩起來。

例文 2－2

靜靜的塔公草原

陳世旭

從康定去塔公草原，中間要翻過折多山。位於大雪山中段的折多山是重要的地理分界線。折多山以東是山區，而折多山以西則是青藏高原的東部，真正的藏區。

出康定城不遠，就遠遠地看見折多山了，閃閃發光的積雪的山峰，高踞在連綿的群山中間，像一個沉思的學者的頭顱。

山口海拔四千多米的折多山受岷江、大渡河等水系的強烈切割，地形高差大，溝壑密布，山嶺縱橫，曾經是川藏公路上的天險，路極窄，常塌方，尤其在雨雪不斷的季節，其艱險可想而知。而今翻越折多山的道路已是平整寬敞的坦途。一路林木茂密，藏民的帳篷掩在草裡，油黑的牦牛立在坡上，七彩的經幡飄在藍天下。啃青之后，牧民們將會轉場，牧鞭劃開風雪，還有老烏鴉和畜群一起遷徙。從馬背到馬背可以看到雪峰起伏的節奏，馬昂起頭，四蹄踏出新的牧道，以雪山一樣的姿勢重複著驍勇民族的傳統。牛羊只鐘情於肥美的水草，而天生自由的牧人，放牧牛羊也放牧自己。這是西部高原特有的田園風光。

而我們現在能見到的是折多山頂的終年積雪，和埡口上的佛塔、經幡、馬尼堆，以及山下不遠的地方，原始和雄渾的藏族民居：粗糲褐色的石塊，白色的房檐和門窗，赤紅的窗櫺。

然后就是塔公草原了。「塔公」的藏語意思是菩薩喜歡的地方。菩薩確實會喜歡這樣一片美麗的草原，小河靜靜地在遼闊的草原懷抱蜿蜒，藍得透明的天空上巨大的雲朵格外潔白。綠草覆蓋的漫山遍野，競相綻放的野花絢麗多彩。炊菸裊裊地在帳篷上升起，空氣中可以聞到隱隱的奶香和茶香。牛群散漫地走向草原的深處，牧歌婉轉而悠揚。身體隨著車子輕輕顛簸，心則像自由自在的風在無邊的陽光裡飛翔。

我想，這就是為什麼，這裡會有塔公寺的吧。

塔公寺是康巴藏區的小大昭寺，同樣建於松讚干布時期，是薩迦派花教寺廟。寺廟以塔殿中「志托塔」命名，稱之為「志托桑珠林」，意為「一見如意解脫寺」。寺左空地上的百余座佛塔形成一片塔林，氣勢宏大，莊嚴肅穆，蔚為壯觀。寺后依次排列著三座丘草山，便是被稱為藏傳佛教密宗事部三怙主的三座神山。由嘛尼經幡組成的旗陣，遍山招展，讓人倍覺神祕。圍牆外照例是一長串金色的轉經筒。

此前我幾乎走過藏傳佛教所有最著名的寺廟。見識過拉薩大昭寺和西寧塔爾寺的人潮如湧，訪問過近在鬧市邊緣的日喀則扎什倫布寺和夏河拉卜楞寺。對塔公寺的安靜不免納悶。偌大的寺院和寺院外長長的街道悄然沒有聲息，我們來時攪起的動靜很快就被吞沒，即便正午的陽光，也是如此寂寞。山邊上有兩個年輕的藏人正一步一步磕著長頭，向塔公寺朝拜而來。他們不知這樣走了多久，也不知來自哪裡。在地老天荒的漫長日子裡，也不知有多少信徒們一個接一個地帶著純潔的信念匍匐在朝覲的路上。寂靜無聲的寺院，像是一桌不散的流水宴席，一些人走了，一些人又來。轉經筒的穗子旋轉，紅色的藏袍發黑，山路小心翼翼地伏在他們盤桓的腳下，悲愴如初。到了夜晚，窗前燈影漸明，窗外漫起低沉悠遠的誦經聲，天邊的雪山正風雪迷離，經幡獵獵作響，拂過寺院厚厚的高牆。有兀鷹在風的上空、河或海子的邊緣，憑吊早已斑駁的斷碣。然后，月隱退，黎明倏然而至。

兩個老邁的喇嘛，坐在寺院外草坪的石頭牙子上，像兩只倒扣著的土紅色的碗。他們在說著什麼，你在幾步外却什麼也聽不見，他們的聲音仿佛是被遮住他們臉的方形的斗笠折斷了。我走近他們，他們忽然抬起頭。我看見兩張難忘的臉：一張像褐色的岩石，布滿了歲月的刀痕；一張空洞而茫然，眼睛已經失明。我當時的感覺不是別的，就是震撼！這樣的沉靜與安詳，令我覺得我看見的是遠古生命的化石。一切恍若隔世。一幀泛黄的照片，一個古老的典故，一顆平靜如蓮的心，清澈而滿足。

同來的藏族作家扎西達娃正在附近拍照，我請他來幫個忙。我走到兩位老喇嘛中間，輕輕坐下。「褐色的岩石」立刻同時伸出兩只手掌，一把握住了我。

這麼寬厚的手掌，這麼粗大的骨節，這麼虬曲暴跳的血脈，堅硬却又溫暖地，緊緊握住了我：

「從哪裡來？」

「江南。」

我沒有說得太具體，我想，對他來說，那無所謂。

「江南？」

他抓緊我的手用力一抖：

「青青的山？」

「是的。」

「綠綠的水？」

「是的。」

「很多很多大房子？」

「是的。」

「很多很多樹和花？」

「是的。」

「香巴拉。」

那位一直低著頭沒有作聲的失明喇嘛忽然咕噥了一聲。

「我們沒有去過。」

「褐色的岩石」微微仰臉，眯起眼睛看著遠處：

「我們聽說過。」

他的語氣並沒有遺憾，只是為我高興，還有一點點得意。

「我很高興你們說我的家鄉是香巴拉。」

我大笑，扎西達娃的相機及時抓住了這個瞬間。但我心裡知道，一個物質的「香巴拉」一切都是有限的，根本不可與他們信仰中的香巴拉同日而語。他們為了后者奉獻出一生，他們靜靜地像倒扣的碗一樣席地坐在川藏高原澄澈的陽光下，背后是寺院赤紅的高牆、閃閃發光的金頂和滿山彩色的經幡，他們應該早已解脫出塵世的苦惱，心靈面對的早已是他們的香巴拉。

那個香巴拉，不是我這樣的俗人能夠進入的啊。

（文學報，2007－04－05）

上面這篇記敘散文，初看起來，材料很散很亂，記敘了作者自己從康定翻越折多山去塔公草原沿途見到的美麗景色，介紹了塔公寺，記述了自己和兩位塔公老喇嘛的對話，這些材料看似毫不相關，但作者用歌頌祖國美麗的大好河山和展現藏族喇嘛淳樸寧靜的心靈這一主題串聯起來，你就覺得這些材料既生動新鮮，又煥發出迷人的光彩。

記敘文的材料是和主題密切相關的，材料應該依據文章主題的需要進行選擇。在寫作記敘文時，要學會選擇——要盡量選擇那些和主題密切相關的材料，通過豐富生動的材料來體現文章的主題。在寫作記敘文時，還要學會捨棄——不論你在生活中累積了多麼豐富、生動的素材，只要它和主題無關，都應當捨棄。《靜靜的塔公草原》這篇文章的作者，就捨棄了許多與主題沒有關聯的材料。如作者與老喇嘛對完話之后又做了什麼，怎麼從塔公草原回來的材料，作者就一句也沒有寫。

選擇材料還應該提高我們自己的思想水平，訓練出一副見微知著的好眼力。一個人能否從平凡的生活中選擇出獨特的、有思想深意的材料，是同他的知識累積、思想水平密切相關的。照相機只能照出事物的原貌，而攝影師則能拍出具有豐富歷史內涵和人文精神的藝術作品來。人不僅僅是在用雙眼觀察事物，同時也在用大腦思考事物。人和照相機本質的不同，就是人具有感情和思想。只有有感情和思想的人，才可能看到事情的本質，發現其中蘊含的深意。

三、記敘文的結構

記敘文的結構是指一篇記敘文的整體安排和整體架構。一篇記敘文，有了主題，有了材料，還需要考慮安排一個整體架構把文章組織起來。結構是一篇文章重要的組成部分。沒有結構，就像一個人沒有骨架，他是站不起來的。

一篇記敘文怎樣安排結構才能使文章條理清晰呢？根據歷代作家累積的經驗，主要有以下幾種結構方法。

第一，順敘法。

順敘，就是按照事情發生、發展的先后次序進行寫作。這樣寫，可以將事情發生、發展的過程，有頭有尾地敘述出來，把事情的來龍去脈交代得十分清楚。運用順敘法寫成的文章，它的層次、段落和事物發生、發展的過程是基本一致的。順敘有以時間為順序，有以事物發展規律為順序，也有以空間變換為順序。在敘事性的文章中，大多是以時間為順序和以事物發展規律為順序的。按照時間順序進行敘述時，必須嚴格地安排好順序，寫清楚敘述的時間。現實生活中任何事情都不會突然發生，它總有一個發生、發展的過程。因此，作者常常根據事情發生、發展、高潮、結局這一規律進行敘述，文章的層次就顯得十分清楚、明瞭。

第二，倒敘法。

倒敘，就是把事件的結局或某個最突出的片斷提到最前面來寫，然后再按事件發生、發展的過程進行敘述。倒敘法的運用可以有效地激起讀者的興趣，起到引人入勝的作用。需要指出的是，運用倒敘寫法，必須注意清楚地交代倒敘的起訖點，順敘和倒敘的轉換點等，同時有必要的過渡文字。這樣能夠避免文章脈絡不清、頭緒不明等毛病，提高文章的表達效果。

第三，插敘法。

插敘是指在敘述中心事件的過程中，由於某種需要暫時中斷敘述而插入另一件事情的敘述。插敘法的運用能夠使作者靈活調度各種材料，對一些必須交代的背景、事件以及人物進行交代，使文章的結構富有變化，增強文章的表達效果。

例文 2－3

難忘的天雲山

王蒙

用浩然喜歡說的話，作家們都是些個人精人核兒（北京話讀「胡兒」）。人們的印象是，這類人多半是些口出狂言、任意臧否、喜激動、愛放炮的性情人物。加上「文革」遺風，更有些滿嘴臟話，以野蠻為本真，以最最起碼的文明規範為虛僞的廉價憤青兒們。

身為貨真價實的作家，不是以寫作之名混名混利的混混，而能謙恭謹慎、與人為善、心平氣和而又正派執著、始終如一者，並不是到處可見。

（陸）文夫是一個，只是喝多了，談深了，他會流露一點孩子氣的自我滿足。他的自鳴得意，小有吹擂，相當可愛，至少比滿嘴惡毒、認定所有中外人等各欠著你兩萬美元的可愛——和后一類同行在一起，我也會惴惴不安起來：乃至懷疑自己是不是借了他或她的錢沒有及時銷帳。

彥周則是無瑕的兄長，他想得更多的是他人的長處、好處。2005 年我去合肥參加他的文集的發行式，他激動得幾乎落了淚，他說的是感謝的話，他心裡裝著的是感恩的情。

2003 年他組織「迎駕筆會」，我要說的是應約到了的有影響的作家比一個有關單位組織的正式會議還要全。彥周則能使這些人精人核兒們個個滿意。他與老伴，直爽誠懇的張嘉，照顧旁人十分周到。同行們風流自炫者有機會風流自炫，言談微中者有機會「閒」談微中，憂思邈邈者自然仍是憂思邈邈，東張西望者則盡可以東張西望。個性不受鉗製，却又有一個基本健康的調子，親近祖國大地，讚美安徽名山，同行相親相敬，追求文明進步。

看看「文革」后所謂復出后彥周的家喻戶曉的名作《天雲山傳奇》吧，你已經知道了他的真情、他的取向。他從來都不接受那些裝腔作勢、藉以嚇人的棍棒，他從來都站在祖國的發展、進步、文明、開放的主潮中間。我曾經實話實說，安徽最知名的山有兩座，一個是黄山，一個是天雲山——這座只存在在彥周的藝術虛構裡的充滿苦難和正氣的山嶺。

不論是他早年寫的《歸來》還是《找紅軍》，不論是他寫的《陰陽關・陰陽界》，不論是他寫《廖仲愷》還是最后一部七八十萬字的長篇小說《梨花似雪》，也不論他是寫話劇劇本、電影劇本，長、中、短篇小說，不論他是寫前清寫民國寫解放寫「文革」，他從未改變過他對於文明、民主、社會進步與祖國繁榮的追求。他還有一種誠摯與穩健，創作上大膽出新却並不一味求怪異，保持嚴肅仁愛與理想主義却不膨脹自戀，從來都注意閱讀與接受效果、尊重受眾但絕不媚俗，追求真理但從不大言欺世……

他大我六歲，已經先走了。他的音容笑貌，他的風格，他的好意仍然令人快樂著。想到世上畢竟有過魯彥周這樣的好兄長式的作家，誠懇而又和氣的作家，勤奮而又常帶笑容、多情却又沉得住氣的寫作人，而並非都是惡少、救世主、巫毒、候補肉彈與文化騙子，你覺得咱們這裡的文學這一行可親了許多。

（解放日報，2007－04－07）

著名作家王蒙先生的這篇散文，是一篇敘議結合的散文。在這篇散文中，王蒙感嘆《天雲山傳奇》的作者魯彥周先他而去，既是議，也是敘，並且是順敘，而中間一段回憶2003年彥周組織「迎駕筆會」的文字，則是插敘。

順敘法、倒敘法和插敘法的使用，在記敘文寫作中是靈活多變的，作者完全可以根據文章主題表達的需要靈活加以運用。

在記敘文寫作中我們還有一些方法可以運用，例如文題照應法、前后照應法和首尾呼應法。文題照應法就是在文章的適當地方照應標題，這樣可以增強文章的表達效果；前后照應法就是在一篇文章中，前面的內容和后面的內容要互相照應，以增加文章的緊湊感，加深讀者的印象；首尾呼應法就是文章的開頭和結尾遙相呼應，這樣可以使文章結構更加緊湊。

在記敘文寫作中我們還應該注意詳略搭配。一般而言，一些必要的交代，如時間、地點、人物，以及事件起因等要略寫，而事情發生、發展的過程要詳寫。因為事情發生、發展的過程，往往是整個事情或者整篇文章的主體部分，它往往具體體現文章的中心思想，因此要詳寫。對略寫的部分，我們常常只作簡單交代；對詳寫的部分，我們常常需要濃墨重彩地加以烘托、描繪、渲染，以增強表達效果，激起讀者強烈的興趣。

第三節　議論文

人們在社會生活、工作和學習中，總要思考各種問題，總會發表自己對某一事情的看法，這樣把自己對某一問題的看法用語言文字表達出來，就是議論文。議論文又叫論說文，它是一種以議論說理為主要表達方式，通過擺事實，講道理，評論是非，議決優劣，揭示事理，從而建立正確觀點的文章。議論文的種類繁多，各種分類方法和分類標準很難統一，人們通常把以議論說理為主的文章統統稱作議論文。

例文 2－4

真實如常是散文大境界

秦晉

文暢散文集選擇「國寶靈光」為書名是有道理的。在《國寶靈光》這一篇裡，有這樣一段描寫：在觀音左側的襯石上，磨出了一個黃色紋絡的圖形，大家仔細一看，果然像個「真」字。僧人解釋說，佛教崇尚「真」字，強調真實，追求真諦，修成真身，懷有真心，反對虛妄、虛假、虛偽。佛經上有「真如」，就是真實如常的意思。真實如常，不僅是佛性的核心，也是塵世間一般人做人行事的要旨；不僅是人的秉性作風，也是一種文學的風格和品格。

文暢散文，其實就可以用「真實如常」這四個字概括。這既是他為人也是他為文的特點。在他滴灑在母親留下的青衫上的淚水裡，在遼南家鄉觀山、海城桑樹看水的欣喜中，在端城買硯的瞬間感味裡和在日本海釣魚的細微體驗中，無不落在一個「真」字上。真實，真誠，真心，真情，「真」是文暢散文的內在品質和文化精神。

要做到真實如常，不是一件容易的事情。文如其人，只有人活得真實，活得如常，才會有真實如常的文學。文學的真實，是文學永恆的話題。它是作家思想、情感和表達方式的綜合體現。文暢散文，首先是對正在變革中的現實的清醒認識和深刻理解；其次是對生活的感覺和體驗出自真心、發自真情；然后是用他自己的非常樸素的方式表現了他這種真實的見解和情感。他給我們展示了一種淳樸如常的真實，這是他的散文的最重要的意義和價值。

真實和真誠對散文來說尤其重要。新散文與「文革」前的作品相比，最大的進步就是更真實更真誠了，更具有現代意識和現實意識。這與整個社會的現代真實感是相關聯的，或者說是時代變革和審美觀念變化的客觀要求。虛妄已經成為歷史，人們需要的是實在而真誠的生活，因而也期望一種實在而真誠的文學。所以真實如常不僅僅是一種風格，它體現的是一種創作精神和境界，一種新的文學思維和理念。從這個角度看，把文暢的理論思考和創作實踐放在散文演變過程中考察，我們就更能認識和理解它的意義和價值了。

文暢既是作家又是領導幹部。為官也應該講一個「真」字，特別是在當前的世風下，真實已然成了人們渴望的東西，但政界語言和官場思維有一定的傳統和模式，要真實如常談何容易。一個人為人、為政、為文都能真實如常，可謂彌足珍貴。從這一點上講，文暢和他的散文有它特殊的意義和價值。

2001 年 6 月 13 日

（選自中國作家網 http：//www. chinawriter. com. cn/）

上面這篇文章，就是一篇典型的議論文。作者從文暢散文集這個書名出發，引出了對「真實如常」這四個字的議論，並且指出，真實和真誠對散文來說尤其重要，進而提出了「真實如常是散文大境界」這一觀點。

人們寫作議論文的根本目的在於以理服人。葉聖陶先生曾經說過這樣的話，說明文以說明白了為成功，議論文則以說服他人為成功。作者寫作議論文，不管是從正面論述自己的主張，還是通過反駁他人的觀點闡明自己的意見，都是為了從理論上說明道理，講清問題，令讀者折服。

議論文與記敘文具有明顯的區別。議論文不像記敘文那樣，是通過記敘具體的人和具體的事件去感染人，影響人，而是通過運用科學的認識方法，對客觀事物進行抽象，從中概括出事理，以理服人。作者寫作議論文，必須客觀揭示事物的本質，客觀反映事物的規律，闡明事物的科學道理。

議論文與記敘文的區別主要表現在以下兩個方面：①思維形式。記敘文主要運用形象思維形式，發揮作者的形象思維能力，客觀真實地記錄和描繪人物、事件，以作者在其中傾注的情感去感染人，主要圍繞什麼人、什麼地點、什麼時候、什麼事件、有什麼結果、過程和影響怎樣等寫作；議論文則主要運用抽象思維形式，發揮作者的抽象思維能力，揭示事物的客觀本質，反映事物的客觀規律，用科學的理論去說服人，啓發人的智慧，主要圍繞提出問題、分析問題（性質是什麼、原因是什麼、有什麼規律、會導致什麼結果）、怎樣解決問題等方面進行論述。②表達方式。記敘文主要運用記錄、敘述、描繪、寫景、狀物、渲染、想像、抒發感情等表達方式；議論文則主要運用概括、判斷、分析、推理、論說、證明、辨析、駁斥以及闡述等表達方式。

議論文具有很強的論辯性，論辯性是議論文的一大特點。論是論證、論說和證明；辯是辯駁、辨析和駁斥。一篇議論文，論說、證明、辨析和駁斥是其基本手段。議論文的表達離不開「論證」和「辯駁」，只有通過「論證」和「辯駁」，才能辨明正誤，闡發事理，得出科學的結論。

議論文具有很強的邏輯性，它是依靠材料與論點之間、論點與論題之間的邏輯力量來說服讀者接受自己的觀點，而不是像記敘文那樣用形象和情感的感染力去影響讀者。議論文的邏輯性體現在：材料與論點之間的邏輯聯繫；論點與論題之間的邏輯聯繫；分論點和中心論點之間的邏輯聯繫。

議論文有三要素：論點、論據和論證。

一、議論文的論點

議論文的論點是作者在文章中要闡明的思想觀點，是作者對所論述的事物或所要闡明的問題的觀點和見解，是整篇文章論證的中心。一篇議論文，無論是立論文、駁論文，或者是立論駁論相結合的文章，都有論點。論點是議論文的靈魂。閱讀議論文必須把握文章的論點，只有準確地把握議論文的論點，才能理解作者在文中提出的見解、主張和所要解決的問題。

一篇議論文通常只有一個論點，這個論點也被叫做中心論點或基本論點。論點應該符合三個要求：①正確性。論點要符合實際情況，要正確，要符合客觀規律。②理論性。論點要言之有理，必須是作者從文章材料中得出的道理，要有較強的理論性。③鮮明性。論點應集中、鮮明，表述論點的語句應當簡明準確。

議論文除了有中心論點外，通常還有分論點及小論點。分論點是從屬於中心論點的論點，是為了具體而深入地闡釋和證明中心論點設立的。中心論點和分論點之間的關係是總分關係。小論點是從屬於分論點的論點，是為了具體而深入地闡釋和證明分論點設立的。分論點和小論點之間的關係也是總分關係。作者在議論文中設不設立分論點或小論點，主要依據論述的需要。如《真實如常是散文大境界》這篇文章，其題目就是文章的中心論點。作者為了論證自己的中心論點，分別從正面提出了三個分論點來加以闡明。第一個分論點：要做到真實如常，不是一件容易的事情。文如其人，只有人活得真實，活得如常，才會有真實如常的文學。第二個分論點：真實和真誠對散文來說尤其重要。第三個分論點：一個人為人、為政、為文都能真實如常，可謂彌足珍貴。這三個分論點與中心論點之間就是從屬關係，它們是為證明中心論點服務的。

議論文的論點和論題是有區別的。議論文的中心論點是作者在文章中要闡明的思想觀點，是對所論述的問題的觀點和見解，是整篇文章論證的中心。論題是作者在文章中提出來要進行論證的問題或討論的範圍，屬於論證對象。論題並不表明作者對問題的認識，只是提出問題。換言之，作者提出來的問題就叫論題。

提煉議論文的中心論點，必須對材料進行客觀細緻的分析。材料是提煉論點的客觀依據，特定的材料只能提煉出特定的論點。作者提煉論點，必須實事求是，不能隨心所欲，牽強附會。同時，作者還必須綜合概括出事實材料的本質內容，準確揭示其實質，把材料中最深刻的思想挖掘出來，並用恰當精練的語言表達出來，使之能準確地表達作者的思想。

二、議論文的論據

議論文的論據是作者在文章中用來證明自己的論點的事實材料和理論根據。

論據通常可以分為事實論據和理論論據。事實論據是真實而客觀存在的事實，包括典型事實材料、概括性事實材料和科學實驗數據以及各種統計數據等。如《談骨氣》中文天祥寧死不投降、齊人餓者不食嗟來之食、聞一多面對國民黨特務的手槍拍案而起，就是三個事實論據。理論論據是已經被科學實驗和社會實踐證明了的科學觀點和科學理論，包括社會科學、自然科學的基本原理、定義，科學法則、科學規律、一般公理、常識等。

議論文的論據應當真實、準確。論據是用來證明作者的觀點的，如果論據不真實，不準確，那麼，作者的論點就很容易被駁倒。議論文的論據還應當典型。所謂典型，第一是指這些論據能夠反映出事實的本質，第二是指它具有一定的代表性，能夠以一當十地支撐論點。真實、準確、典型的論據可以增強議論文的說服力。

我們在選擇論據時，應當緊緊圍繞論點進行選擇，務求論點和論據的高度統一。如果論點和論據之間缺乏緊密的邏輯聯繫，那麼，論據的證明作用將大打折扣。

例文 2-5

訪好書如訪美人

韓石山

好書是要訪的。那過程那感受，和訪美人無甚差別。尋尋覓覓，曲徑通幽，輕叩門兒慢卷簾兒，執子之手，與子偕老，全都一模一樣。

有人或許不以為然，說圖書館裡有的是好書，借來看看就行了，犯得著費那個工夫？我不作如是之想。借書看，再好的書，也讓人有身在青樓的感覺，縱是情意繾綣，終有一別。自己訪來的書，可就不同了。朝夕相處，隨時取用，可把酒成歡，可相擁而眠，是一種情意，更是一種緣分。在我看來，好書非訪不可，得之不易也就格外愛憐。

記得改革開放之初，中華書局的點校本「二十四史」陸續出版，對我這個「文革」前就上了歷史系的人來說，不啻是天降甘霖。當時想縱然不看它，也要全買它。那時我還在晉西一個小縣城教書，那兒的書店不進這類書，只能趁外出之便多方搜求。最難辦的是，初版還沒找全，第二版就出來了。我有個毛病，要買一定要買初版的。還有一個原因，初版的封面淡些，新版同樣的圖案顏色却深了許多。前四史是在太原買的,《明史》是在老家買的。《宋史》怎麼也找不見,只好買了新版,插在書櫃裡,怎麼看怎麼不舒服。有一年去黑龍江遊玩,竟在一個縣城的書店裡見了初版本,回來后將新版放在書店裡賣掉了。搬過幾次家,不管什麼時候,「二十四史」都在我身邊的書櫃裡,整整齊齊,一片綠茵。閒暇時看看,真如一個清秀女子侍立身側,其樂何如!

仍是那次在黑龍江,我跟朋友說,要是能買到黃仁宇的《萬歷十五年》就好了。內地早已脫銷,邊遠地方的書店說不定會有留存。真也巧了,到了黑河縣城,我們去了書店,獲得允許去書庫裡尋找,竟在一個書架的底層發現了10本。我和朋友一人買了5本。回來自己留下一本,其余4本全送了人。后來我的一本讓朋友借走沒有歸還。至今還記得,那黃綠色的封面上,廖沫沙先生寫的書名。后來,這本書再版一版比一版闊氣,我見了不再買。見過清純處子的人,艷婦哪能勾起他的興致!

新書要訪,舊書更要訪。上世紀90年代,我的興趣轉向現代文學人物傳記的寫作。寫《李健吾傳》《徐志摩傳》時,為了得到兩人的原版著作,在石家莊的《舊書交流信息報》上登了廣告,表示願意高價購藏:一本《咀華集》不過20元,一本《愛眉小札》不過30元。因為喜愛徐志摩,連帶的也喜歡上了胡適,總以手上沒有胡適的原著為憾事。一次到上海,認識了一位舊書商,去了他家。他告訴我,陳子善先生剛剛挑過,我一聽就泄了氣,子善挑過,如同悍匪劫過,哪裡還會有遺漏之珍。然而,沒料到的是,竟找到一本胡適手批的《神會和尚遺集》,封面上有胡適親筆寫的「胡適校本」四字。當時我的興奮,直如曹孟德赤壁大敗后逃到華容道上一樣,不能不大笑諸葛亮的千密一疏!

從買書讀書上,能感到改革開放的步子是闊大的,同時也能感到在某些方面,又是遲緩的,迂迴的。比如大陸之外中國學人的著作,身在歐美的,很快就引進過來,而同類著作,臺灣學人的,就不那麼快捷了。比如何炳棣的《讀史閱世六十年》,2004年在海外出版,2005年廣西師範大學出版社就出了大陸版。而臺灣的一大批著名學者的同類著作,則很少見印行的。當然,近年也有所松動。前不久我去廈門,謝泳先生領我去廈大附近的書店閒逛,就看到一套臺灣傳記文學社編的自傳叢書,黃山書社引進出版了。這套書大多是20世紀70年代出版,大陸印行遲了30多年。這套書共6冊,在廈門只買到4冊,缺的兩冊中,有一冊是《王映霞自傳》,雖說我早就買了大陸版的,但美女之書,豈能漏過。前幾天去本地一家書店,踅來踅去,一眼就看見了鬱達夫筆下這個「王姬」,二話不說,攜之以歸。還有一冊,相信以我的執著,總會購得,以成全璧。

西方的心理學上,有情感轉移之說。回想幾十年來,我在情場上了無建樹,朋友多譏為痴愚,自己也引為憾事。而在書場上却多有斬獲,訪好書如訪美人,也算是一種感情轉移吧。既如此,何憾之有?

2008年4月20日於潺湲室

(山西文學,2008,6)

上面這篇文章,韓石山先生提出了一個頗具新意的論點:訪好書如訪美人。要證明這個論點,作者必須用論據來加以證明。文中,作者回憶了自己的四件購書奇事來作為論據。第一件是買初版的「二十四史」;第二件是買黃仁宇的《萬歷十五年》;第三件是買胡適手批的《神會和尚遺集》；第四件是買《王映霞自傳》。從這四件往事中，作者都體會到了百般訪求終收囊中的那種快感，就像訪美人一樣。這四個論據，不僅證明了自己頗具新意的論點，而且讓讀者也充分體會到了訪書過程中的那一份奇巧的緣分和深深的情意。

三、議論文的論證

論證是運用嚴密的邏輯推理，把論點與論據有機地組織在一起。它是議論文中論點被證明的過程和方法，解決怎樣用論據來證明論點的問題。

（一）論證的內容

論證包含了兩個內容：論證過程和論證方法。

論證過程：是證明論點的全部過程。在這個過程中，必須深入剖析論點與論據之間內在、必然的聯繫，揭示出論點賴以成立的深刻緣由。要達到這個目的，還應恰當運用具體的論證方法。

論證方法：指證明論點的具體方法，或者說，指議論文的作者用怎樣的方式來證明論點。

論證過程和論證方法既有聯繫又有區別。論證過程是指論證說理的所有環節，即運用恰當的論證方法使論據和論點之間緊密結合而使論點得以證明的全過程。論證方法則是指作者在論證過程中用來聯繫論點和論據從而使之緊密結合的具體的邏輯推理形式。論證過程包含著論證方法，論證方法則體現在論證過程中。

通常而言，論證方法包括歸納論證、演繹論證、類比論證三種。

歸納論證是從個別到一般的論證方法。它通過許多個別事件，歸納出事物的共同特征，得出一個一般的結論。論據與論點之間的邏輯關係是由個別到一般。事實就是根據，由事實歸納出論點，論點則是對事實本質和內在聯繫的概括和抽象。

演繹論證是一種從一般到個別的論證方法。即用已知的一般道理作為論據，來證明一個個別性的論點。在邏輯推理上它的公式為：因為公理正確，所以論點正確。

類比論證是一種尋找個別與個別之間的共性的論證方法，它利用個別與個別之間的某種共性，來證明兩者之間有某種相似之處，說明本體與喻體有某種相同的性質。在邏輯推理上它的公式為：因為甲和乙有某種相似之處，因此它們之間存在某種相同的性質。

在議論文寫作中，歸納論證、演繹論證、類比論證這三種論證方法通常並不是相互分離的，而是交叉使用。

（二）論證的方式

論證從方式上分可以分為兩種：立論和駁論。

正面提出並闡明論點的論證方式叫立論。用這種方式寫作的議論文被稱為「立論文」。《繼續保持艱苦奮斗的作風》就是一篇立論文，《訪好書如訪美人》這篇文章也是一篇立論文。

通過反駁對方的論點來闡明自己的論點的議論方式叫駁論。這類議論文常稱為

「駁論文」。

駁論要鮮明地提出文章反駁的觀點，如《中國人失掉自信力了嗎?》一文針對當時有些人散布中國人對抗日前途失去信心的悲觀論調進行批駁。反駁有三種方法：駁論點、駁論據、駁論證。駁論點：對對方的論點進行批駁，指出它是荒謬的、虛僞的，這是駁論中最常用的方法。駁論據：揭示對方論據錯誤，以達到駁倒對方論點的目的。論點是由論據來支撐的，駁倒了論據，論點也就站不住腳。駁論證：揭露對方在議論過程中的邏輯錯誤，如大前提、小前提與結論的矛盾，對方各論點之間的矛盾，論點與論據之間的矛盾等。駁論據和駁論證是較常用的方法。議論文是由論點、論據、論證三部分有機構成的，駁倒了論據或論證，也就否定了論點，這與直接反駁論點具有同樣的效果。駁論可以直接批駁，這種方法有的是引用確鑿的不可辯駁的事實，有的是從理論上進行透徹的解剖和分析。駁論也可以間接批駁，間接批駁又分為兩種方法：一種是對對方的論點進行合乎邏輯的引申，使敵論點露出馬腳，駁倒對方，即歸謬法；另一種是證明與對方相對立的論點是正確的，這也就證實了對方的論點是錯誤的，即反證法。

在議論文寫作中，雖然有立論、駁論兩種論證方式，但並不能分割開來。「駁」的目的是為了「立」，為了從正面樹立正確的觀點；「立」的同時也離不開「駁」，只有駁倒了錯誤的論點，正確的觀點才能樹立起來。在議論文寫作中，立論和駁論常常是相互交織，交替使用的。

第四節　應用文

應用文是國家機關、企事業單位、社會團體、人民群眾在管理國家、從事經濟文化建設的實踐活動中，處理生產、工作、學習或日常生活中各種實際問題時所寫的具有一定體式的書面文章。

應用文與人們的工作、生活、學習有著密切的聯繫，它的使用頻率很高，應用範圍也很廣。各種日常生活文書、公務文書、財經文書、司法文書、機關事務文書等均屬於應用文，各行各業也都離不開應用文。應用文寫作已成為現代人必須掌握的基本工作技能之一。

應用文與其他文體相比有自己鮮明的特點。首先是實用性。實用性是應用文最重要的特點。應用文是針對處理日常生活中各種事務，解決生產、管理、工作、學習中出現的各種具體問題而寫作的。應用文往往有特定的受文對象，受文對象通常也會對來文內容做出回應。雙方文件你來我往，充分體現應用文在實際生產和工作中解決具體問題，達到實際效果的獨特作用。其次是體式慣用性。體式慣用性是指大多數應用文都有自己獨特的慣用文章體式。這種文章體式是長期以來約定俗成、相習沿用或由國家對某些應用文的文體格式做了嚴格規範而形成的。這些文章體式通常比較固定，有自己獨特的行文規則和行文規範，人們相習沿用，共同遵守。最后是語言程式化。語言程式化是指各種不同的應用文常有自己特定的用語習慣和用語規範。大多數應用文常有自己特定的習慣用語。這些習慣用語也是長期以來約定俗成、相習沿用而不能隨意改變的，獨特的程式化語言。

應用文在日常生產、管理、工作、學習和生活中主要有以下幾種重要作用。其一是發布政策法規，指導各部門工作。國家機關、企事業單位、社會團體發布政策法規，指導各部門工作都是通過運用應用文來實現的。其二是聯繫公務、溝通各方面信息。國家機關、企事業單位、社會團體在日常工作中主要是運用應用文來聯繫公務、溝通信息的。其三是作為憑證記載史實資料。應用文常常記載了國家機關、企事業單位、社會團體在不同時間、不同地點、不同事件中處理各種問題的具體情況和具體意見。這些文件正是我們在日常生產、管理、工作、學習和生活中的重要資料和憑證，同時它也會成為日后重要的文獻資料和歷史檔案。

應用文種類繁多，按不同的標準可以分成不同的類別。通常人們按文章內容和使用範圍劃分，可以將應用文分為六個類別：①行政公文；②通用文書；③財經文書；④司法文書；⑤新聞傳播文書；⑥日常應用文。

一、應用文的材料

和其他文章一樣，應用文也有主題和材料。應用文的材料是指構成文章的材料，包括事實材料和理論材料。事實材料通常包括綜合材料、典型材料和各種統計數據。理論材料通常包括政策法規、各種理由、要求、意見和建議。不同的應用文有不同的材料。在寫作中，我們應當根據各種應用文不同的特點來選擇材料。

應用文的材料常常是在日常生產、管理、工作、學習和生活中累積起來的。也有一些應用文在寫作前需要通過進行有目的的調查來收集和獲取材料，比如經濟活動分析報告、經濟預測報告、財務分析報告、調查報告、工作研究等。和寫其他文章相同，我們在寫作各種應用文之前，也需要預先收集整理自己需要的材料。應用文的材料有以下幾個要求：①真實。真實是對應用文材料的最基本要求。應用文是在日常生產、管理、工作、學習和生活中處理各種事務和問題的，文章所用的材料當然必須做到真實，不能有絲毫失實。②準確。應用文的材料如果不準確，會在日常生產、管理、工作、學習和生活中造成許多不必要的麻煩和損失，並引起對方的誤會。③典型。應用文的材料應當典型，有代表性和廣泛性，能夠說服對方。

二、應用文的體式

應用文的體式是指各種應用文的慣用文章體式。如前所述，大多數應用文都有自己獨特的慣用文章體式。這種文章體式是長期以來約定俗成、相習沿用或國家對某些應用文的文體格式做了嚴格規範而形成的。這些文章體式通常比較固定，有自己獨特的行文規則和行文規範，人們相習沿用，共同遵守。

各種應用文都有自己慣用的文章體式，這是應用文非常獨特的一種性質。例如，行政公文有十分嚴格規範的格式，司法文書也有自己規範的格式，財務報告同樣要按自己規範的體式來寫作，幾乎每一種應用文都有自己慣用的文章體式。在應用文學習中，掌握不同類型的應用文的體式是十分重要的，同時也是在學習中十分容易忽視的。

許多同學總認為這太簡單，一看就懂，完全不重要，這大錯特錯。學習應用文寫作，最需要掌握和最需要規範的恰恰就是各種文章的慣用體式。

三、應用文的語言

應用文是實用性文體，在語言上具有鮮明的風格。各種不同的應用文常有自己特定的用語習慣和用語規範。大多數應用文的習慣用語是長期以來約定俗成、相習沿用而不能隨意改變的，是其獨特的程式化語言。

應用文在詞語的選擇上具有三個特點。

（一）常用介詞，少用修飾性詞語

應用文中常高頻率使用介詞，比如公文的標題，大多數都要使用介詞「關於」。正文仲介詞的使用也非常頻繁，常用「根據」「對於」「從」「按照」「為了」等介詞。修飾性詞語在應用文中很少使用。描寫性、誇張性詞語也用得很少，象征性詞語基本不用。

（二）常用規範的專用詞語，少用語氣詞

應用文使用範圍廣，常常涉及許多專門領域，因此，其中經常使用專業術語。同時又因為表達的需要，常常使用規範的專用詞語，這些專用詞語，在其他文體中極少使用，如公文中的特定用語「收悉」「當否」「請予審核批覆」「專此呈報」等。應用文很少使用語氣詞，一般不用「啊」「呀」「嗎」「呢」「哇」等極具感情色彩的詞語。

（三）常用文言詞語，少用口語

與其他文體不同，應用文寫作中常常較多地使用文言詞語，以增強文章的凝練典雅，莊重嚴謹，達到言簡意賅的效果。在很多應用文寫作中都有一些因長期使用已趨定型的專用語，如「業經」「玆有」「謹悉」「此復」「查照」等均屬此類。另外由於口語欠莊重、不嚴謹、不準確，有損嚴肅性、權威性、準確性，因此應用文寫作基本不用口語詞彙。如「好得不得了」「幫幫忙」「好不好」「乾脆點」「收到了」「懂了」等。

應用文在語言上還有準確、得體，表意恰如其分，不悖事理，簡潔、精要，行文干淨利落，質樸、通俗，明白曉暢，典雅莊重等要求。

復習要求

1. 準確把握各種文體的不同特點。

2. 理解記敘文的主題、材料和結構，掌握順敘法、倒敘法、插敘法三種結構方法。

3. 理解議論文的三要素：論點、論據、論證，理解議論文與記敘文的主要區別，把握立論和駁論各自的特點，掌握歸納論證、演繹論證、類比論證三種論證方法。

4. 理解應用文體式和語言上的特點。

第三章　行政公文

第一節　行政公文概述

一、行政公文的概念和特點

行政公文，簡稱公文，是黨政機關、社會團體和事業單位在管理國家、處理公務時，按照規範的體式，經過一定程序製成的書面文字材料。它是發布政策法令、傳達工作意圖、處理公務、記載工作情況的特殊文體。

行政公文主要有以下四個特點：

(一) 鮮明的政治性

行政公文是一定的社會政治集團及其組織機構表達意志的工具。在中國現階段，它承擔著傳達黨和國家的路線、方針、政策，實施黨的領導和國家的行政措施，指導和體現黨和國家各級行政機關、各類單位行政活動的職能。公文的內容，總是直接反映出黨和國家明確的政治意向、政治立場和堅定的政策原則，直接反映出人民的根本利益。因此，它必然地帶有鮮明的政治色彩，從廣義上講，它本身就是政治的一種表現。

(二) 法定的權威性

行政公文的法定權威性體現在三個方面：①制定者的法定權威性。公文是黨政機關、社會團體、企事業單位為辦理特定公務，根據法定的權限和職責製作和發布的。②內容的法定權威性。它表達的是這些法定的製作者對特定問題的權威意見、看法和要求，體現著發文機關行使法定權力的權威性。③對受文者制約的法定權威性。公文一經發出，受文單位及有關人員就要根據公文的要求作出相應的反應。下級機關對上級機關下達的公文，應按要求貫徹執行，予以辦理；上級機關對於下級機關呈報的公文，也應及時給予處理或做出答覆。不管什麼單位，如果無視公文的權威，對應予處理的公文置之不理，那就意味著失職或瀆職。情節嚴重的，還會受到應有的查處，這就是公文權威性的具體體現。

(三) 特定的規範性

特定的規範性，是行政公文區別於其他文章的一個重要標志。這種規範性體現在公文形成和處理的整個過程中，其嚴密程度也是其他任何文體都無法比擬的。

行政公文的特定規範性體現在三個方面：①格式的規範性。從公文的撰擬、印裝上講，公文有特定的文種名稱，有規定的寫作格式，有嚴格的書面格式和印裝規範，有特定的用語規範；②行文規則的規範性。從行文上講，公文有特定的行文關係和行文規則；③處理程序的規範性。從公文處理上來講，公文有特定的處理程序和原則。公文這些嚴格的規範，是維護公文的嚴肅性和準確性，提高公文處理效率的重要保證。任何單位撰寫、印發和處理公文，都必須按照這一規範進行。

(四) 限定的時效性

所謂時效性，是指行政公文特別講究時間性和實際效用。任何公文都要求在一定時間內完成撰寫，及時傳達，及時處理，並在一定範圍內發揮作用。公文是針對實際工作中公務活動特定的問題而寫的，具有指導工作、反映實際情況、解決實際問題的作用。一個通知，一個指示，往往是規範人們行為、指導下級開展工作的重要依據；一個報告，一個請示，常常成為上級制定方針政策、處理問題的重要參考。任何一份公文，如果沒有解決實際問題的功效，就失去了存在的意義。

二、行政公文的作用

行政公文是傳達和貫徹執行黨和國家的各項方針政策、管理國家政務及保持各機關單位之間聯繫與處理工作的一種工具。具體分析起來，行政公文主要有以下四個方面的作用：

(一) 法規作用

(1) 各種法規是以文件的形式制定和發布的。管理國家和社會事務需要各種法律和行政法規，如《中華人民共和國憲法》和依據憲法制定的《中華人民共和國刑法》《中華人民共和國刑事訴訟法》《中華人民共和國婚姻法》《中華人民共和國民法通則》等，還有各種條例，如逮捕拘留條例、發明獎勵條例、學位條例以及各種工作的通則、規定、辦法。這些法律、條例、通則、辦法等統稱為法規文件，它們都需要用行政公文的形式頒布。

(2) 法規文件具有法律依據作用，一經制定和發布生效，必須堅決執行，國家以強制力保證它的權威。法規文件用以維護社會生活的正常秩序，作為各項工作和各種活動的規範和準繩，它在沒有修改和宣布作廢之前，始終有效，法規文件在其有效的範圍內，人人均須遵守，不得違反。

(二) 領導與指導作用

行政公文是上級機關對下級進行領導和指導的一種工具。上級機關的職責，主要是進行決策，統攬全局，規劃部署，瞭解基層的實際情況，組織與調配人力、物力等，領導各所屬機關、單位完成工作任務。一個領導機關在工作中，需要經常通過製發文件來部署工作任務，傳達自己的意見和決策，對下級機關的工作予以具體領導和指導。例如，黨中央和國務院經常通過聯合制定和發布批示性、決定性的重要文件，闡明國家的重大方針政策、重大措施、戰略部署和工作步驟，領導全國各條戰線、各個地區的工作。又如，政府部門的上級領導機關和業務主管機關，也經常通過製發指示、決定、通知、批覆等文件，對下級機關和下級業務部門的工作進行具體領導和指導。

（三）公務往來、聯繫的作用

行政公文是各機關單位之間往來聯繫工作和協商事宜的主要工具。中國各類機關在日常工作和業務活動中，經常利用行政公文與上下左右的機關進行聯繫。例如，通知有關事項，報送工作計劃、總結和報表，一般的業務問答、經驗介紹，商洽具體工作等。行政公文在同一系統和不同系統的機關之間，起著溝通情況、處理問題、商洽工作的作用。

（四）憑據和記載作用

行政公文是機關公務活動的文字記錄。政府機構下發的通知、批覆，不僅是領導或指導下屬機關按通知和批覆要求開展工作，同時也是上下級之間公務活動的文字記錄。雙方均可以作為監督、檢查的憑據，證實雙方曾經相互許諾承擔的責任和義務以及享有的權利。會議紀要、會議通知等，明顯是一種記載憑證，具有記事備查的作用。

另一方面，行政公文在現實社會生活中是具有現行效用的文件，無論其時效長短、執行範圍大小和作用方面有何不同，都是與一定的現行機關的工作密切相關的，具有實際作用。當現行文件失去時效而成為歷史文件時，它就是歷史發展的真實記錄，成為歷史檔案。

第二節　行政公文的分類

國務院辦公廳2000年8月24日發布的《國家行政機關公文處理辦法》規定，公文有十三種：命令（令）、決定、公告、通告、通知、通報、議案、報告、請示、批覆、意見、函、會議紀要。

根據不同的標準，公文有不同的分類方法。

1. 按行文方向分

按行文方向分，中國行政公文可分為上行文、下行文、平行文三類。

（1）上行文，即下級機關呈報給上級機關的公文，如請示、報告。

（2）下行文，即上級機關發給下級機關的公文，如命令、決定、批覆等。

（3）平行文，即平行機關或不相隸屬機關之間來往的公文，如函。

2. 按保密級別分

按保密級別分中國行政公文分為公開、內部、秘密、機密、絕密五類。后三類要求在文面上注明密級。

（1）公開公文，即可以向社會公開發布的公文。

（2）內部公文，即只在本機關、本組織內部傳閱的公文。

（3）秘密公文，即內容關係到國家一般秘密的公文。

（4）機密公文，即內容關係到國家機密的公文。

(5) 絕密公文，即內容關係到國家絕密的公文。

3. 按緩急程度分

按緩急程度分，中國行政公文分為平件、急件、特急件三類。

4. 按內容性質分

按內容性質分，中國行政公文分為指導性公文、呈請性公文、告知性公文、商洽性公文、紀要性公文五類。

第三節　行政公文的格式

一、行政公文的格式的概念

行政公文的格式是指行政公文的文面格式、用紙規範和印製規範的總和。

2001 年 1 月 1 日施行的《國家行政機關公文處理辦法》第三章第十條對行政公文的格式做出了規範性的規定：「公文一般由秘密等級和保密期限、緊急程度、發文機關標示、發文字號、簽發人、標題、主送機關、正文、附件說明、成文日期、印章、附注、附件、主題詞、抄送機關、印發機關和印發日期等部分組成。」同時還指出：「公文中各組成部分的標示規則，參照《國家行政機關公文格式》國家標準執行。」依據這兩個法規性文件，通常情況下，現行的行政公文（除命令（令）、公告、通告、會議紀要等以外）的格式一般由文面格式、用紙格式和印裝格式三部分組成。

二、行政公文的格式

(一) 文面格式（書面格式）

行政公文的文面格式，是指行政公文全部文面組成要素的排列順序和標示規則。《國家行政機關公文格式》由中國標準研究中心和國務院辦公廳秘書局共同起草，國家質監局發，自 2001 年 1 月 1 日起正式實施。作為國家標準，《國家行政機關公文格式》將公文的文面格式劃分為眉首、主體、版記三部分。置於公文首頁的紅色反線（又稱「間隔橫線」）以上的各要素統稱眉首；置於紅色反線（不含紅色反線）以下的各要素統稱主體；置於主題詞（包含主題詞）以下的各要素統稱版記。

1. 文頭（眉首）

文頭（眉首）是發文機關的標志。它位於首頁上方，套紅印刷，占首頁的三分之一或五分之二，包括公文份數序號、秘密等級、保密期限、緊急程度、發文機關標示、發文字號、簽發人、紅色反線等內容。

份數序號：份數序號是同一文稿印製若干份時每份公文的順序編號。用六位阿拉伯數碼頂格標示在版心左上角第一行。份數序號主要用於機密、絕密公文。

秘密等級和保密期限：秘密公文應當分別標明「絕密」「機密」「秘密」和保密期限。秘密等級和保密期限的標示，用 3 號黑體字，頂格標示在版心右上角第一行，秘密等級和保密期限之間用「★」號隔開。

緊急程度：緊急公文應注明緊急程度。緊急文件應當分別標明「特急」「急件」。其書寫位置、字體、字號與密級相同。如果一份公文須同時注明緊急程度和秘密等級，一般將緊急程度寫在秘密等級的下面。

發文機關標示：由發文機關全稱或規範化簡稱后加「文件」組成。如：「國務院文件」「中共中央辦公廳文件」等。幾個發文機關聯合行文的，要將所有發文機關都寫上，其中主辦機關排列在前。發文機關標示是文頭的核心部分，位於文頭正中，一般都套紅，俗稱「紅頭」。

發文字號：公文的發文字號由發文機關的代字、發文年份和序號組成。位置在發文機關標示下空 2 行，用 3 號仿宋體字，居中排布。年份、序號用阿拉伯數碼標示。年份應標全稱，用六角括號「〔 〕」括入。序號不編虛位（即 1 不編為 001），不加「第」字。如「國發〔2000〕23 號」，代表國務院 2000 年第 23 號發文。

簽發人：簽發人是指簽發機關的領導人。下行文和平行文不注明簽發人，上行文應注明簽發人和會簽人姓名。其書寫方法和位置是：平行排列於發文字號右側。發文字號居左空 1 字，簽發人居右空 1 字；簽發人用 3 號仿宋體字，簽發人后標全角冒號，冒號后用 3 號楷體字標示簽發人姓名，如「簽發人：×××」。

紅色反線：紅色反線又稱間隔橫線，位於發文字號下一行，以隔開文頭與主體部分。

2. 正文（主體）

正文是行政公文的核心部分，用來表達具體的思想內容。正文應根據文種和寫作意圖選擇恰當的表達方式和結構，在公文格式規範、行文關係正確的前提下，一篇公文的水平與效果關鍵取決於正文的擬定。

正文寫在主送機關名稱下一行，每自然段第一行開頭空兩字，回行頂格，數字和年份不能回行。

正文的寫作要求是：

(1) 符合國家法律、法規，符合黨和政府的方針、政策以及上級機關的有關規定。

(2) 要有針對性，即以事實為根據，分析問題，做到有的放矢。

(3) 一般應一文一事，事由要集中、明確、重點突出。

(4) 行文邏輯縝密，層次清晰，條理清楚。

(5) 具體措施或意見要符合實際，明確具體，可操作性強。

(6) 語言要準確、簡潔、規範。

除成文日期、部分結構層次數和在詞、詞組、成語、慣用語、縮略語、具有修辭色彩語句中作為詞素的數字必須使用漢字外，其他數字應當使用阿拉伯數字。

行政公文的正文（主體）包括標題、主送機關、正文、附件、成文日期、印章、附注等部分。

標題：標題是公文的具體標題。完整的公文標題由發文機關、事由和文種三部分組成，稱為公文標題的三要素。在事由前面一般要加上介詞「關於」。例如《建設部關於加強基本建設管理的通知》，發文機關是「建設部」，「加強基本建設管理」是文件的事由，「通知」是文種。公文的標題可以用省略式，有時標題只標出事由和文種，或只標出發文機關和文種，甚至只標出文種。《國家行政機關公文處理辦法》中規定：「公文標題應當準確簡要地概括公文的主要內容並標明公文種類，一般應當標明發文機關。公文標題中除法規、規章名稱加書名號外，一般不用標點符號。」

主送機關：主送機關是指公文的主要受理機關，應當使用全稱或規範化簡稱、統稱，位於公文標題下左側，頂格用 3 號仿宋體字標示，末尾標全角冒號。

正文：正文是文件的具體內容，表達發文機關的意圖。正文的內容應當做到符合政策、觀點鮮明、邏輯嚴密、層次清晰、具體措施或意見符合實際、語言準確、簡潔、規範。

附件：附件是附屬於正文的材料，一般可以作為對正文的補充說明或參考資料。如附帶的圖表、統計數字以及其他需要說明正文中提及的數字、事件等文字的材料。帶有附件的文件，應在正文下空 1 行、左空 2 字用 3 號仿宋體字標示「附件」，后標全角冒號和名稱。附件如有序號使用阿拉伯數碼，附件名稱后不加標點符號（如「附件：1. ××××」）；附件應與公文正文一起裝訂，並在附件左上角第一行頂格標示「附件」，有序號時標示序號。

成文日期：成文日期一般以領導人簽發的時間為準。單一機關製發的公文在落款處不署發文機關名稱，只標示成文日期。成文日期右空 4 個字，一律按照公元紀年，用漢字將年、月、日標全，「零」寫為「○」。

印章：印章是公文生效的標志，也是代表機關職權的標志。加蓋印章應上距正文 1 行之內，端正、居中下壓成文日期。當印章下弧無文字時，採用下套方式，即僅以下弧壓在成文日期上；當印章下弧有文字時，採用中套方式，即印章中心線壓在成文日期上。聯合上報的公文，由主辦機關加蓋印章；聯合下發的公文，發文機關都應當加蓋印章。如果聯合行文需加蓋兩個印章時，應將成文日期拉開，左右各空 7 字，主辦機關印章在前，兩個印章均壓成文時期，互不相交或相切，相距不超過 3 毫米。

附注：附注是指文體末頁最后的文尾部分，需要附帶說明的有關內容。公文如有附注，用 3 號仿宋體字，居左空 2 字加圓括號標示在成文日期下一行。

3. 文尾（版記）

文尾（版記）由主題詞、抄送機關、印發機關、印發日期和印發份數等部分組成。

主題詞：主題詞是由公文撰寫者根據公文內容查閱主題詞表加以概括，便於日后計算機按文件的主題檢索。主題詞用 3 號黑體字，居左頂格標示，后標全角冒號；詞目用 3 號小標宋體字；詞目之間空 1 字。主題詞一般不超過 5 個，最后一個詞是文種。

抄送機關：抄送機關指除主送機關外需執行或知曉公文的其他機關，應當使用全稱或規範化簡稱、統稱。其書寫位置應在主題詞下一行，用 3 號仿宋體字標示，后標全角冒號。抄送機關間用逗號隔開，回行時與冒號后的抄送機關對齊，在最后一個抄送機關后標句號。

印發機關和印發日期：印發機關是指負責印發文件的機關，一般用各級行政機關的辦公廳（室）的名稱。印發日期與成文日期不同，是指文件印製完畢的時間，用阿拉伯數字標示。印發機關和印發日期應位於抄送機關之下（無抄送機關在主題詞之下）占一行位置，用 3 號仿宋體字。印發機關左空 1 字，印發日期右空 1 字。

印發份數：印發份數是一份文件的總印數。印發份數位於印發機關及日期橫隔線下一行右部，不頂格，加一小括號。如（共印2 000份）。

另外，國家標準GB/T9704—1999《國家行政機關公文格式》（以下簡稱「標準」）對公文的頁碼標示作了如下規定：「用4號半角白體阿拉伯數碼標示，置於版心下邊緣之下一行，數碼左右各放一條4號一字線，一字線距離版心下邊緣7毫米。單頁碼居右空1字，雙頁碼居左空1字。空白頁和空白頁以后的頁不標示頁碼。」

（二）用紙格式

公文的用紙格式，主要包括公文用紙的主要技術指標和公文用紙的幅面及版面尺寸兩個基本方面。「標準」規定：「公文用紙一般使用紙張定量為60～80克/平方米的膠版印刷紙或複印紙。紙張白度為85%～90%，橫向耐折度≥15次，不透明度≥85%，PH值為7.5～9.5。」

國家機關公文用紙的幅面尺寸，「標準」規定：「公文用紙採用GB/T148中規定的A4型紙，其成品幅面尺寸為：210毫米×297毫米。」

公文用紙的頁邊和版心尺寸，「標準」規定：「公文用紙天頭（上白邊）為：37毫米±1毫米」，「公文用紙訂口（左白邊）為：28毫米±1毫米」，「版心尺寸為：156毫米×225毫米（不含頁碼）」。

（三）印裝格式

公文一律採用從左至右橫寫、橫排的格式。在民族區域自治的地方，可以並用漢字和通用的少數民族文字，少數民族文字版的公文應按其習慣方式書寫和排版。

公文的排版規格，「標準」規定：「正文用3號仿宋字，一般每面排22行，每行排28個字。」

公文的裝訂要求，「標準」規定：「公文應左側裝訂，不掉頁。包本公文的封面與書芯不脫落，后背平整、不空。兩頁頁碼之間誤差不超過4毫米。騎馬訂或平訂的訂位為兩釘釘鋸外訂眼距書芯上下各1/4處，允許誤差±4毫米。平訂釘鋸與書脊間的距離為3～5毫米；無壞釘、漏釘、重釘，釘腳平伏牢固；后背不可散頁明訂。裁切成品尺寸誤差±1毫米，四角成90°，無毛茬或缺損。」

份號 000001

機　密★××年
特　急

25mm

□□□□□□□□文件

×發〔2005〕××號

(空兩行)

××× 關於 ×××× 的通知 (二號小標宋)

××××××：

××××××××××××××× (3號仿宋) ×××××××××××××××××××
×××××××××××××× (每頁22行，每行28字)××××××××××××××××
××
××××××××××××××××××××××××。

××××××××××××××××××××××××××××××××××××××
××
××
××××××××××。

××××××××××××××××××××××××××××××××××××××
××
××
××
××

圖 3－1　下行文、平行文格式

××。

附件：1. ××××××
　　　2. ××××××××

（印章）
二○○五年三月七日

附註：1. ××××××××。
　　　2. ×××××××××。

主題詞(3號黑體)：××　××　×× 通知(3號小標宋)

抄送：××××××××，××××××××，×××××，××××××××，×××××，×××××，×××××××。(3號仿宋)

××××印製(3號仿宋)　　2005年×月××日印發

（共印×××份）

份號 000001

機　密★××年
特　急

80mm

□□□□□□□□□文件

簽發人：×××
×××

××〔2000〕1號（3號仿宋）

（空兩行）

×××關於××××工作的請示（二號小標宋）

××××××：

××××××××××××××（3號仿宋）××××××××××××××××××
×××××××××××××（每頁22行，每行28字）×××××××××××××××
××
×××××××××××××××××××××××。

××××××××××××××××××××××××××××××××××××××
××
××
××

圖3－2　上行文格式

××。

　××。

附件：1．××××××
　　　2．××××××××

（印章）
二〇〇〇年四月五日

附註：1．××××××××。
　　　2．×××××××××。

主題詞(3號黑體)：××　××　×× 請示 (3號小標宋)

抄送：××××××××，××××××××，×××××，××××××××，×××××，×××××，×××××××。(3號仿宋)

××××印製(3號仿宋)　　2000年×月××日印發

（共印×××份）

註:版心實線框僅為示意，在印刷公文時並不印出。

××××××××局

××函〔2000〕××號

關於××××××的函

××××××××：

××××××××××××××（3號仿宋）×××××××××××××
×××××××××××××（每頁22行，每行28字）××××××××××
××××××××××××××××××××××××××××××××××
××××××××××××××××××××××××××××××××××
××××××××××××××××××××××××××××××××××
××××××××××××××××××××××××××××××××××
××××××××××××××××××××××××××××××××××
××××××××××××××××××××××××××××××××××
××××××××××××××××××××××。

附件：1.××××××××××××××
2.××××××××××××××

（加蓋印章）
二〇〇〇年一月一日

（附註：×××××）

主題詞（3號黑體）：××　××　××　函（3號小標宋）

抄送：×××××××××，×××××××××，×××××。（3號仿宋）

×××××××印製　　2000年×月××日印發

圖3－3　信函公文格式

第四節　行政公文的行文規則和辦理程序

一、行文規則的概念

行文是指公文在機關之間和機關內部的傳遞運轉。行文規則是指公文在運行過程中所應遵循的各種規定。《國家行政機關公文處理辦法》第四章規定：「各級行政機關的行文關係，應當根據各自的隸屬關係和職權範圍確定。」

《中華人民共和國憲法》明確規定了國家行政機關的隸屬關係和職權範圍。目前，中國機關間的隸屬關係主要有四種類型，它們分別適宜用不同方式來行文。

領導關係：同一系統中的上下級機關之間領導與被領導的隸屬關係，適宜用上行文、下行文來聯繫工作。

指導關係：上級業務主管部門與下級業務主管部門之間業務指導與被指導的關係，適宜用抄送或函來聯繫工作。

平行關係：同一系統中的同級機關之間的關係，適宜用平行文或函來聯繫工作。

不相隸屬關係：不同系統的機關之間均屬不相隸屬關係，適宜用平行文或函來聯繫工作。

二、行文規則的主要內容

（一）基本行文規則

不同的機關、行業、系統行文有不同的規則和要求，但通用規範性公文應遵守如下共同的基本行文規則：

（1）根據機關隸屬關係和職責範圍行文的原則。

（2）授權行文的原則。上一級政府部門根據授權可直接向下一級政府行文，無授權不能正式行文。

（3）行文由辦公部門、秘書部門統一處理的原則。

（4）公文不直接報領導者個人的原則。

（5）非特殊情況不越級行文原則。

（6）同級機關可以聯合行文的原則。

（7）部門會簽未經協調一致不得各自單獨行文的原則。

（8）請示性公文一事一文和不向下級抄送的原則。

（二）行文規則的主要內容

1. 注重實效，堅持少而精

行文應當本著「確有必要，注重實效」和「少而精」的精神製發公文，可發可不發的公文不發，可長可短的公文要短。

2. 明確行文關係，不越權越級行文

行政公文的行文關係是：處於領導、指導地位的上級機關可以向與其有直接隸屬關係的下級機關發送下行文；下級機關則應向上級領導、指導機關報送上行文；平行機關和不相隸屬關係的機關之間應相互傳送平行文。

各級行政機關在一般情況下，不得越級行文，尤其不得越級向上級機關請示或報告問題。上級機關解決不了的問題可由該機關向再上一級機關請示或報告。

3. 政府部門之間遵守的行文規則

（1）政府各部門依據部門職權可以相互行文；

（2）政府各部門依據部門職權可以向下一級政府的相關業務部門行文；

（3）政府各部門一般不得向下一級政府正式行文；

（4）政府各部門和下一級政府之間只能用函的形式商洽工作、詢問和答覆問題、求批和審批事項；

（5）須經政府審批的事項，經政府同意也可由部門行文，文中應注明「經政府同意」；

（6）屬於部門職權範圍內的事務，應當由部門自行行文或聯合行文，聯合行文應當明確主辦部門；

（7）部門之間對有關問題未經協商一致，不得各自向下行文，如擅自行文，上級機關應當責令糾正或撤銷。

4. 部門內設機構除辦公廳（室）外不得對外正式行文

辦公廳（室）是部門中負責處理公文的專設機構，其他內設機構沒有行文權，但可以用函對外行文。

5. 可以聯合行文的規則

（1）同級政府、同級政府各部門、上級政府部門與下一級政府可以聯合行文；

（2）政府與同級黨委和軍隊機關可以聯合行文；

（3）政府部門與相應的黨組織和軍隊機關可以聯合行文；

（4）政府部門與同級人民團體和具有行政職能的事業單位也可以聯合行文。

6. 報送和抄送公文需要遵守的規則

報送公文應注意以下規則：

（1）屬於主管部門職權範圍內的具體問題，應當直接報送主管部門處理；

（2）除上級機關負責人直接交辦的事項外，一般不得以機關名義向上級機關負責人報送「請示」「意見」和「報告」。

除了主送機關外，需要瞭解公文內容或協助辦理的機關可作為抄送機關。抄送時應注意以下規則：

（1）公文內容涉及有關機關的職權範圍需其予以配合時，可向該機關抄送；

（2）面向下級機關或本系統的重要行文，應當同時抄送直接上級機關；

（3）請示一般只寫一個主送機關，需要同時送其他機關的，應當用抄送形式；

（4）受雙重領導的機關向上級機關行文，應當寫明主送機關和抄送機關。上級機關向受雙重領導的下級機關行文，必要時應當抄送其另一上級機關。

以下兩種情況不宜用抄送：

(1) 請示不得在報送主送上級機關的同時向其下級機關抄送；

(2) 凡與辦理公文無關的機關一律不予抄送。

7. 請示的規則

請示應一事一請示，不要一文多事。如確有幾件事需要請示上級，可分別寫成幾份請示上呈。

8. 報告不得夾帶請示事項的規則

在上行文中，請示屬於需要辦理的「辦件」，報告則屬於「閱件」。如果報告中夾帶請示事項，會被當作閱件處理，申請的事情就會被耽擱。

三、行政公文的辦理程序

(一) 公文辦理程序的概念

公文的辦理程序指的是在一個機關內部，按照製發、辦理與管理文件的規律，對文書工作的一系列環節所安排的工作順序。包括對本機關發文、內部文件的撰製，對機關收文的處理，以及對各類文件的日常管理等一系列工作環節，通常來講可分為收文和發文兩方面的辦理程序。

(二) 發文辦理程序

發文辦理程序是指以本機關名義製發公文的全過程，包括草擬、審核、簽發、復核、繕印、用印、登記、分發等程序。

行政公文辦理程序中起草、審核和修改工作一般應遵循的過程：

(1) 由事項主辦人員或文秘人員負責起草行政公文的初稿；

(2) 由文秘部門或事項部門的負責人負責審核和修改初稿；

(3) 由分管領導人或主管領導人審閱和修改初稿，並予以定稿；

(4) 經審閱定稿后的文稿還要分送有關領導和部門征求意見；

(5) 對文稿中的問題進行不斷地修改、充實和完善，最后把定稿送分管或主管領導人簽發；

(6) 上述程序只是在順利的情況下對整個行政公文寫作過程的一次循環。有時候，一份行政公文可能要經歷幾個這樣的循環；

(7) 辦公室（廳）主任負責最后的審核工作，秘書人員負責給文件編號。

(三) 收文辦理程序

收文辦理程序一般包括文件的簽收、登記、審核、擬辦、批辦、承辦、催辦等程序（需要批覆的文件和需要向外轉發的文件，從擬稿起進入發文處理程序）。

1. 簽收

公文的簽收，是公文發送方與公文接收方的交接手續。公文發送件一般為信件套封形式送達。送出文件時，應當在公文送達簿上，填寫記錄所送公文內容的以下項目：發文單位、送達日期（月、日，急件需標明上、下午或具體時間）、收件單位（人）、收文號、件數、密級。接收公文單位的收件人應在公文送達簿上簽收。

2. 登記

收文登記是為了記錄收到公文的主要項目及運轉過程，便於查找、統計，這是公文進入處理程序的第一道環節。

3. 審核

公文登記后，就應進行由文秘部門進行審核。審核是決定公文是否被受文機關接辦受理的關鍵環節，是起把關作用的必要程序，應嚴格而慎重地進行。

4. 擬辦

公文登記、審核之后，文秘人員應根據來文內容，提出擬辦意見，並將意見寫在文件辦理批辦單「擬辦意見」一欄內。擬辦意見一般有兩方面的內容：一是來文要點；二是處理意見。

5. 批辦

批辦就是將公文批交承辦部門辦理。

6. 承辦

承辦部門接收來文后，即進入承辦程序。

7. 催辦

催辦是文秘部門的職責。公文催辦就是對公文的辦理情況進行督促檢查，防止延誤或漏辦。

公文辦理工作的基本要求：

根據《國家行政機關公文處理辦法》第一章總則第五至第八條規定的精神，公文辦理工作的基本要求主要有以下幾點：

（1）及時、迅速，反對拖拉、積壓；

（2）準確、周密，反對紊亂和粗枝大葉；

（3）精簡文件，深入實際，反對官僚主義和文牘主義；

（4）保守黨和國家的秘密。

四、行政公文起草的基本要求

（一）明確目的

行政公文在形式上，無論上行文、平行文或下行文，起草者都同樣需要根據行文的目的和行文對象的特點和需要，選準適合的文種，用特定的規範格式和合適的語體、語氣和措辭，寫成符合規範格式的公文。上行文要具有明確的針對性；平行文要具有明確的商榷性；下行文要具有明確的指導性。製發這一公文的原因、要達成的目的、為了達成這一目的需要寫些什麼、怎麼寫……行政公文的起草者應該具有非常明確的自覺意識。

（二）符合政策

行政公文是一種貫徹執行方針政策的重要工具，也是一種把治理國家和其他事務的方針政策用「白紙黑字」的書面形式加以具體化的主要形式，所以行政公文具有特殊的嚴肅性，它的起草者必須熟悉有關的政策。其中要特別注意：①政策的時間性；②政策的空間性；③政策的連續性。

（三）注重實效

行文應注重實效，要不要行文，怎樣達成行文的目的，怎樣安排措施才能解決實際問題，這些都應統一考慮。

第五節　行政公文的專門用語

每一個專業都有一些約定俗成的專用詞語，行政公文也是如此。某些詞的出現頻率高，以后就慢慢固定下來，成為專門用語。使用公文專門用語，一方面便於人們理解與表達，另一方面有利於提高製發和處理公文的質量和效率。

公文的專門用語主要可以分為以下幾種：

一、稱謂用語

稱謂用語是對單位、個人不同的稱呼用語，在使用時無級別色彩，上下級機關均可根據情況使用。

第一人稱：「我」（我們）；「本」（本局，本公司）。

第二人稱：「你」（你們，您）；「貴」，是「您」的尊稱。注意，「貴」不能隨便使用，如果與對方關係密切，或是直接上下級，用「貴」就顯得見外。

第三人稱：「他」（他們）；「該」（該局，該所）；「陛下」「殿下」「閣下」「先生」「女士」「夫人」等稱謂一般在公文中只用於稱呼外籍人士或祖國內地以外的有關人士。

二、引敘用語

引敘用語是引敘來文時的用語。常用的引敘用語有「前接」「近接」「已悉」「敬悉」「欣悉」「驚悉」「收悉」「電悉」、「謹悉」等，如「你局×年×月×日×字請示已悉」。

三、領敘用語

領敘用語是引導文件直接敘述事實依據的詞語。常見的領敘詞有「根據」「遵照」「依照」「按照」「本著」等，如「本著××會議精神」「根據《民法》×條規定」。

四、補敘用語

當公文寫作中需要補充說明時，用補敘詞作開端，如「另」「再」等。它表示后面的內容是補充敘述的，以提醒閱讀者注意。

五、經辦用語

經辦用語是表明工作處理情況的用語。常用的經辦用語有「經」「業經」「兹經」「現經」等，如「業經大會討論決定」。

六、承轉用語

承轉用語是承接上文轉入下文的關聯詞語，它在文中起著承上啓下的作用，大都用於行文從對事實的介紹轉為對所持主張的闡發或概括。常用的承轉用語有「為此」「據此」「故此」「總而言之」「由此可見」「綜上所述」等。

七、期請用語

期請用語是表示期望、請求的用語，它將作者的要求和願望以禮貌的方式表達出來。常用的期請用語有「請」「敬請」「懇請」「務請」「擬請」「切望」「務盼」「希」「敬希」等，如「懇請予以答覆」「希遵照執行」。

八、征詢用語

征詢用語是表示征求、詢問對有關事項的態度、意見的用語。常用的征詢用語有「當否」「妥否」「是否可行」「意見如何」等，如「妥否，請批覆」。這些用語在上行文和平行文中用得較多。

九、表態用語

表態用語是表明製發機關意見和態度的用語。需要根據表態程度的不同選擇不同的詞語。常用的表態詞語有「照辦」「可行」「不可行」「同意」「不同意」「擬同意」「原則同意」「應」「擬應」「理應」「均應」「毋庸再議」「參照辦理」「遵照執行」等，以上詞語上級對下級均可使用，下級對上級一般不使用「可行」「不可行」等詞語。

十、批轉用語

批轉用語是上級對下級來文批示或向下轉發的用語。常用的批轉用語有「批示」「閱批」「核閱」「批轉」「轉發」「下發」「頒發」等，如「此文已核閱」「此文批轉×處辦理」等。

十一、時態用語

時態用語是表明時間狀態的詞語。常用的時態用語有「不日」「即日」「不時」「屆時」「屆此」「屆滿」等，如「此決定從即日起執行」。

十二、判定詞

公文中判定詞一般用「是」，但有些公文如公告、通報等，為維護公文的權威性，常常用一些特定的詞語，如「系」「確系」「果系」「以……論」等。

十三、結尾用語

結尾用語是放在文件正文之后表示全文結束的用語。公文的結尾用語往往根據文種的不同而有所區別：命令的結尾用語是「此令」「毋違」；通報的結尾用語是「特此通報」「自……日起執行」；請示的結尾用語是「當否」「請批覆」,「請審核批示」；報告的結尾用語是「以上意見如無不當，請批轉××執行」，或「以上報告，請審查」；函的結尾用語是「特此函告」「特此函復」「請即見復為盼」。

第六節　常用行政公文寫作

一、命令（令）

(一) 命令（令）的概念

命令（或「令」）是一種適用於依照憲法和有關法律的規定頒布重要法律和行政法規，宣布施行強制性行政措施，任免、獎懲有關人員，撤銷下級機關不適當決定的公文。

命令（令）的使用權受到嚴格的限制。《中華人民共和國憲法》規定：全國人大常委會委員長、國家主席、國務院總理、各部部長、各委員會主任和縣以上地方人民政府，可以發布命令（令），其他任何單位及個人都無權發布。使用命令的主體必須是國家各級立法、行政、司法和軍事機關，並且必須經法定代表人簽署。黨的機關、企事業單位和人民團體不使用命令（令）這一文種。

(二) 命令（令）的特點

第一個特點是權威性。命令（令）帶有法規性和行政的約束力，但它不同於法律和法規。它是以法律和法規為依據，並且是為執行法律和法規而發布的；第二個特點是強制性。下級單位接到命令只能執行，不得違抗，違令就是違法。違抗命令（令）或延誤執行，都將受到嚴懲；第三個特點是嚴肅性。命令（令）應文句簡潔準確，語氣堅定嚴肅，表達嚴謹莊重。

(三) 命令（令）的種類

從用途分，命令（令）可以分為發布令、行政令、任免令、嘉獎令、懲戒令等。

發布令：主要用於發布法律和行政法規，賦予所發布的法律和行政法規以立即生效並予以施行的法定效力。

行政令：主要用於採取強制性行政措施，實施行政領導與指揮。如《國務院關於發行第五套人民幣的命令》。

任免令：主要用於任免事項，是任用或免除政府官員所頒發的一種命令。

嘉獎令：主要用於嘉獎有功人員而頒布的命令。

懲戒令：主要用於懲戒有關人員與撤銷下級機關不適當的決定和命令（令）。

（四）命令（令）的寫法

命令（令）一般由三部分組成：標題、正文、署名和日期。

標題的寫法有兩種：一種是由發布機關名稱、事由、文種三部分組成，如《中央軍委授予總裝備部航天員大隊「英雄航天員大隊」榮譽稱號的命令》；一種是由發布機關名稱（或首長職務）與文種兩部分組成，如《中華人民共和國主席令》。

正文分帶附件和不帶附件兩種。不帶附件的命令（令）一般由緣由和指令兩部分組成，緣由部分簡單扼要地寫明發布本命令的根據和理由，指令部分寫明要求下級機關或有關人員必須遵照執行的事項。帶附件的命令（令）一般更簡短、明確，只寫命令（令）的根據或緣由，附件隨令文公布。

署名和日期：發布日期標注於落款處發布機關名稱（或首長職務與姓名）的下方，也可標注於標題的下方。命令（令）末尾要簽署發令機關或發令人姓名（冠以職務）。

例文 3－1

中華人民共和國主席令

第三十四號

《反分裂國家法》已由中華人民共和國第十屆全國人民代表大會第三次會議於2005年3月14日通過，現予公布，自公布之日起施行。

附件：《反分裂國家法》（略）

中華人民共和國主席胡錦濤

二〇〇五年三月十四日

例文 3－2

四川省人民政府令

川府令176號

《四川省危險廢物污染環境防治辦法》已經2003年10月16日四川省人民政府第19次常務會議通過，現予發布，自2004年1月1日起施行。

附件：《四川省危險廢物污染環境防治辦法》（略）

省長　張中偉

二〇〇三年十一月七日

二、公告

（一）公告的概念

《國家行政機關公文處理辦法》中規定：公告適用於向國內外宣布重要事項或者法定事項。這一定義包括三個含義：

（1）公告的告知對象包含國內外，所以通常以報刊、廣播、電視等形式公開發表；

（2）公告的內容一般涉及國家的重要事項或者法定事項；

（3）公告的製發單位主要是國家高層權力機關。

近幾年來，不少報刊不論事情大小，刊登了許多不用公告這一文種發布的公告，諸如舉辦有獎儲蓄、招聘、招工、招生等，這是一種濫用公告的現象。

（二）公告的特點

1. 權威性

公告的發布單位一般具有很高的權威，只有高層行政機關及職能部門才有權力發布公告。如國家最高權力機關（人大及常委會）；國家最高行政機關國務院及其所屬部門；各省市、自治區、直轄市人民政府；某些法定機關，如海關、稅務局、鐵路局、人民銀行、檢察院、法院等。其他地方機關、企事業單位、社會團體，不能發布公告。

2. 重大性

公告的內容，一般應是重大事項和法定事項，其他事項不能用公告發布。

3. 新聞性

這是指公告一般由新聞機構發布，而不是用紅頭文件發布。

（三）公告的種類

按使用範圍，公告大致可分為以下兩種。

1. 重大要聞公告

這類公告由中央最高權力機關發布，內容涉及國家政治、經濟、軍事等方面的大事。如公布國家領導機構和領導人的選舉結果，國家元首的互訪，發布重要人物的病情，公布重大科技成果，頒布各項法律法規等。

2. 法定事項公告

這類公告是由政府有關職能部門依據法規、文件規定，按法律程序發布，或者由經濟管理部門根據工作需要發布。根據有關法律規定，人民法院送交訴訟文書、公開審理案件也以公告形式發布。

（四）公告的寫法

公告一般由標題、正文和落款三部分組成。

標題有三種形式：①發文機關＋事由＋文種，如《中共中央、全國人民代表大會、國務院關於宋慶齡副委員長病情的公告》。②發文機關＋文種，如《中華人民共和國全國人民代表大會常務委員會公告》《國務院公告》。國家在宣布重要任免事項時的公告常用這種標題。③只有文種，如人民法院公開審理案件前發布的公告一般用這種標題。

正文由開頭、主體與結語三部分組成。開頭為引據部分，說明發布公告的主要依據；主體為事項部分，是發布公告的主要內容；結語一般使用「特此公告」「現予公告」等規範化用語。

落款，寫明發布公告的機關名稱和發布日期。

公告一般不以印發文件的形式發布，一般不用編發文字號，也不需寫主送機關。連續發布幾個相關公告時可用括號說明順序號，標注於標題的正下方。

例文 3－3

中華人民共和國財政部公告

〔1998〕第 7 號

經第八屆全國人民代表大會常務委員會第 30 次會議審議通過，並經國務院批准，現就發行 1998 年特別國債的有關事宜公告如下：

一、1998 年特別國債（以下簡稱「本期國債」），計劃發行總額 2 700 億元，於 1998 年 8 月 18 日發行。

二、本期國債為記帳式附息國債，期限 30 年，年利率百分之七點二。從發行之日起開始計息，利息按年支付。

三、本期國債面向中國工商銀行，中國農業銀行，中國銀行和中國建設銀行定向發行，不向社會銷售，所籌資金專項用於撥補上述銀行資本金。

四、本期國債由中央國債登記結算有限責任公司託管註冊，上市交易的具體辦法由財政部商中國人民銀行另行制定。

特此公告。

財政部

一九九八年八月十七日

例文 3－4

中國人民銀行公告

〔2003〕第 20 號

根據《中國人民銀行關於為香港銀行辦理個人人民幣業務提供清算安排的公告》（〔2003〕第 16 號）確定的選擇香港銀行個人人民幣業務清算行的原則和標準，經過對申辦清算行業務的香港銀行進行全面評審，並商香港金融管理局，中國人民銀行決定授權中國銀行（香港）有限公司作為香港銀行個人人民幣業務清算行。

中國人民銀行

二〇〇三年十二月二十四日

三、通告

（一）通告的概念

《國家行政機關公文處理辦法》中規定：「通告」適用於在一定範圍內公布應當遵守或者周知的事項。

（二）通告的特點

（1）內容的一般性。通告的內容通常為一般事項，如電信公司關於某區域電話線路改造，某市電力局關於某片區停電等。

（2）告知的有限性。通告一般只是向某個區域、某個範圍的公眾通告某類事項，它只適宜於一定的地區。

（3）發文機關多為中下級機關，通告一般由中下級機關發布。

（三）通告和公告的區別

通告與公告都是屬於公開發布的知照性極強的公文。但兩者又有嚴格的區別：

（1）發文機關不同。公告由國家高層權力機關或法定職能機關發布，通告比較靈活，任何黨派、人民團體、機關、企事業單位都可以發布。

（2）內容不同。公告發布的事項涉及國內外關注的重大事項，通告多用於宣布一般性事項。

（3）告知範圍不同。公告面向國內外，範圍較廣；通告限於「一定範圍內」，範圍較窄。

（4）發布形式不同。公告一般通過廣播、電視、報刊公開發布，通告可張貼公布，也可見諸報刊。

（四）通告的分類

按其用途與目的，通告可分為下列兩種：

（1）規定性（法令性）通告。用於公布某些政策、法規和應當遵守的事項。這類通告大多由某一級主管部門發布，帶有一定的強制性和約束力，如《××市公安局關於嚴禁賭博的通告》。

（2）告知性（周知性）通告。用於國家機關、企事業單位和人民團體宣布各種周知性事項，如《中國人民銀行關於發行新版人民幣 50 元券和 5 角券的通告》。還有，如日常因停水、停電、招標、遷址、更改公共汽車路線等也都以這種通告的形式發布。

（五）通告的寫法

通告的基本格式如同公告，由標題、正文、落款三部分組成。

標題有三種形式：①發文機關、事由和文種，如例文 3－5。②只寫發文機關和文種，如《××市公安局通告》。③只寫文種，省略發文機關與事由。如果事情緊急，必須立即執行的，「通告」之前可加上「緊急」二字。

正文包括通告緣由、通告事項、通告要求三部分。通告緣由即通告的開頭部分，闡明發布通告的原因、目的或依據。接著用「特作如下通告」或「現通告如下」作過渡語引出下文。事項部分可採用條款式，要寫得明確、具體，以便於群眾瞭解和掌握，易於施行。一般用「特此通告」作結語，也可在事項部分的結尾提出施行本通告的希望與要求。

如果標題中有發文機關的，落款只需注明發布日期。

例文 3－5

北京市人民政府關於查處違法建設的通告

京政發〔2006〕14 號

為實現「新北京、新奧運」戰略構想，消除城市公共安全隱患，努力建設宜居北京，進一步改善和提高廣大市民工作、生活的環境質量，市政府決定，自 2006 年 4 月起在全市開展查處違法建設工作。現就有關事項通告如下：

一、為提高城市建設和管理水平，本市對行政區域內有關城市容貌、環境衛生的工作，實行城市化管理。

二、依據國家及本市有關法律法規，任何單位和個人未經本市城市規劃行政主管部門批准，在本市行政區域內擅自建設的建築物、構築物或設施及逾期未拆除的臨時建設工程，均屬違法建設。

三、違法建設應在有關部門通告的限期內自行拆除，其中影響城市景觀、城市環境和存在安全隱患的違法建設必須立即拆除。逾期未拆除的，由所在區縣政府組織相關執法部門依法強制拆除。

正在建設中的違法建設必須立即停止施工並自行拆除；不自行拆除的，由所在區縣政府組織相關執法部門依法強制拆除。

四、對參與新建違法建設的工程設計單位和施工單位，依法給予處罰，並分別納入「北京市企業信用信息系統」「北京市建設行業信用系統」予以警示，同時自違法行為被查處之日起 6 個月內不得在本市承攬業務。

五、凡使用違法建設從事生產、經營活動的，不予辦理工商、消防、文化、衛生等行政許可；已批准許可的，予以糾正。

六、對新建違法建設，供水、供電、供氣、供熱等企業不予提供服務。

七、公民、法人和其他組織應積極配合查處違法建設工作，阻礙國家機關工作人員依法執行職務的，由公安機關依照《中華人民共和國治安管理處罰法》予以處罰；構成犯罪的，依法追究刑事責任。

八、本通告自發布之日起施行。

二〇〇六年四月十九日

四、通知

（一）通知的概念

通知是用於發布行政法規和規章，轉發上級機關、同級機關和不相隸屬機關的公文，批轉下級機關的公文，傳達要求下級機關辦理和有關單位需要周知或共同執行的事項，任免和聘用幹部的一種公文。通知在公文中使用最為廣泛，使用頻率最高，上至方針政策，下至具體事務都可發通知。

（二）通知的種類

通知一般可分為四種：

1. 批轉性（批示性）通知

批轉性（批示性）通知又稱轉發性通知。領導機關批轉下級機關文件或轉發上級機關、同級機關和不相隸屬機關文件，以及發布某些行政法規和規章時，可用這種通知。

2. 指示性通知

上級機關對下級機關的某項工作有所指示和安排，但又不宜用「命令」或「決定」時可採用這種通知形式。這種通知帶有強制性、指導性和決策性。

3. 周知性（事項性）通知

周知性（事項性）通知又稱告知性通知，也叫一般性通知。上級機關需要下級機關知道或辦理某項事宜，上級機關將任免的人員告知下級機關單位時可用這種通知形式。任免通知也可歸屬於事項性通知。

4. 會議通知

會議通知即告知有關單位或個人參加會議的通知。

（三）通知的寫法

通知的主體由標題、主送機關、正文、落款四部分組成。另外，批轉性通知、指示性通知還包括附件部分。

通知的標題有三種結構方式：①由發文機關的名稱、事由和文種組成；②由事由和文種組成；③由文種「通知」作標題。通知的標題應居中寫，字體大於正文。

通知的主送機關在標題之下、正文之上頂格寫出被通知對象（即收受公文的機關單位）的名稱，名稱后加冒號。無論哪種通知，都應明確主送機關。

通知正文主要包括因由、事項和要求三部分內容。因由部分要求簡要寫出發文的原因或目的，然后用「特通知如下」「現通知如下」「特作如下通知」等承啓慣用語轉入事項部分。事項部分主要寫通知的具體事項，要求具體、清晰、條理、暢達，可分條列款行文。

通知的結尾，不論長短，應另起一行單獨成段，寫慣用結尾語，如「本通知自下發之日起實施」「以上通知請認真貫徹執行」，或只寫「特此通知」。

通知寫作中還要注意以下幾個問題：第一是內容應單一。無論哪一種通知，都必須注意內容單一，即一份通知只寫一項事情。這樣才能更好地寫明通知的內容，使之既具體，又明確，充分發揮出通知的效能。第二是應簡練明確。通知中的目的、事項、要求是什麼，執行什麼任務，採取什麼措施等，都應表達得簡練、清楚、明確。第三是應據實而下。任何一種通知都要實事求是，根據實際下發，針對性要強。這對批示性通知和指示性通知尤為重要，否則這種通知就不能起到應有的作用，甚至成為「一紙空文」。

例文 3－6

中國人民銀行關於進一步做好國庫經收工作的通知

銀發〔2007〕216 號

中國人民銀行上海總部，各分行、營業管理部、省會（首府）城市中心支行，副省級城市中心支行；各政策性銀行、國有商業銀行、股份制商業銀行、中國郵政儲蓄銀行：

國庫經收工作是國庫工作的重要組成部分，是國家組織收納預算收入的重要環節。為進一步規範國庫經收業務行為，加強對國庫經收處的監督管理，促進國家各項預算收入及時、準確、安全入庫，現就有關要求通知如下：

一、嚴格執行規章制度，切實履行國庫經收職責

經收預算收入的政策性銀行、商業銀行、信用社、中國郵政儲蓄銀行和外資銀行分支機構（以下簡稱銀行和信用社）均為國庫經收處。國庫經收處應當按照《中華人民共和國中國人民銀行法》《中華人民共和國商業銀行法》《中華人民共和國國家金庫條例》《中華人民共和國國家金庫條例實施細則》《商業銀行、信用社代理國庫業務管理辦法》（中國人民銀行令〔2001〕第 1 號）等有關規定，認真履行國庫經收職責，規範經收業務行為，及時、完整、準確地將所收款項劃轉到指定國庫，並自覺接受上級國庫的監督管理與檢查指導。但受金融環境變化和利益驅動等因素的影響，個別銀行和信用社對國庫經收業務重視不夠，自覺學習制度和規範辦理業務的意識淡化，屢屢發生延壓國庫資金、違規設立過渡帳戶、拒收現金稅款及會計科目使用不規範等問題，損害了國庫資金的安全與完整。為此，就國庫經收業務的基本要求，人民銀行強調：一是國庫經收處在收納預算收入時，應對繳款書內容進行認真審核，對不符合要求的繳款書，應拒絕受理；二是國庫經收處在受理繳款書后，應及時辦理轉帳，不得無故壓票；三是國庫經收處應一律使用「待結算財政款項」科目下的「待報解預算收入」專戶核算經收的各項預算收入款項，不得轉入其他科目或帳戶；四是國庫經收處收納的預算收入應在收納當日、最遲下一個工作日內辦理報解手續，不得延解、占壓和挪用；五是國庫經收處不得辦理預算收入退付，在上劃預算收入之前，如發現錯誤，應將繳款書退征收機關或納稅人更正后，重新辦理繳納手續；六是國庫經收處不得違規為征收機關開立預算收入過渡戶；七是國庫經收處不得拒收納稅人繳納的稅款，特別是小額現金稅款，也不得拒收征收機關負責征收的預算收入；八是國庫經收處收納預算收入時，除國家另有規定外，不得向繳款人收取任何費用。

二、加強監督管理和檢查指導，規範國庫經收業務行為

人民銀行各級行要建立健全對相關銀行和信用社辦理國庫經收業務的監督管理機制，加強對國庫經收處的監督、管理、檢查和指導，全面掌握轄區內國庫經收業務情況。人民銀行各級行要有計劃地對轄區內國庫經收處進行制度和業務培訓，安排國庫人員深入國庫經收處進行現場業務指導，瞭解掌握經收業務中的新情況和新問題，幫助協調解決國庫經收處開展工作的實際困難；要通過現場檢查和非現場檢查等方式，督促相關銀行和信用社嚴格按照規定辦理國庫經收業務，並依法對國庫經收業務中的違法、違規問題進行查處。

人民銀行上海總部，各分行、營業管理部、省會（首府）城市中心支行，副省級城

市中心支行收到本通知后，要組織轄區內相關銀行和信用社認真對照《商業銀行、信用社代理國庫業務管理辦法》等有關規定開展一次全面的國庫經收業務自查工作，並將自查的基本情況、發現的問題、整改措施和建議等匯總形成工作報告，於2007年11月底前報至人民銀行總行國庫局。在組織國庫經收處自查工作中，人民銀行分支機構也可視情況開展抽查，以檢驗國庫經收處自查情況，準確把握轄內國庫經收處的真實運行狀態。

各政策性銀行、國有商業銀行、股份制商業銀行、中國郵政儲蓄銀行總行收到本通知后，要督促指導各分支機構按照人民銀行當地分支機構的有關要求，認真開展自查工作。同時要對本行制定的涉及國庫經收工作的管理制度、業務處理手續、對外簽署的合同協議以及計算機系統設置等情況進行自查，根據自查情況、發現的問題和有關改進措施等形成自查報告，於2007年11月底前以正式文件形式報至人民銀行總行(聯繫人：國庫局於敏，電話：010—66194409)。

中國人民銀行
二〇〇七年七月二日

例文 3－7

成都市人民政府貫徹國務院關於完善中央與地方
出口退稅負擔機制通知的通知

蓉府發〔2005〕××號

各區（市）縣政府，市政府有關部門：

2005年8月1日，國務院印發了《關於完善中央與地方出口退稅負擔機制的通知》(國發〔2005〕25號)，在堅持中央與地方共同負擔出口退稅的前提下，對超基數分擔比例、退庫方式等現行辦法進行了調整。完善中央與地方出口退稅負擔機制，是國務院根據出口退稅新機制運行情況而採取的一項重要措施，各區（市）縣政府和政府有關部門要認真學習，深刻領會文件精神，切實做好外貿出口和出口退稅工作，確保我市外貿出口和經濟持續健康發展。根據省政府《貫徹國務院〈關於完善中央與地方出口退稅負擔機制的通知〉的通知》（川府發〔2005〕23號）精神，並結合我市實際，現提出以下貫徹意見：

一、出口退稅地方負擔部分，按現行財政管理體制，分級負擔。國務院決定從2005年1月1日起，原核定的出口退稅基數不變，超基數部分中央和地方按92.5∶7.5的比例共同負擔。對地方負擔的7.5%部分，省與市按35%和65%的比例分別負擔；市與各區(市）縣負擔比例，按現行市與區（市）縣財政體制確定的增值稅分享比例承擔。

二、規範地方出口退稅分擔辦法。對我市負擔的出口退稅部分，只能由市本級和區（市）縣分級負擔，不得將出口退稅負擔分解到鄉鎮和企業。不得採取限制收購外地產品出口、限制企業出口退稅規模等干預外貿正常發展的措施。對違反規定的行為，要追究相關地區和部門的責任。

三、改變出口退稅退庫方式。出口退稅改為中央統一退庫后，各區（市）縣超基數負擔部分，在每年年終與市財政結算時專項上解。

附件：《四川省人民政府貫徹〈國務院關於完善中央與地方出口退稅負擔機制的通知〉的通知》（川府發〔2005〕23號）（略）

二〇〇五年十一月二十三日

五、通報

（一）通報的概念

通報是黨政機關、社會團體、企事業單位表彰先進，批評錯誤，傳達重要精神或者情況時所使用的一種公文。通報一般是上級單位向下級單位發布，但有時也用來向同級單位或不相隸屬單位，甚至是上級單位（用抄報的形式）傳達某一重要事項或信息。

通報與通知相比，它沒有通知那樣的約束力或強制性，通報只是對下級機關單位起引導、啓發、告誡、規範和溝通信息的作用。其主要目的：一是教育工作人員以先進為榜樣；二是引導工作人員以錯誤為借鑑，改進工作；三是傳達精神，反映情況，互通信息。

（二）通報的種類

按內容的性質可將通報分為表彰性通報、批評性通報和情況通報三種。

（三）通報的寫法及注意事項

1. 通報的寫法

通報的一般由三部分組成：標題、正文、署名和日期。

標題大致有四種形式：①只寫「通報」字樣；②由通報的事由和文種構成；③由發文機關名稱和文種構成；④由發文機關名稱、通報事由和文種構成。

正文是通報的主體部分，下面按三種通報逐一介紹其寫法。

（1）表彰性通報寫作

表彰性通報是用於表揚先進人物和先進事跡，總結成功經驗，宣傳先進典型，樹立榜樣，推動工作的通報。這種通報在內容上應包括：①事情的經過。要寫清時間、地點、人物、事件及其經過、情節和結果，並要詳略得當，重點突出。②點明主題。要對先進事跡進行評價，指出其重要意義，這也是通報的目的所在。另外，語言要簡練，要具有畫龍點睛的作用。③決定。要寫出領導機關對先進事跡作出表彰的決定，並發出學習號召，它是表彰性通報的核心部分。

（2）批評性通報寫作

批評性通報是用於批評錯誤，通報事故或反面典型，總結經驗教訓，教育他人引以為戒的通報。批評性通報在機關工作中運用較多，它具有法規性質，通常會要求有關單位和個人遵照執行。發文機關應具體寫明通報的事件或人物、應總結的經驗教訓、作出的處分決定以及提出的具體措施與要求等。語言應簡練明確。

(3) 情況通報寫作

情況通報的主要作用是通報情況。領導機關發出情況通報，目的是使下級機關和幹部群眾瞭解情況，統一認識，推動工作的開展。寫作情況通報時應首先寫明具體情況，注意陳述應有條理，層次要清楚；然后應寫出對所述情況的認識、分析與評價；最后提出具體意見要求。

最后在正文末尾右下方簽發文機關名稱和日期，並加蓋公章。

2. 注意事項

寫作通報時應注意以下三點：第一，準確。通報是教育意義很強的一種公文，寫通報必須注意事實真實準確，有關的時間、地點、情節、過程等，都要經過認真核實，不容半點虛假。第二，典型。通報的事項要典型，要足以引起人們的重視，具有普遍的指導意義和教育意義。第三，及時。通報的時間性很強，一定要寫得及時，發得及時。

例文 3－8

北京市教育委員會辦公室關於兩起火災事故的通報

京教勤辦〔2005〕9號

各區縣教委，各高等學校，中等專業學校，獨立設置的中外合作辦學機構，北京教育學院，北京教育科學研究院，北京教育考試院，北京教育音像報刊總社，市教委直屬單位：

12月24日9：30，首都師範大學學生公寓6號樓219房間發生火情，經及時撲救，未造成人員傷亡和重大財產損失。經調查，起火原因是該校教育技術系學生吴某在宿舍內吸菸時，菸頭點燃褥子所致。

12月24日晚，159中學四名高二學生聚在同學家過平安夜，次日凌晨發生火災(當晚家長不在家)，造成兩人死亡、一人輕傷的嚴重后果。起火原因正在調查中。

這兩起火事故，反映了在學生公寓安全管理和學生安全教育方面存在的問題。為從中汲取教訓，防止類似事故再次發生，市教委提出如下要求：

(一) 各高校要立即對學生公寓安全管理工作進行一次徹底地檢查，重點是有關消防安全管理制度和措施的落實情況，杜絕在宿舍內使用「熱得快」等違章電器的現象，清理私接亂拉電線，保證滅火器等消防設施和應急指示標志、應急照明燈齊全有效，保證疏散通道暢通無阻攔；封閉管理的學生公寓樓，要做到緊急時刻樓門能夠及時打開。各校要以首師大發生的事故對全體學生進行宣傳教育，教育學生遵守紀律，不在室內吸菸。

(二) 各中小學校要對學生進行防火安全教育，增強學生安全意識，瞭解掌握火災發生后逃生自救的基本方法，提醒學生在聚會時要注意安全。各校在期末家長會或致家長的信中要提示家長承擔起監護人的職責，保證學生在家庭生活和活動的安全，特別要教育子女不在外留宿。

(三) 各級各類學校要及時清理校園內的堆積物、可燃物，特別要做好消防通道、樓梯過道、房前屋后、露天平臺和綠地中堆積物、可燃物的清理。有家屬區的學校，要注意清理樓梯過道和露天陽臺的堆積物、可燃物。

（四）堅持報告制度。發生各類安全事故后，學校要按照「先口頭、后書面」的規定，迅速上報有關信息，並根據事態發展隨時續報。

二〇〇五年十二月二十七日

六、報告

（一）報告的概念

報告是下級機關向上級機關匯報工作、反映情況、提出意見或者建議、答覆上級機關詢問與要求、向上級機關報送資料使用的一種陳述性公文。

報告是典型的上行文，目的是向上級機關匯報情況、提供咨詢，對受文者沒有約束力。報告的發文者多是中下級機關和企事業單位，受文者多是其上級主管單位。有的報告經上級機關批轉后，成為上級機關批轉文件的一部分，這時，就具備了相應的權威和約束力、強制性。

報告按內容可分為工作報告、情況報告、呈轉報告和答覆報告等。

（二）報告的內容

報告主要由標題、主送機關、正文和落款四部分組成。遞送報告還包括附件部分。

報告的標題通常是由發文機關、事由和文種構成，如「成都市國稅局關於加強稅收管理工作的報告」。

報告主送機關即報告上報的領導機關，要在標題下另起一行，頂格寫清受文單位的全稱。

正文是報告的主體，一般包含報告的緣由和內容兩個部分。兩部分之間常以「現將……報告如下」等文字過渡。報告的內容一般由情況、經驗或教訓、存在的問題、意見建議四部分組成。其寫法應根據報告的具體類別和內容確定。

工作報告具有總結性質，在寫作中應以敘為主，敘議結合，側重匯報工作情況和經驗教訓。同時，可以再提一些存在的問題及意見建議。寫作應重點突出，敘述清晰，以便上級機關清楚地瞭解工作情況，作出決策。

情況報告主要報告本單位出現的重要情況或發生的重大問題。開頭應寫清楚發生事故或事件的時間、地點、單位和相關人員，接著應寫明事故或事件的詳細經過、已造成的后果，最后再分析原因，寫明處理情況和有關意見建議。

呈轉報告是下級機關就某項工作中存在的問題向上級機關提出意見和建議，期望得到上級機關認可和採納，並轉有關單位或部門執行的報告。職能部門由於受到職權範圍或隸屬關係的限制，一般不能直接給有關單位或部門行文，因此提出建議，由上級機關轉批有關部門執行。呈轉報告除反映情況外，其側重點在今后工作的建議上，應寫明對某一工作的具體意見、要求、實施方法以及需要採取的措施等。

答覆報告主要是報告本單位貫徹執行政策、法令、指示的情況以及完成上級交辦事項的情況，另外也用於根據法律程序和有關規定，向上級機關報送文件或材料。一般應詳細闡述何時何地用什麼方式，在什麼範圍內對有關政策、法令進行了傳達或辦理，並寫明辦理執行的辦法及措施、執行的效果、目前存在的問題等，同時應將報送的事項或材料、物品的依據、名稱和數量等寫清楚。

另外，在報告正文中，還要注意結尾語的不同。如工作報告和情況報告多用「特此報告」；呈轉報告多用「以上意見如無不當，請批轉各有關單位執行」；答覆報告多用「現將有關材料呈上」等。

報告正文末尾右下方應簽署發文機關名稱和標注日期，同時加蓋公章。

（三）報告寫作注意事項

1. 真實

報告是讓上級機關瞭解情況以便決策，因此必須真實可靠，用事實說話，不能憑空臆造、弄虛作假、借題發揮，更不能推卸責任、虛報瞞報。切忌使用「據說」「可能」之類的模糊詞語以免影響上級機關正確決策，給工作造成損失。

2. 及時

將有關事項及時反饋給上級機關，有利於上級機關迅速掌握情況，及時指導工作和處理問題，提高工作效率。

3. 突出重點

報告應抓住重點，突出中心，通過典型材料和恰當中肯的分析來說明問題，提出建議或要求。力戒長篇大論，虛華空洞。

4. 語氣要謙恭

報告是上行文，語氣應謙恭，用語要得體，文字應簡練、準確。

例文 3－9

關於解決油庫長期遺留的山地及樹木歸屬問題的報告

川油發〔2004〕××號

省石油公司：

我站於200×年5月為擴建油庫，新建了兩個油罐，占用了××村部分山坡地及該地樹木。當時已交占地費×萬元，並達成口頭協議，幾年來庫界未定。為此，××村曾多次提出，被占山坡地及樹木再行補償。我站為避免發生糾紛，最近與××村本著對國家財產和群眾利益負責的精神進行談判，最終達成協議，並經法律部門予以公證。

經協商，雙方再次劃定界線，以新建圍牆為界，界內土地、樹木永久歸我站所有，由我站再行一次付給××村補償費×萬元。對該項費用我站擬在「保管費」中列支。現隨文上報所訂協議及庫區界圖，請核備。

附件：1.《××山地及樹木歸屬協議》
2.《××石油站界區圖示》

××石油公司××供應站
二〇〇四年六月二十八日

七、請示

(一) 請示的概念

請示是下級機關請求上級機關對某項工作作出指示、給予答覆、審核批准時所用的一種公文。請示是中國目前使用範圍較廣、使用頻率較高的公文文種之一，只適用於有直接隸屬關係的上下級之間。

同報告一樣，請示也是典型的上行文。一般來說，請示對受文者沒有約束力，但受文者應及時對請示的事項作出肯定或否定的答覆，提出自己的意見和要求。

(二) 請示的特點與使用範圍

請示有以下特點：

(1) 事前行文。請示必須事前行文，所請示的事項要等上級機關明確給以指示后才能按指示行事。

(2) 內容單一，一事一文。請示的內容應單一，通常一篇請示只能寫一件事。不要一文數事。

(3) 期復性。請示主要是為解決某一方面問題而請求上級機關作出指示或審核批准，期復性較強。

請示通常適用於下列情形或範圍：

(1) 急需辦某件需上級批准后才可辦的事，要寫請示。

(2) 工作中發生比較重大的問題，本機關無權解決，期望請求上級批示的，要寫請示。

(3) 對上級頒發的法律、法令、方針、政策、規定和指示精神有疑問或不能理解的問題，需要上級機關進一步解釋和明確時，要寫請示。

(4) 上級雖有統一規定，但由於本單位情況特殊難以執行，需要靈活掌握或變通處理，要寫請示。

(三) 請示的內容

請示主要包括標題、主送機關、正文和落款四部分。

請示的標題通常是由發文機關、事由、文種構成，如「××進出口公司關於在×國舉辦××洽談會的請示」。

請示的主送機關是指對請示事項負責並必須給予答覆的上級機關。每份請示只能寫一個主送機關，不能多頭請示。主送機關的名稱要頂格寫。

請示的正文一般由請示緣由、請示事項和結尾語三部分組成。請示緣由是正文的開頭部分，是上級機關批覆的根據，應講得客觀、具體、明確。請示事項是正文的主體部分，要寫明請求上級機關給予批示或批准的具體事項。正文可分條列項寫，應寫得具體、明確、簡要、條理清晰。請示的結尾語應另起一段。結尾慣用語通常有：「妥否，請批覆」「當否，請批示」「以上請示，請予審核批覆」等。

請示的落款是在正文右下方寫出發文機關名稱和日期，並加蓋公章。

（四）請示與報告的異同

1. 相同

（1）行文方向一致：請示與報告都是上行文，在寫法上也有相似之處。

（2）寫作要求相同：內容上都要求反映情況必須真實，提出要求必須實事求是，陳述理由必須正確充分。

（3）內容構成相同：正文大都包括三部分，第一部分介紹基本情況或說明行文的目的緣由，第二部分反映情況，總結經驗教訓或闡述理由，第三部分提出意見、建議或請求，並寫上結尾語。

2. 相異

（1）行文目的不同。報告的目的主要是為了向上級機關反映工作的基本情況，以便作為上級進行決策的參考；請示主要是為解決某一方面的問題而請求上級機關作出指示或審核批准。報告屬一般陳述性公文，上級機關不需要回覆；請示屬於請求性公文，一定要有回文，需要上級機關給予明確的批覆。

（2）行文時間不同。報告在事前、事情進行中及事后均可行文；請示必須在事前行文。

（3）內容含量不同。報告可以「一文一事」，也可以「一文數事」，內容含量較多；請示必須「一文一事」，內容比較單一。

（4）寫法和結束語不同。請示只有一個主送機關，不能多頭主送；報告可以同時報送幾個上級機關。正文寫作，報告只需陳述情況，反映工作，不能寫上請示事項，不能請求上級批覆；請示則必須提出請示的事項，講明緣由，提請上級批覆。報告結尾常用「特此報告」或「以上報告，如無不妥，請批轉×××」等習慣用語作結；請示結尾常用「以上請示當否，請批覆」等習慣用語作結。

例文 3－10

××市國家稅務局重點稅源第××管理局

關於××銀行××市第×支行××年度呆帳在企業所得稅稅前扣除的請示

×國稅重××〔××〕××號

××市國家稅務局：

××銀行××市第×支行以《關於××行××市第×支行××年呆帳核銷稅前扣除的請示》（×××支〔××〕××號）上報我局，申請稅前扣除呆帳××元。其需核銷呆帳的××家企業金額均在××萬元以下。報告收悉后，我局進行了初步審核，呆帳形成原因如下：借款單位停止經營，法定代表人下落不明，法院對其終結執行，形成呆帳。經我局研究認為，上述呆帳符合《金融企業呆帳損失稅前扣除管理辦法》（國家稅務總局令第×號）第×條第×款規定，現將××筆金額共為×××元呆帳資料上報。

以上請示妥否，請批示。

附件：

1.《××銀行××市第××支行呆帳核銷稅前扣除的請示》（××支〔××〕××號）

2.《呆帳貸款稅前扣除申報（審批）表》

3. 批准呆帳核銷有關文件

4. 呆帳貸款的借款合同

5. 呆帳貸款的保證合同

6. 呆帳貸款的法院判決書及終結執行書

7.《××會計師事務所審核報告及明細單》

（請示聯繫人：×××）

（請示聯繫電話：×××）

××××年××月××日

八、批覆

（一）批覆的概念

批覆是上級機關答覆下級機關的請示事項時使用的公文。它具有篇幅精短、內容單一、針對性極強的特點。

批覆是典型的下行文，專用性極強，只用來答覆下級機關的請示事項，一般是一請示一批覆，不涉及請示以外的其他事項。也可以說，沒有請示就沒有批覆。批覆的內容是下級機關處理問題、進行工作的依據，帶有指示或規定、批准的性質，對受文者有較強的約束力和強制性，所以受文者應認真執行。但批覆不同於決定、通知等公文，后者是上級機關主動下達的公文，批覆則是上級機關根據下級機關的請示相應製發的公文。提出請示的下級機關就是批覆的主送機關，是批覆的行文對象。批覆有時也抄送少數有關單位。

（二）批覆的類別

按照內容分，批覆大體上可以分為肯定性批覆、否定性批覆、解答性批覆三類。

1. 肯定性批覆

肯定性批覆是對下級機關的請示事項表示同意的批覆。這類批覆對下級機關的請示作出肯定答覆，通常只簡要地提示一下批覆的事由，並表示同意。因此，篇幅特別簡短精練，幾乎沒有說理和言論的文字。

2. 否定性批覆

否定性批覆是對下級機關的請示事項表示否定的批覆。這類批覆，除了要對下級機關的請示事項表明發文機關的態度外，通常還應說明否定的理由。

3. 解答性批覆

解答性批覆是以政策和法律為依據解答下級在請示中的疑問，以此作為下級單位今后工作的依據。

（三）批覆的內容

批覆主要包括標題、主送機關、正文、落款四部分。

批覆正文一般可分為三部分：

（1）開頭寫明批覆的緣由，說明是應什麼請示而批覆的。這往往只用一句話來表達，通常引據來文，引述來文字號、事由和文種，再加上「悉」「收悉」等慣用語。

（2）主體部分根據方針、政策、法令、規章或實際情況，針對原請示的問題，作出恰當、明確的答覆，態度必須明確，觀點必須鮮明。

（3）結尾常用「此復」「特此批覆」等語作結。

批覆的文字應精練、準確，在寫法上應開門見山、直陳直敘，切忌「復」非所「求」。除了不批准或不同意下級機關的請求和意見時，要簡要地說明理由外，一般不加議論。

例文 3－11

北京市發展和改革委員會關於機場北線車輛通行費的批覆

京發改〔2006〕1771 號

北京市××公司：

你公司關於《機場北線高速公路車輛通行費的請示》（京首公管〔2006〕87 號）收悉。經市政府批准，現將機場北線通行費標準有關問題批覆如下：

一、通行費標準。新開通的機場北線通行費標準為：按一、二類車起價 5 元，三、四、五類車起價 10 元，一類車每公里 0.50 元、二類車每公里 1.00 元、三類車每公里 1.50 元、四類車每公里 1.80 元、五類車每公里 2.00 元的標準計程收費，通行費尾數以 5 元為單位，實行「二舍八入，三、七作五」歸整計收。

二、車型劃分標準。車型劃分標準按統一車型劃分標準執行（車型劃分標準見附件）。

三、軍隊車輛、武警部隊車輛，公安機關在轄區內收費公路上處理交通事故、執行正常巡邏任務和處置突發事件的統一標志的製式警車，以及經國務院交通主管部門或者省、自治區、直轄市人民政府批准執行搶險救災任務的車輛，免交車輛通行費。

四、按照國務院《收費公路管理條例》規定，道路收費年限自道路通車之日起連續計算最高不超過 25 年，具體以政府批准年限為準。

五、在已開通的收費公路行駛的車輛，如不能提供通行卡或通行卡遺失、毀損、無法識別時，按照能夠到達本出口站最遠端駛入站至本出口站的里程計收單程通行費。

六、你公司須按照《中華人民共和國價格法》和國家發展和改革委員會《關於商品和服務實行明碼標價的規定》，以及治理公路「三亂」工作「八公開、五統一」的要求，做好明碼標價及收費公示，接受社會監督，同時接受各級價格主管部門的監督檢查。

本批覆自通車之日起執行。

二〇〇六年××月××日

九、意見

(一) 意見的概念

意見是適用於對重要問題提出見解和處理辦法的公文。它既可以作上行文，也可以作下行文。作上行文，它是下級機關向上級機關提出的工作構想；作下行文，它是上級機關對下級機關作出的工作指示。

(二) 意見的特點

(1) 靈活性。意見既可以作上行文，也可以作下行文，其行文方向比較靈活。

(2) 既務虛又務實。意見一般針對涉及全局性的新問題，它不僅要提出見解，還要提出處理辦法。這也就是說，它既要務虛又要務實——要在對工作中遇到的新問題作全局性的理性思索的同時，拿出具體可行的處理意見和解決辦法。

(三) 意見的種類

根據意見的行文方向和用途，可以把意見分為三類。

(1) 建設性意見。這一般是下級向上級報送的上行文，它用於待上級批准后執行。

(2) 指導性意見。這是下行文，它用於上級機關對重大工作提出指導性的意見，以指導下級開展工作。

(3) 實施性意見。這一般也是下行文，它主要用於機關內部，對本單位的某項重要工作提出實施性的構想，以指導具體職能部門進行工作。

(四) 意見的內容

意見一般由標題、發文字號、主送機關、正文、落款、成文時間等構成。

意見的標題一般由「發文機關 + 發文事由 + 文種」構成，如《北京市人民政府關於進一步加強地質工作的意見》。

意見的正文一般分為兩層。第一層，寫明提出本意見的原因或根據；第二層，對有關問題提出明確的見解和處理辦法，這是意見的核心內容。

意見的內容一般要寫得明確具體，具有可操作性。

例文 3－12

北京市人民政府關於進一步加強地質工作的意見

京政發〔2006〕20 號

各區、縣人民政府，市政府各委、辦、局，各市屬機構：

為貫徹落實《國務院關於加強地質工作的決定》(國發〔2006〕4 號，以下簡稱《決定》) 精神，不斷提高對地質工作重要性的認識，促進地質工作更好地滿足首都經濟社會發展需要，現就進一步加強本市地質工作提出如下意見：

一、堅持以科學發展觀指導地質工作

（一）充分認識貫徹《決定》的重要性。《決定》是在中國經濟和社會發展新的歷史條件下做出的，是貫徹黨的十六屆五中全會精神，落實科學發展觀的重要舉措。多年來，本市地質勘查和研究工作取得了顯著成績，為北京城市建設和經濟發展做出了重要貢獻。但是，相對於快速發展的經濟和城市建設，當前還存在基礎工作相對薄弱、研究程度和精度偏低、工作滯后等問題。因此，破解首都城市發展中面臨的資源、地質環境、地質災害、基礎地質等問題，促進首都現代化建設進程，亟待加強地質工作。

（二）認真落實《決定》的基本要求。要依據《北京城市總體規劃（2004—2020年）》《北京市國民經濟和社會發展第十一個五年規劃綱要》，並結合正在修編的《北京市土地利用總體規劃（2005—2020年）》，在工程地質、環境地質、基礎地質、地質災害、地下水資源和清潔能源等方面開展工作。同時，應確定地質工作近期及中、長期主要工作目標，以城市地質工作為中心，突出城市安全和生態建設的主題，切實加強基礎性工作，完善工作體制和機制，為首都經濟發展和城市建設提供有效的服務。

二、明確地質工作的主要任務和工作重點

（三）以服務城市規劃建設為重點，開展城市地質勘查評價。以城市中心區、奧運場館、規劃新城等重要工程和基礎設施為重點，開展影響城市安全的地面沉降、地裂縫、隱伏活動構造等地質災害調查和安全性評價；提高地質災害的監測和預警預報能力；加強人口密集區地質災害專項調查，做出綜合評價和地質災害區劃；加強村鎮基礎地質工作，服務社會主義新農村建設。

（四）實施城市地質環境安全保障工程。開展影響城市生態環境的城市生活垃圾、地下水環境、農業地質和礦山環境等地質環境的調查、監測、評價和研究工作；加強地質環境的專項調查、長期監測、科學評價和預警預報；繼續完善並加強地下水和水文地質環境的監測、分析和預報；開展礦山生態環境治理調查、評價，解決本市長期開採礦產資源遺留的礦山環境地質問題，做好礦山關閉、復墾和生態恢復階段的地質工作。

（五）服務城市功能，做好地下水、地熱和淺層地溫資源的勘查評價。開展以岩溶地下水為主的城市應急后備水源的水文地質勘查和試驗研究；進行西郊地下水庫建設前期地質勘查和相關地質工作；研究南水北調水源進京前保證城市供水、適度超採地下水的地質環境安全問題，以及進京后地下水開採量減少、水位上升對城市建設和地質環境的影響問題；開展以地熱資源調查評價、淺層地溫能資源合理開發利用為主要內容的地質勘查和能源技術研究；進行新城地熱地質專項勘查；建立淺層地溫監測網，加強資源綜合利用工作。

（六）加強基礎地質調查和研究。基礎地質調查是地質工作的基礎，也是提高國土調查程度的基本手段。在平原區開展與隱伏活動性斷層有關的區域地殼穩定性、新生界地層、基岩構造格架、蓄水岩層與構造格架關係等方面的地質調查和研究工作；開展利用再生水回灌地下水，補充地下水源，修復地質環境的試驗研究及建立示範工程工作。

（七）加強地質資料匯交管理和開發利用。繼續宣傳貫徹《地質資料管理條例》（國務院令第349號），按照《國土資源部關於印發〈加強地質資料社會化服務的若干規定〉的通知》（國土資發〔2005〕215號）要求，強化地質資料管理，加快地質資料數字化、信息化和網絡化進程，開展基礎地質數據管理與信息服務系統建設，搭建城市地質信息平臺，充分發揮地質資料為城市建設和社會發展服務功能。

（八）重視開展地學科普工作。本市擁有豐富的地質遺跡和地質現象，為地學科普工作提供了良好的基礎條件。要加強相關地學科普知識宣傳，進一步豐富市民的科學知識。

三、建立和完善地質工作管理體制機制

（九）加強公益性地質勘查隊伍建設。按照《決定》精神和事業單位改革的有關規定，從本市的實際出發，進一步深化國有地質勘查單位改革，積極探索有利於加強地質工作的改革途徑，明確職能，理順關係，實施政事分開、企事分開，並逐步落實。

（十）建立地質勘查投入機制。對以城市地質安全、地質環境、地質災害、地下水資源、清潔能源為主體的地質勘查、監測、評價和預警預報等公益性地質工作，要切實加大項目經費投入，所需資金由各部門按原經費渠道解決。

四、依靠科技進步創新提高地質工作水平

（十一）推進地質科技創新。加大對地質工作的科技投入，將地質科技工作的相關內容納入本市科學技術發展規劃。提升地質裝備水平，提高現有地質裝備利用效率，加強野外長期觀測網站建設。結合本市基礎性地質調查研究等重點任務，開展科技攻關，利用先進地學理論，採用先進技術手段，不斷提高地質工作水平。

（十二）加大地質人才開發培養力度。以地質勘查和科技攻關項目為依託，大力培養創新型人才、複合型人才和科技領軍人才；改善野外地質工作條件，對野外地質工作人員實行工資傾斜政策，完善津貼補貼政策。逐步建立知識、技術、管理要素參與地質勘查開採項目收益分配的新機制，為加強和穩定地質人才隊伍創造良好環境。

五、加強地質勘查規劃的實施和監管

（十三）科學編製地質勘查規劃。為確保本市地質工作有針對性地開展，真正使地質工作在城市建設和經濟發展中發揮先行性、基礎性作用，由市國土資源行政主管部門認真組織開展科學編製本市地質勘查規劃工作，並將其納入本市國民經濟和社會發展「十一五」規劃體系。通過明確地質勘查的發展目標、重點任務和保障措施，統籌安排本市地質工作，以地質勘查規劃為依據，確保地質工作順利開展。

（十四）加強地質勘查規劃的實施和監管。加強地質工作，國土資源行政主管部門和地質勘查主管部門負有重要責任。市國土資源行政主管部門要以地質勘查規劃為龍頭，認真制定《北京市地質勘查規劃實施管理辦法》，組織實施基礎性、公益性地質工作和重要礦產資源的勘查工作。

本市各級政府和有關部門要認真貫徹《決定》及本意見有關精神，加強監督管理和組織落實，解決好實施過程中出現的問題，確保地質工作更好地為首都經濟社會發展服務。

二〇〇六年七月十一日

十、函

(一) 函的概念和特點

函是不相隸屬機關之間相互商洽工作、詢問和答覆問題，或向有關主管部門請求批准等使用的一種公文。

函的基本特點是行文關係的平行性，即它主要用於同級或不相隸屬的機關之間的行文。在適用的內容方面，它主要用於不相隸屬機關之間相互商洽工作、詢問和答覆問題，或向有關主管部門請求批准事項。

函作為公文中唯一的平行文種，其適用範圍比較廣泛。行文方向有一定靈活性。它不僅可以在平行機關、不相隸屬的機關行文，而且還可以向上級機關或者下級機關行文。函在上下級機關之間行文時，往往只用於商洽、詢問一般性事項，如上級機關要求下級機關函報報表、材料、統計數字等，不用於傳達帶有指示性、指導性的事項。

(二) 函的種類

函可以從不同角度進行分類。

按性質分，可以分為公函和便函兩種。公函用於機關單位較為正式的公務活動往來，便函則用於日常事務性工作的處理。

按發函的不同目的劃分，可分為四種：

1. 商洽函

商洽函是向不相隸屬機關商量解決或請其協助辦理有關事項時使用的一種函，例如幹部調動、聯繫工作、參觀學習或請求幫助支援等均用商洽函行文。

2. 問答函

問答函是向不相隸屬機關詢問或答覆有關情況或問題等使用的一種函。有時上級機關向下級機關詢問情況，下級機關答覆上級機關詢問，也可使用這種函。

3. 請批函

請批函是不相隸屬機關提請非上下級關係的有關業務主管部門批准某項要求所使用的一種函。

4. 告知函

告知函是向不相隸屬機關告知需要對方知道或要求對方辦理的事項時所使用的一種函。這種函從內容和作用上看類似於「通知」，只是由於對方不屬於下級機關，不宜使用「通知」行文，所以用「函」，如《財政部關於重申各銀行所屬信託投資公司集中繳納所得稅調節稅問題的函》。

(三) 函的內容

函與其他行政公文一樣，由標題、主送機關、正文、落款四部分組成。

函的標題通常有以下三種格式。第一種是由「關於＋事宜＋文種」構成，如《關於請求批准×××廳成立信息中心的函》；第二種由「發文機關＋關於＋事由＋文種」構成，如《國務院辦公廳關於中國科學技術協會設立開發型企業問題的復函》；第三種由「發文機關＋關於＋事由＋行文對象＋文種」構成，如《教育部關於成立高等職業技術學院給山東省教育廳的復函》。

函的正文包括三部分，即發文事由、事項、結束語。發文事由應根據函的類別來寫作。如果是復函，其發文事由往往表述較為簡單，通常引用來函的標題和發文字號並表示收悉及進行了處理即可；如果是主動發函，發文事由表述應詳盡，一般不能用一句話加以概括。發文事項指函所要詢問、答覆、商洽和請求批准的具體內容，這部分應視具體內容寫作，該長則長，該短則短。結束語指正文的結尾，不同的函有不同的慣用語，如詢問函用「請復」，復函用「此復」或「特此函復」，一般的函，有時可使用「此致敬禮」等。

（四）函的寫作要求

函的寫作應開宗明義，緊扣主題。不論寫哪種類型的函，都應一函一事，不要一函數事，以免輾轉傳遞延誤時間，影響工作。

函的用語應得體。商洽函用語要平和，以商量的口氣來表達發函單位的願望與要求；詢問函用語要謙和敬重，以增強彼此之間的協作和友好關係；答覆函用語要明確，不要模棱兩可。

例文 3－13

關於解決北京經濟技術開發區職業教育園區師生交通問題的函

京教職成〔2005〕7 號

北京市公交總公司：

為發展北京市的職業教育，調整北京市中等職業教育學校佈局結構，整合資源，提高辦學質量，改善辦學條件，進一步促進職業教育事業的發展，經有關部門批准，北京市教育委員會決定將北京市二輕工業學校、北京市機械工業學校、北京市汽車工業學校、北京市儀器儀表工業學校、北京市醫藥器械學校和北京市化工工業學校六所中等職業學校的教育資產進行重組，在北京市經濟技術開發區（亦莊）合併組建集高等、中等職業教育於一體的北京市經濟技術開發區職業教育園區。

北京市經濟技術開發區職業教育園區建設項目已列入北京市政府重點工程，園區位於北京市經濟技術開發區西南部，涼水河西南，北面與京東方隔河相望，南部對面是青年公寓，東面緊鄰榮昌西街。園區用地面積 46 公頃，總建築面積 254 600 平方米，在校學生規模預計達到 15 000 人。

現在，職教園區 10 000 平方米的校舍已建成，四所學校約 8 000 名學生和 800 名教師將於 2005 年 9 月遷入新校舍上課。目前，通往亦莊的公交車沒有一條公交線路經過職教園區，最近的一條公交車線路站點距園區有 1 公里遠，即將遷入的四所學校近 9 000師生的交通問題亟待解決。為此，商請貴公司協助我們調整 324、723、732、926、927 等部分公交車的公交線路或開闢新的線路，爭取多條線路的公交車經過或到達職教園區，以解決職教園區近 9 000 師生的出行問題。

妥否，請函復。

北京市教育委員會

二〇〇五年三月二十一日

（選自北京市教育委員會網站 http：//www. bjedu. gov. cn）

十一、會議紀要

（一）會議紀要的概念

會議紀要是記載和傳達會議情況和議定事項的公文。

會議紀要是會議主持單位根據會議宗旨、議程、會議記錄、會議文件及其他會議資料，分析、整理而成的文件。對上級機關，它起匯報情況的作用；對與會單位它可起協調約束的作用；而對下屬機關，則起指導工作的作用。

（二）會議紀要的特點

1. 紀實性

會議紀要具有很強的紀實性。會議紀要應如實地記載會議基本情況，如實地傳達議定事項。寫作會議紀要不能隨意更改會議基本精神，不能擅自增刪會議內容，不能隨意變動議定事項，不能對會議達成的共識進行修改。寫作會議紀要一般也不對會議或會議的某項內容進行分析、評論。

2. 概括性

會議紀要不同於會議記錄。會議紀要不能像記流水帳那樣把會議內容全部記下來，而應當根據會議的中心議題、指導思想和議定事項，在會議記錄所提供的材料的基礎上進行概括、整理、提煉后形成公文。與會議記錄相比，會議紀要能夠更集中地反映會議的精神實質，具有高度的概括性。

3. 指導性

會議紀要有兩項功能，一是記載，二是傳達。會議紀要是與會者及其組織領導者共同意志的集中體現，是會議成果的結晶。它集中反映了會議的精神實質，是本單位、本地區、本系統開展工作的依據，對工作具有很強的指導性。

（三）會議紀要的內容

會議紀要一般由標題、正文和落款三部分組成。

會議紀要的標題有多種寫法。如《全國水利建設現場經驗交流會議紀要》《環渤海地區商討對外開放工作會議紀要》《財政部中專學校校長會議紀要》等。

會議紀要的正文由開頭、主體和結尾三部分組成。開頭應概括交代會議名稱、時間、地點、參加人員、主持人、會期、主要議程、會議形式以及會議的主要成果等，這段文字要求簡明扼要。主體部分也稱分述部分，應集中寫會議的主要精神；包括：會議對某項工作情況的分析，會議研究的問題、討論的意見，會議做出的決定，提出的任務、要求、措施等。正文的寫法可以是分項式，也可以是總分式。文中常用「會議認為」「會議指出」「會議決定」「會議強調」「與會人員認為」等引述用語。結尾部分可有可無。一般是向受文單位提出希望和要求，有的則沒有結尾部分，主體內容寫完，全文即告結束。

會議紀要的落款包括署名和成文時間兩項內容。署名只用於辦公會議紀要，寫明召開會議的機關名稱。一般會議紀要不需要署名。另外，根據《國家行政機關公文處理辦法》，會議紀要可以不蓋公章。成文時間如果在標題下方已注明，就不寫。

（四）會議紀要的寫作要求

會議紀要應準確地把握會議主旨，如實反映會議精神，不得隨意取捨，不能以偏概全。會議紀要應有較強的紀要性和概括性，應條理清晰、層次分明。會議要求應及時寫作，及時送有關領導審核，便於征求與會者的意見，及時修訂、發送。

例文 3－14

廈門市對口支援和幫扶工作座談會會議紀要

2007年1月22～24日，廈門市對口支援和幫扶工作座談會在寧夏回族自治區銀川市召開。這次會議的指導思想和目的是：堅持科學發展觀、構建和諧社會，貫徹黨中央、國務院對口支援和幫扶工作的一系列重要指示精神，貫徹兩地黨委政府的既定決策，提出我市對口支援和幫扶工作需求，對接工作內容和項目，進一步推進我市對口支援和幫扶工作的深入開展。會議邀請了我市對口支援和幫扶的重慶市萬州區、黔江區、武隆縣，寧夏回族自治區涇源縣、海原縣，新疆維吾爾自治區阜康市領導及各區市縣所屬扶貧辦（對口辦）、教育局、衛生局、勞動和社會保障局領導參加會議。廈門市參加會議的有市經發局、教育局、衛生局、勞動和社會保障局、思明區、湖里區、海滄區、集美區和同安區的領導及廈門市在對口支援和幫扶地區的掛職幹部。寧夏回族自治區副主席趙廷杰到會致辭，廈門市政府副市長葉重耕出席會議並講話，廈門市經濟發展局副局長、廈門市對口支援辦公室常務副主任許青松主持會議。

會議回顧廈門市開展對口支援和幫扶工作十多年來走過的歷程，經過多年的實踐、摸索和總結，廈門市在對口支援和幫扶工作上的認識已經上升到科學發展，構建和諧社會的層面；上升到區域協作，促進經濟合作交流的層面；上升到政府主導，鼓勵企業社會積極廣泛參與的層面；上升到拓寬領域，開展多部門、寬領域、全方位合作的層面。大家認為十多年來廈門市開展這項工作取得成功的關鍵：一是加強組織領導，廈門市委、市政府高度重視對口支援工作，把這項工作作為重大政治責任，擺上重要議事日程，主要從注重加強領導、注重加強高層共識同作、注重工作部署、注重對口支援和幫扶的結對子工作四個方面積極加以推進；二是建立長效工作機制，出抬了《關於進一步加強對口支援、幫扶和山海協作工作的意見》《廈門市對口支援和幫扶掛職幹部業務工作管理辦法》等一系列規範對口支援和幫扶工作的文件，建立長效工作機制，確保對口支援工作長期、穩定、順利地開展下去；三是財政資金投入對口支援和幫扶項目建設的力度較大，是對口支援和幫扶工作取得成效的重要保證；四是全市已經形成了多部門、多層次，政府主導，企業社會積極廣泛參與對口支援和幫扶工作的局面。

會議認為，通過廣大幹部群眾的頑強拼搏、艱苦奮斗，在國家有關部門和廈門市的支持下，受援地區經濟社會各方面發展很快，人民生活水平得到了很大提高，在此形式下，個別單位和部門思想上有所松懈，對口支援和幫扶工作出現弱化的趨勢。我們應當看到目前的發展很不平衡，受援地區許多群眾的生產、生活條件還比較惡劣，每年因病、因災返貧的現象還時有發生。

會議共同認識要立足於構建社會主義和諧社會，努力開創對口支援和幫扶工作新局面。第一，繼續提高認識。要從落實科學發展觀和構建社會主義和諧社會的高度來認識對口支援和幫扶工作的性質，從協調區域發展，加強區域協作，促進經濟合作交流的層面推進對口支援和幫扶工作。第二，進一步加大工作力度。各區、各部門要根據各自工作實際，結合此次座談會對接洽談中取得的成果，加大工作力度，特別是在支醫、支教、勞動力轉移和培訓等方面著力加以推進。第三，統籌協調，形成合力。市對口辦和各部門要加強相互間的溝通與聯繫，充分發揮各有關職能部門的作用，統籌協調，形成整體優勢，堅持經濟技術合作與無償支援並重的方針，充分發揮我市的比較優勢和對口支援和幫扶地區的資源優勢，把對口支援和幫扶工作和區域經濟合作交流有機地結合起來，採取「加強全面合作，逐年有重點推進」的工作方針，加大對對口支援和幫扶地區產業發展和社會公益事業的扶持力度，努力實踐時代賦予我們的政治責任和社會義務。

會議還就2007年廈門市對口支援和幫扶工作提出了具體要求：

一、認真學習，精心組織對口支援和幫扶工作，全面貫徹黨中央、國務院以及國務院三峽辦和國務院扶貧辦關於對口支援和東西扶貧協作工作的部署。

二、注重開發，按照集中力量辦大事的原則，繼續做好三峽庫區對口支援和重慶的對口幫扶工作。對重慶市的對口支援和幫扶工作重點要提高貧困地區人口素質，改善基本生產生活條件，開闢增收途徑，確實搞好萬州區、黔江區和武隆縣的對口支援和幫扶項目建設。同時，我市思明區、海滄區、同安區要加強和赴重慶掛職幹部的聯繫，及時瞭解掌握重慶對口區縣的對口幫扶情況，協調解決有關問題。

三、項目帶動，認真貫徹落實閩寧互學互助對口扶貧協作第十次聯席會議和市委何立峰書記2005年8月在寧夏海原縣、涇源縣的重要指示，突出「整村推進、勞動力轉移培訓、產業扶貧」三個重點，加強教育、衛生、文化等領域的交流與合作，把對口幫扶寧夏涇源縣、海原縣的工作提高到一個新的水平。

四、真抓實幹，進一步加強與阜康市教育、衛生界的交流與合作，推動我市的援疆工作向縱深發展。

五、加強培訓，積極探索對口支援和幫扶工作的新形式。

六、拓寬思路，發動我市社會各界積極開展對口支援和幫扶工作，擴大對口支援和幫扶工作領域。

七、加強交流，努力提高對口支援和幫扶工作水平。

廈門市人民政府辦公廳
二〇〇七年三月十二日

復習要求

1. 準確把握行政公文的概念。

2. 準確理解行政公文法定的權威性、格式的規範性。

3. 理解行政公文的分類，重點掌握基本概念：13 種公文文種；上行文、下行文、平行文；公開、內部、秘密、機密、絕密公文；急件、特急件、平件。

4. 把握行政公文的格式，重點掌握：文頭（眉首）：發文機關標示、發文字號、簽發人、橫隔線；主體：行政公文的標題、標題的三要素、主送機關、正文、附件、成文日期；文尾（版記）：主題詞、抄送機關、印發機關、印發日期。

5. 理解行政公文的行文規則，重點掌握：根據 4 種工作關係確定行文關係；請示的使用規則、請示與報告的區別；抄送的規則；聯合行文的規則。

6. 掌握各種常用行政公文的寫作。

第四章　財經文書

財經文書是指在經濟工作中使用的，反映經濟活動的應用文。它與具體的經濟活動緊密相連，具有專業性強、針對性強的特點。基於社會經濟活動的多樣性與複雜性，財經文書是所有專業文書中種類最為多樣的；財經文書也是變化最快的，新的文種不斷產生，舊的文種逐步消亡。由於發展太快，有不少財經文書的結構與寫法還處在探索與變動中。

第一節　經濟活動分析報告

一、經濟活動分析報告的概念和作用

經濟活動分析，是利用計劃、統計、會計核算等資料以及調查瞭解的實際情況，對某國家、某地區、某產業及某企業和經濟組織的生產、經營情況進行分析研究。根據分析研究的成果寫成的文字材料，就是經濟活動分析報告。

經濟活動分析報告有以下作用：①能有效評價某國家、某地區、某產業及某企業和經濟組織的經濟活動情況與取得的效益；②能從中發現矛盾，找出問題，查出原因；③能促使相關管理機構進行宏觀調控，改善經營管理，挖掘潛力，提高勞動生產率，提高經濟效益，促進社會和企業科學發展；④能促使有關企業清晰地認識自身的資金運用與財務狀況，不斷挖潛革新，降低成本，進一步提高管理水平，提高經濟效益。

二、經濟活動分析報告的種類

經濟活動分析報告可以按多種方法進行分類。按時間分，可分為定期經濟活動分析報告和不定期經濟活動分析報告。按對象分，可以分為生產活動分析報告、經營成本分析報告、財務狀況分析報告等。按研究範圍分，可以分為宏觀經濟活動分析報告、中觀經濟活動分析報告和微觀經濟活動分析報告。按研究內容分，可以分為綜合經濟分析報告和專題經濟分析報告。

（一）宏觀經濟活動分析報告

宏觀經濟活動分析報告是指以全球經濟活動或某個國家的經濟活動為研究對象，利用經濟統計數據和宏觀經濟理論進行分析，從宏觀層面把握整個經濟活動的基本狀況而撰寫的經濟活動分析報告。例如，例文 4－1 就是一篇對中國當前經濟活動發展形勢的分析報告。

(二) 中觀經濟活動分析報告

中觀經濟活動分析報告是指以某一地區的經濟活動或某個產業的經濟活動為研究對象，利用經濟統計數據和宏觀經濟理論進行分析，從中觀層面把握本地區或本行業經濟活動的基本狀況而撰寫的經濟活動分析報告。例如，例文 4－2 就是一篇對某省預算內工業企業的總體經濟活動發展形勢的分析報告。

(三) 微觀經濟活動分析報告

微觀經濟活動分析報告是指以某企業或某經濟組織的經濟活動為研究對象，利用經濟統計數據和宏觀經濟理論進行分析，從微觀層面把握本企業或本經濟組織經濟活動的基本狀況而撰寫的經濟活動分析報告。

微觀經濟活動分析報告也有多種形式，如：財務分析報告、經營分析報告、銷售分析報告、市場分析報告等。

三、經濟活動分析報告的寫法

經濟活動分析報告的寫法較為靈活，結構與表述方式沒有固定的模式。以下從結構角度講一講寫法。

(一) 標題

標題一般有四項式與簡略式兩種寫法。四項式標題包含單位名稱、期限、內容範圍、文種四要素，如《關於××光學儀器廠 2008 年一至五月份成品資金的分析報告》。簡略式標題寫法靈活，可以揭示文章觀點，如《成品資金要迅速整頓》；也可以只做一個簡單提示，如《年終決算說明書》等。

此外，報告的文種也可以使用「說明」「情況」「評價」之類的詞。

(二) 開頭

這部分主要介紹基本情況、寫作目的或內容提要，作用在於通過簡介概況引出報告的主體，交代分析的中心問題。

(三) 主體

這一部分是對經濟活動作具體分析的部分，主要回答企業經濟活動「怎麼樣」和「為什麼這樣」的問題。一般應有以下兩個方面的內容：

一是對數據進行對比分析，表明指標完成情況在數量上的差異，並從中引出成績和問題；二是運用因素分析，找出取得成績和產生問題的原因。進行分析時，要結合實際經營活動，追根尋源，找到問題產生的根源，或總結出經驗來。

這一部分在寫作時，綜合分析報告，要按不同的方面，一個方面、一個方面地寫；專題分析報告，主要是對綜合指標進行解析。無論哪種報告，都要由大到小地將指標分解，並對影響指標的因素進行層層剖析。

另外，經濟活動分析報告中的數據和文字說明的組合方式有兩種：

一是數據、文字分列式。這種方式是把數據列成表格，然後再用文字加以分析說明；二是數據、文字結合式。這種方式把數據融入文字說明中，兩者緊密結合。

（四）結尾

結尾部分要回答「怎麼辦」的問題。一般是提出意見、建議或措施。

總的說來，經濟活動分析報告要寫得有情況、有分析、有辦法。另外，雖說經濟活動分析報告沒有固定的結構形式，但有一定的規律可循。它所遵循的原則是：圍繞分析對象，提出問題，分析問題，解決問題。這種原則反映了事物的內在聯繫，符合人們的認識規律。

四、寫作經濟活動分析報告的要求

（一）全面分析和重點分析相結合

開展分析時，需要對經濟活動的各個方面、各個指標、各種矛盾進行全面的分析和判斷，以反映經濟活動的全貌。但全面分析不等於平均使用力量，而是通過分析找出主要矛盾，抓住問題的關鍵，予以解決，以提高經濟效益，提高經營管理水平。

（二）數據資料和經營活動資料相結合

數據資料來自計劃、會計、統計資料及其他書面材料；經營活動資料來自實地調查瞭解，是幹部職工從事經濟活動的實際工作情況。數據資料可以表明經濟工作的實績，可以為我們分析研究提供線索，但只有經營資料才能反映經濟活動的實質，才能使我們找到經營管理中的問題與薄弱環節，為提高經濟效益提供切實可行的辦法。

（三）分析問題和解決問題相結合

分析報告不能為分析而分析，而應該切實地解決問題。要針對企業存在的問題，多找群眾和領導商量，提出解決問題的辦法和改進工作的措施。辦法、措施要有針對性與可操作性，能切實地解決問題。

例文 4－1

如何正確判斷中國的經濟發展形勢

馬建堂

今年以來，在黨中央、國務院的正確領導下，各地區各部門同舟共濟，努力克服世界金融危機和國內連續發生特大自然災害的不利影響，國民經濟繼續保持了平穩較快發展，總體形勢是好的。針對近期世界金融危機影響的進一步加深、蔓延和對中國經濟所產生的深刻影響，我們要增強信心，充分認識中國經濟發展仍有牢固的基礎、強勁的活力和巨大的潛力。只要積極應對，認真貫徹積極的財政政策和適度寬松的貨幣政策，切實落實好擴大內需和促進經濟增長的各項政策措施，就能夠促進經濟平穩較快發展，實現結構調整與產業升級。

一、經濟發展的基本態勢沒有改變

按照國際標準，通常是用經濟增長速度、物價變化幅度、就業人數增減和國際收支平衡狀況，來評判一個國家的經濟運行情況的，這四大經濟指標決定了經濟發展的基本面。統計數據表明，今年以來，中國四大經濟指標都處於良好的運行狀態。

經濟仍然保持平穩較快增長。雖然經濟增速呈回落態勢，但前三季度國內生產總值增速仍達9.9%，這個速度高於改革開放以來9.8%的年均增速，而且與世界經濟特別是美國、歐盟、日本等主要經濟體的普遍低迷形成鮮明對比。受世界金融危機的影響，美國、歐盟、日本等世界主要經濟體已步入衰退或處在衰退的邊緣；金磚四國(巴西、俄羅斯、印度、中國）除中國以外的其他三個國家今年以來雖實現了7%左右的增長，但仍明顯低於中國9.9%的增長速度。

控制通貨膨脹取得明顯成效。盡管前10個月居民消費價格同比漲幅為6.7%，但從動態看，居民消費價格漲幅自5月份以來已經連續6個月回落，其中8、9、10三個月同比漲幅分別為4.9%、4.6%、4.0%，呈現明顯的逐步回落趨勢。與以往比較，1985—1986年，居民消費價格漲幅從8%以上回落到5%以內，用了12個月時間；1987—1990年，從8%以上回落到5%以內，用了29個月；1992—1997年，從8%回落到5%，用了52個月。而今年從2月份8.7%的高峰值回落到5%以下，只用了半年時間，表明控制通貨膨脹確實取得了明顯成效。

新增就業狀況比預期的要好。今年以來，面對經濟的減速，黨和政府十分重視擴大就業。1~10月，城鎮新增就業人員1 020萬人，完成全年目標任務的102%；下崗失業人員再就業達450萬人，完成全年目標任務的90%；就業困難人員再就業129萬人，完成全年目標任務的129%。即便在東南沿海地區由於受國外需求下降的影響，待業、半待業人員有所增多，但當地黨委和政府通過督促企業結清欠發工資、發放待崗金、加大轉崗培訓力度、提供新就業崗位等措施，將負面影響降到了最低。

國際收支平衡狀況良好。盡管出口增幅出現了明顯回落，但1~10月出口額達到12 023億美元，增長21.9%，依然保持了較快增長；貿易順差2 160億美元，同比增長1.7%。9月末，中國外匯儲備已達1.9萬億美元，是世界上支付能力最強的國家。

以上情況充分說明，今年以來中國經濟發展的基本態勢未發生改變，中國仍處在持續較快發展的戰略機遇期，總體形勢是好的。特別是這一成績，是在面臨百年不遇的世界金融危機且影響不斷加大的形勢下取得的，是在遭遇多年少見的特大自然災害且頻繁發生的情況下取得的，確實很不尋常、很不平凡、很不容易。當前，面對困難和挑戰，黨中央、國務院高瞻遠矚，審時度勢，從容應對，採取了一系列行之有效的宏觀調控措施。從當前走勢看，這些政策有的已經見效，有的即將見效。我們相信，只要萬眾一心，抓緊落實，突如其來的「嚴寒」一定會渡過。

二、對國民經濟持續平穩較快發展充滿信心

在看到今年國民經濟總體上繼續保持平穩較快發展的同時，也要看到國際金融危機的影響還在蔓延，對中國實體經濟的影響還在加深。從國內看，10月份規模以上工業增加值同比增長8.2%；財政收入下降0.3%；發電量下降4.0%，粗鋼產量下降17.0%；鐵路貨物周轉量下降0.3%，中國經濟減速勢頭超出預料。從國外看，世界金融危機的影響仍在加劇和蔓延，主要發達國家已步入衰退，新興經濟體普遍減速。最近國際貨幣基金組織又下調了10月初的預測數據，調整后的今年世界經濟增長為3.7%，下調了0.2個百分點；明年增長2.2%，下調了0.8個百分點。面對國內外的嚴峻形勢，社會上對中國經濟能否保持平穩較快發展存在擔憂也在情理之中。但我們要清醒地認識到，越是在形勢嚴峻的時候，越要看到我們的優勢；越是在困難的時候，越要增強我們的信心。這一信心來自於改革開放30年經濟快速發展累積的較牢固的物質基礎，這一信心來自於改革開放30年體制機制改革帶來的較強活力，這一信心來自於國內仍有著較為巨大的需求潛力，這一信心來自於黨中央和國務院高瞻遠矚、見微知著的宏觀調控能力。

國民經濟平穩較快發展有著較為牢固的物質基礎。改革開放以來，特別是新世紀以來，經過不間斷的大規模投資，中國基礎產業和基礎設施得到明顯加強，物質基礎對經濟和社會發展的支撐能力大大提高。一是農業特別是糧食生產能力大大增強。30年間，包括去年在內，糧食生產量已經有4年超過5億噸，可以經受國際糧食市場和價格風雲變幻的考驗。二是工業供給能力提高明顯，製造水平位居世界前列。根據國際標準產業分類，在22個工業大類中，中國已經有7個大類名列世界第一，15個大類名列前三。特別是能源工業生產能力極大提高，對國民經濟發展的基礎保障作用顯著增強。2007年，原煤產量達到25.26億噸，是1978年的4.1倍；原油產量1.86億噸，是1978年的1.8倍；天然氣產量為692億立方米，是1978年的5倍。到2007年底，發電裝機容量達71 822萬千瓦，是1978年的12.6倍。三是鐵路、公路、民用航空、水運和管道運輸綜合網絡已經基本形成。鐵路營業里程由1978年的5.2萬千米增至2007年的7.8萬千米，增加了2.6萬千米。公路通車里程由1978年的89萬千米增至358萬千米。沿海主要港口貨物吞吐量由1985年的3.1億噸發展到2007年的38.8億噸。民用航空、水運和管道運輸能力也成倍增長。此外，郵電通信已經成為發展最快的基礎產業，信息通信和郵政基礎網絡發展迅速，信息網絡規模和用戶數均居全球之首。

國民經濟平穩較快發展有著較強的內在動力和活力。30年改革開放奠定了中國經濟長期快速發展、永葆生機的體制基礎。胡錦濤總書記在黨的十七大堅定地指出，要毫不動搖地堅持改革開放的方向；十七屆三中全會又對農村改革作了全面部署。正在實施落實的產權制度、行政管理體制、國有企業、社會保障體系等的改革和完善，以及近期即將推出的增值稅轉型、成品油價格形成機制、醫療衛生等的改革，都將為經濟發展注入新的動力。改革開放30年來，中國企業的運行體制已經發生了根本性的變化，企業在危機中的機遇意識，困境中的創新意識非常強。面對國際經濟下滑，沿海地區一些出口導向型企業已經開始進行結構調整和產業升級。這主要體現在四個方面。一是調整產業結構。表現在一些傳統產業增速在下降，高新技術產業發展加快。二是調整區域內部結構，即在中心區域或黃金地帶發展高新技術產業，而將附加值低、不利於環境改善的傳統產業調整出去。三是利用經濟下行周期，實現優勝劣汰。一些產業層次低、缺乏市場競爭力的企業停產半停產甚至倒閉，是「積極的痛苦」。四是在危機中抓機遇。一些企業利用當前國際人力資本價格下降的機遇，引進企業亟須的人才；有的企業在探詢購買銷售網絡以及收購知名品牌的可能；有的企業在著手收購研發中心，推動企業創新邁上新臺階。成千上萬個企業都這樣做，就會推動中國經濟整體的轉型，就會使經濟增長有了不竭的動力與活力。

國民經濟平穩較快發展存在著較大的需求潛力。30 年來，盡管中國基礎設施、居民生活水平都有了顯著改善，但從人均水平看，仍處於較低水平，投資和消費都蘊藏著巨大的潛力。從投資需求看，中國仍處在工業化、城市化進程中，交通、住房等領域仍需要大量投資。2007 年中國城鎮化水平為 44.9%，世界平均水平 2006 年為 49%，高收入國家為 78%，表明中國的城鎮化水平和工業化水平仍然有較大差距。與此同時，結構調整、產業升級、產品更新換代等也都需要大量投入。從消費需求看，中國是一個 13 億人口的大國，其中一多半是農民，城鎮也有一定數量的低收入群眾，這表明居民在耐用消費品和服務消費方面仍有較大潛力。2007 年中國每千人機動車擁有量為 33 輛，美國 2005 年為 814 輛，日本 2004 年為 586 輛；中國每百人因特網用戶數 16 個，美國為 73 個，日本為 74 個；中國每百人擁有電話數 69 部，美國為 139 部，日本為 115 部。特別是在中國廣大的農村和城鎮低收入群眾中，耐用消費品擁有量更低。縮小差距的過程就是消費擴大的過程。對於我們這樣一個有著 13 億人口的大國，一個正經歷加速工業化和城鎮化的大國，其市場潛力是巨大的。正是這個巨大的且不斷擴大的市場，不僅成就了中國過去 30 年的快速增長，而且正在並將繼續拉動未來較長一段時期的持續增長。

三、科學的宏觀調控、積極的應對措施將會促進國民經濟繼續保持平穩較快發展

面對世界金融危機日趨嚴峻、世界經濟增速進一步放緩的變化，針對國民經濟增長減緩趨勢明顯、下行壓力進一步加大的形勢，黨中央、國務院審時度勢，果斷地實施積極的財政政策和適度寬松的貨幣政策，及時出抬了擴大內需、促進經濟平穩較快增長的 10 項政策措施。這些政策措施將會有效地擴大國內需求，將會積極推動結構調整，將會促進經濟平穩較快發展。

一是投資需求對經濟增長的拉動力將會進一步增強。中央決定，進一步加大廉租住房建設、遊牧民定居、棚戶區改造等民生工程建設力度，進一步加快鐵路、公路、機場、電網、水利等基礎設施建設，進一步加大節能減排、生態保護建設力度，進一步加大災區重建工作力度。所有這些不僅會極大改善中國的民生水平、增強經濟發展的后勁，而且會對冶金、建材、電子、機械、化工等行業產生巨大的直接的投資需求，為國民經濟注入新的動力。

二是消費需求對經濟增長的拉動作用將會有所提高。中央決定，提高明年糧食最低收購價格，提高農資綜合直補、良種補貼、農機具補貼等標準，以增加農民收入；提高低收入群眾等社保對象待遇水平，增加城市和農村低保補助，繼續提高企業退休人員基本養老金水平和優撫對象生活補助標準，以增加中低收入階層的收入。同時消除消費瓶頸，拓寬消費領域，穩定車市、房市和股市。所有這些措施，連同投資轉化來的消費，不僅會提高中低收入群眾的消費能力，提高中高收入階層的消費意願，進而能夠擴大對輕工、紡織、房地產、汽車等消費品的需求，間接帶動投資品行業的需求，為國民經濟注入新的活力。

三是經濟結構調整將會成為經濟增長的新亮點。中央決定，實施增值稅轉型，鼓勵企業技術改造，各地也紛紛出抬鼓勵企業改造升級的措施。各金融機構也正在加大對經濟增長的支持力度，取消對商業銀行的信貸規模限制，合理擴大信貸規模，加大

對重點工程、「三農」、中小企業和技術改造、兼併重組的信貸支持。所有這些正在與市場壓力下的企業自主調整結合起來，成為推動中國結構調整和產業升級的真正動力，結構調整不僅提升著經濟的質量，本身也創造著經濟增長的機會和動力。

任務已經明確，政策業已出抬。只要增強信心，積極應對，狠抓落實，我們一定能夠攻克各種困難和矛盾，實現經濟平穩較快的發展，並在發展中推動結構調整、產業升級和發展方式的轉變。

（求是，2008，23）

例文 4－2

簡析地方預算內工業企業的總體效益

2002 年，我省工業系統廣大職工認真貫徹落實黨的十四大精神，堅持以提高經濟效益為中心，以轉換企業經營機制為重點，進一步解放思想、真抓實幹，從而使全省工業經濟形勢得以在上年已有轉機的基礎上繼續朝好的方向轉化。工業生產穩步增長，產品銷售越旺，企業虧損減少，經濟效益呈現出較為明顯的回升跡象。但從總體上看，長期以來制約我省經濟發展的諸多深層次矛盾的問題尚未從根本上解決，宏觀經濟還未完全步入良性循環的發展軌道，工業經濟形勢仍不容樂觀。

據計算，2002 年全省地方預算內工業企業（不含×鋼）累計完成工業總產值（不變價格）×××億元，比 2001 年增長 10.33%；實現產品銷售收入××億元，比 2001 年增長 14.05%；實現利稅 49.1 億元，比 2001 年增加 18.8 億元，增長 62.05%。其中，實現利潤 7.7 億元，比上年增加 13.4 億元；虧損企業×××戶，比上年減少×××戶，下降 28.38%，虧損面 33.9%，比上年的 46.9% 縮小 13 個百分點，累計虧損額 10.2 億元，比上年減少 8.65 億元，下降 45.82%；產成品、發出商品、應收及預期付貨款「三項資金」占用 235.6 億元，比上年末增加 3.8 億元，增長 6.51%。

縱觀 2002 年全省工業經濟運行態勢，可以說是「喜憂參半」。縱向看，產銷增長，效益回升，虧損下降，形勢喜人；但從橫向和深層次看，企業各種「包袱」沉重，總體效益水平低下，產銷回升質量不高，「三項資金」占用居高不下，產品結構調整進展緩慢，仍令人擔憂。若加以具體分析，經濟形勢好轉主要表現在以下四個方面：

(1) 多數經濟指標出現了全面好轉。全省的工業生產、銷售、效益不論是與 2002 相比，還是從本年度動態發展走勢看，都出現了增長勢頭。從動態發展趨勢看，產銷分別從一季度的月均 45.1 億元和 35.9 億元增加到四季度的月均 47.1 億元和 55.8 億元；實現利潤也逐步擺脫了年初以來連續五個月盈虧相抵累計均為負號的局面，全年達 7.7 億元，虧損企業的虧損額也由上半年的月均 1.01 億元減少到下半年的月均 0.69 億元。

(2) 經濟回升面較廣，初步扭轉了以往經濟僅靠個別行業和企業帶動的局面。在全省 12 個行業中，產、銷比上一年增長的分別為 11 個和 8 個；12 個行業虧損額均比上年減少（其中石油、電力行業無虧損），盈虧相抵后有 10 個行業實現利潤比上年增加，8 個行業盈虧相抵后實現利潤為正號；在全省 14 個市中，除××市生產略有下降外，其余各市產銷均比上年增長；14 個市全部減虧，盈虧相抵后累計實現利潤均比上年增加，其中有 11 個市累計實現利潤為正號。

(3) 2002 年的效益回升，是在企業消化了大量減收增支因素的前提下實現的。據初步測算，2002 年各種減利增虧因素高達 25 億元左右，比上年增加近 8 億元。

(4) 不少地區和企業開始由過去單純追求速度和產值轉到重視有效益的速度和調整產品結構、開發新產品、加強管理上來。據分析，全省工業企業效益增長中有 20% 左右是由此實現的。

從總體上看，2002 看我省工業經濟雖然開始呈現向好的方向發展的勢頭，但長期以來困擾我省經濟發展的諸多深層次矛盾和問題尚未完全得到有效解決，形勢仍很嚴峻。這主要表現在：第一，主要經濟指標與全國尤其是南方一些沿海省市相比，差距仍然很大。從全國看，我省主要經濟指標仍居於中下游水平，產銷增長幅度分別列第×位和第×位，比全國平均速度還低 2.3 個和 4 個百分點；企業虧損額僅少於黑龍江、廣東和四川，居第四位；盈虧相抵后累計實現利潤居第×位，有 3 個市、4 個行業盈虧相抵后累計實現利潤仍為負號。第二，經濟回升的基礎仍顯得脆弱。2002 年我省的經濟回升，一個突出特點是主要靠全國市場，尤其是靠固定資產投資增大，需求增加拉動影響，表現為產品的適應性調整和總量的增長。據分析，全省工業生產增長中約 70% 左右是靠此實現的，而真正靠調整產品結構、挖掘內部潛力實現的增長則不夠明顯。第三，「三項資金」占用居高不下，且不斷增加，2002 年全省「三項資金」占用高達 235.6 億元，比上年末增加 18.6 億元，增長 8.59%。其中產成品資金占用 62.5 億元，比上年末增加 3.8 億元，增長 6.51%。第四，企業「包袱」沉重，大量的潛虧損對目前和今后一個時期內企業經濟效益的提高，仍是個潛在的威脅。據統計，目前全省企業的四大「包袱」（明虧掛帳、潛虧、福利基金超支、到逾期借款）總額已達×××億元，相當於 2001 年全省實現利潤總額的×倍。這表明，要全面提高我省工業經濟的總體效益，尚須作出很大的努力才能逐步實現。

××省財政廳工財處

2003 年 1 月 20 日

思考練習

1. 寫作經濟活動分析報告的目的是什麼?
2. 經濟活動分析報告的結構特點是什麼?
3. 分析《簡析地方預算內工業企業的總體效益》一文的數據分析與表述的特點。

第二節　經濟預測報告

一、經濟預測報告的概念和作用

經濟預測報告是指對未來經濟前景、發展趨勢的展望和推測。通過對經濟活動進行調查研究，掌握過去和現在的經濟信息，運用科學方法進行分析研究，探索經濟活動未來的發展趨勢及規律，對經濟活動的前景與趨勢做出判斷，並提出針對性的建議和對策，這就是經濟預測的全過程。把經濟預測的分析研究過程及成果寫成書面材料，就成為經濟預測報告。

經濟預測是一種對經濟活動有根據的預見，是按經濟規律辦事，提高經濟效益的不可缺少的重要工作。它能為政府制定一定時期的經濟、財政、金融政策提供科學依據，有利於企業發展生產、改善經營，有利於引導社會公眾的消費。在現代化管理中，經濟預測越來越具有重要作用。現代化的管理與信息、與預測息息相關：沒有信息，就沒有預測；沒有預測，就沒有計劃，也就沒有決策。一句話，沒有經濟預測，就沒有科學的管理。

二、經濟預測報告的種類

經濟預測報告的種類很多。

按預測方法劃分，有調查分析預測報告和數字分析預測報告；按時間劃分，有長期、中期、短期和近期經濟預測報告；按範圍劃分，有宏觀經濟預測報告和微觀經濟預測報告；按廣度劃分，有綜合經濟預測報告和專項經濟預測報告。

（1）綜合經濟預測報告，即對整個國家或一個地區、一個行業系統的經濟現象，進行分析研究所寫的預測報告。如《國民經濟調整情況和發展的預測》《××省一九八五年社會商品購買力預測》等。

（2）專項預測報告，是研究一個企業、一個鄉村或一個產品的經濟現象所寫的預測報告。常見的有市場預測報告、銷售預測報告、技術發展預測等，如《食品罐頭產銷趨勢預測》。產品預測實際上是對某一產品的生產、銷售、技術、資源、資金等多方面的綜合預測，當然，它是以生產和銷售為其重點的。

三、經濟預測報告的寫法

經濟預測作為一種新的信息，為便於傳播和咨詢，報告的結構形式較為固定，除標題外，正文一般分為概況、預測、建議三部分。

（一）標題

經濟預測報告的標題寫法比較靈活。常用四項式標題，一般由四部分組成：報告的範圍、期限、對象和文種。

例如《四川省2002—2008年酒類需求量的預測》，其中「四川省」是預測的範圍，「2002—2008年」是預測的期限，「酒類需求量」是預測的對象，「預測」是文種。

有時，也省略其中的某些項目，如《彩色電視機產銷預測》，也有寫成論文標題形式的，如《××縣金絲草帽能打入國際市場嗎？》《今年流行色將向冷色轉移》等。

（二）概況

概況是利用資料和數據，對經濟活動的歷史和現狀，作簡要的回顧和說明。

經濟預測之所以能成為科學，就在於它是以過去和現在的事實、經驗為依據的。

當然，經濟活動非常廣泛，我們不可能也不應該什麼都講，而必須圍繞預測的目標和報告的主旨，選擇有代表性的資料、數據，來說明經濟活動的歷史和概況。

此部分由於需要介紹的情況比較多，所以也應組織好內部層次，有條不紊地寫出來。

（三）預測

預測是全文的核心部分。這部分主要是分析資料數據，預測經濟活動未來的趨勢與前景。它重在分析，即對調查研究所取得的資料、數據、進行認真、細緻、深入地剖析研究，找出經濟活動的規律，並在此基礎上經過判斷、推理，找到經濟活動變化的趨勢，歸納推測出未來經濟的前景。

（四）建議

提出建議或對策，這是全文的自然結束。它是在預測之后準備採取的行動計劃和對策，為領導決策提供有價值的參考。因此，從實際出發，在預測的基礎上提出有的放矢、周密細緻的建議或對策是十分必要的。另外，這是寫預測報告的落腳點，意在剔除經濟發展中的不穩定因素，揚長避短，獲得最好的經濟效益，所以，一定要具體明確，切實可行。

總之，寫作預測報告，一般都在「概況」的基礎上進行「預測」，根據預測的結果提出「建議」。這三部分之間具有十分嚴密的邏輯關係，所以，寫作時結構方式可以有各種變化，但一定要體現這種邏輯關係，使其成為一個不可分割整體。

例文 4－3

中國小汽車需求量預測報告

由於受到國民經濟持續穩定發展和 2001 年年底中國加入世界貿易組織這兩個方面因素的影響，小汽車的消費情況將會出現不同以往的變化。雖然隨著汽車價格下調，銷量會有一定增加，但轎車市場依然面臨很多困難，尤其是各大廠商之間的競爭勢必日趨激烈。

一、概況

綜觀 2001 年各月銷售軌跡，比起 2000 年沒有大的增幅，銷量不均，傳統的銷售旺季不旺，市場變化使人難以捉摸。

具體來看，除了市場因素以外，現有車型結構存在矛盾，車型市場需求發展不平衡，上海通用別克和廣州本田雅閣市場看好，一汽大眾捷達和二汽神龍富康接近或基本達到調整后的銷售目標，原先市場份額較大的上海桑塔納和天津夏利，由於基數相對大，市場擴容較難。

二、分析預測

早在 2001 年下半年起國民經濟發展出現的一些積極變化，預計在 2002 年將會持續，經濟發展環境總體趨好。擴大內需、增加農民收入、國企改革作為中心環節、繼續執行積極的財政政策、積極增加進出口等，成為 2002 年經濟工作的指導思想和總體要求的重要組成部分。

加入世界貿易組織以后，汽車工業的壓力越來越大。2002 年小汽車市場面臨的困難與矛盾比較大：消費需求的擴張受到諸多不利因素的制約，居民收支預期不看好的態勢尚未扭轉；短缺經濟時期把小汽車作為奢侈品而加以限制的某些政策和地方上設置的價外亂收費，至今無多大松動。現行的小汽車消費政策，正成為制約小汽車市場活躍的一個重要「瓶頸」。

根據 10 年來國產小汽車的銷量，對歷年數據用 3 次曲線進行擬合，進而預測 2002 年小汽車市場需求為 62 萬輛。根據有關信息，主要小汽車生產企業的預期生產目標為：中高級小汽車 12.5 萬輛、中級小汽車 24 萬輛、普通小汽車 14.6 萬輛、微型小汽車 18.5 萬輛，還有一些以輕客名義生產的二廂式小汽車也有上萬輛之多。進口小汽車可能較 2001 年有所增加，加上 2001 年生產廠家包括廠家經銷商的庫存，這樣市場資源的總供給不會低於 80 萬輛。就我們所預測的需求而言，2002 年依然是個供過於求的買方市場年。

三、建議

盡快調整汽車消費政策，取消不合理收費及盡量減輕合理收費，降低小汽車的生產成本，達到規模經濟，形成產銷的合理銜接和良性循環，促使汽車價格向其實際價格調整，這些已成為推動中國小汽車產業乃至國民經濟增長的切實需要。

思考練習

1. 經濟預測報告的結構特點是什麼？
2. 怎樣才能作出比較準確的預測？
3. 選擇一個自己感興趣的經濟現象或某個商品，預測它未來三個月的發展趨勢。

第三節　商務洽談紀要

一、商務洽談紀要的概念

商務洽談紀要是指以反映商務洽談情況為主要內容的會議紀要。商務洽談紀要又稱為意向書，它與製訂合同有一定的關係，但並非正式的經濟合同。它主要記載和傳達商務洽談會議的基本情況及各方商定的重要事項，作為洽談方進一步合作（商定協議或簽訂合同）的依據。

二、商務洽談紀要的特點

商務活動中有多種形式的商貿關係，這些商貿關係往往需要經過多次協商、洽談才能最終形成。因此有必要將洽談的內容記載下來，為進一步接觸和談判打下基礎，以取得實質性進展。商務洽談紀要具有以下特點：

（一）紀實性

商務洽談紀要作為一種紀實性文本，具有紀實性特點。紀要所反映的必須是會議中所發生的情況，是會議中所討論的問題和洽談結果的如實記載和輯錄。如果洽談后仍有不同意見，應反映各方立場與意見。

（二）原則性

作為進一步合作的指導性文件，商務洽談紀要不同於合同。它不要求將條款製訂得非常具體、細緻，而是著重確定雙方合作、建立商貿關係的大方向，在重要事項上作出原則性約定，以指導今后的進一步合作。

（三）預想性

商務洽談紀要有預測合作前景的功用。它可以在發展規模、生產發展、市場銷售、經濟效益諸方面進行預測，以評估合作的可行性，使洽談各方對合作前景心中有數。

（四）信譽約束性

商務洽談紀要雖不具備法律約束力，但對洽談各方也有一定約束，這主要表現在商業信譽上。作為一個成熟的企業，必須樹立良好的企業形象，創建並維護良好的商業信譽，各方一旦在商務洽談紀要上簽字認可，商務洽談紀要就對簽字各方產生一定的約束力。

三、商務洽談紀要的寫法

（一）標題

商務洽談紀要的標題通常由洽談項目內容與文種兩部分組成，如《合資組建污水處理廠洽談紀要》。另外，也可採用公文式標題。

（二）開頭

商務洽談紀要的開頭主要反映洽談要素與洽談主要內容。通常先寫明與會各方的單位名稱，進行洽談的時間、地點、參加洽談的人員等，然后寫明洽談的項目。也可以在開頭處概述洽談的主要問題與結果等。如例文 4－4《關於籌備設立新晶能科技有限責任公司洽談紀要》一文的開頭，介紹了參加的單位有中國東工科技公司與中國科寶實業股份有限公司，說明了舉行洽談的時間與地點，說明了洽談項目——合作發起設立新晶能科技有限責任公司。此文開頭寫得簡要而清晰。

（三）主體

商務洽談紀要的主體主要反映會議商談的主要問題，討論協商的情況、主要意見等。寫作時要取其精要，把共同意見作為重點予以反映。要對會議內容作分析整理，善於綜合，做到有條理、有層次地反映。要忠實於洽談情況，不能任意歪曲原意或添加內容。如《關於籌備設立新晶能科技有限責任公司洽談紀要》一文的主體，將共同意見概括為「股東問題」「股本和股比問題」「發展目標」等予以重點反映。在有意見分歧的問題上，如「關於控股問題」，作者如實地反映兩方的不同意見，做到了忠實記錄。

商務洽談紀要安排層次的基本方法是按照議題安排，有幾個議題就安排幾個層次。另外，也可以以會議議程先后為序，如《關於籌備設立新晶能科技有限責任公司洽談紀要》一文就是按照議題安排層次，同時輔以序號，使文章條理清晰。

(四) 結尾

商務洽談紀要的結尾有以下寫法。若洽談雙方未能取得一致意見，又需留待下次商談加以解決的問題，可在結尾處予以反映。有關文本保存方式，下次洽談或訂立合同的時間、地點，各方代表簽名等事項也可在結尾處交代。如《中國××公司和美國××公司合作生產飛機葉片洽談紀要》一文即在結尾處交代了「本紀要未盡事宜，在5月5日舉行的第二次洽談會上予以討論並加以補充」「本紀要一式兩份，用中、英文兩種文字書寫，雙方各執一份」。文末右下方有雙方公司總經理簽名。

例文4－4

關於籌備設立新晶能科技有限責任公司洽談紀要

2000年5月27日，中國東工科技公司（簡稱「東工公司」）、中國科寶實業股份有限公司（簡稱「科寶公司」）的代表及國營三〇六廠有關人員（參加會談人員名單附后），本著「優勢互補、共同發展」的原則，就合作發起設立新晶能科技有限責任公司（簡稱「新晶能公司」）有關籌備工作，在京進行了誠摯友好的會議。

現將會議主要內容紀要如下：

一、關於股東問題

發起人東工公司三〇六廠原TF系列產品生產線全部資產及專有技術出資入股，科寶公司以現金出資入股。

××市工業開發區入股問題，擬定於4月初征求××市政府意見后確定，要求其以現金入股。

二、關於股本和股比問題

經發起人雙方反覆討論，未形成一致意見，待雙方各自研究權衡。東工公司請示××集團公司后，擬於4月初雙方在川再商定。

分歧意見主要是控股問題，並相應影響到股本的確定。

科寶公司認為：總股本定為2 000萬元左右為宜，科寶公司持股51%。註冊股本定為2 000萬元有利實現雙方使用的目標，尤其是容易體現新公司的成長性，可為增資控股留有更多的余地。

東工公司認為：總股本定為3 000萬元為宜。股本為2 000萬元不利於處理三〇六廠TF生產線1 600多萬元固定資產和無形資產入股問題。

三、關於新公司發展目標

東工公司同意科寶公司對新公司的未來發展設想。雙方認為，新晶能公司的發展宜分段動作。第一階段，抓緊登記註冊公司、投入適量現金恢復三〇六廠原TF生產線，盡快達產達標（×××噸/年），使產品盡快占領市場，擴大市場佔有率，為下一步融資擴產奠定基礎。第二階段，科寶公司負責為新晶能公司融資4 000 萬元，投入新建年產500 噸 TF 系列產品生產線（預測建設期為兩年），引入新股東，並在此基礎上通過擴股增資3 000 萬元，使公司運作資金擴大到1 億元左右。第三階段，將有限責任公司改製為股份有限公司，擬向二級市場上市融資，再擴大生產規模，達到年產1 000 噸 TF 系列產品生產能力，形成產業發展規模經濟，在國內、國際市場都具備抗風險能力和自我發展能力。

四、關於註冊地點

雙方確定註冊地暫在××市。

五、關於公司預名

公司名稱暫定為「新晶能科技有限責任公司」。

六、關於公司章程和可行性報告

待股東、股本、股比確定之后，由「新晶能公司籌委會」有關人員負責擬訂章程、提出可行性報告。

七、關於資產評估

東工公司出資的三〇六廠原 TF 生產線全部資產及專有技術和非專利技術的評估，經雙方協商，同意由中資資產評估有限公司評估作價。

八、關於公司的組織機構

初步確定，新晶能公司按《公司法》規範設立股東會、董事會、監事會和經營班子。組成人員待定。董事長由科寶公司擔任。總經理及經營班子由東工公司提出推薦名單，以三〇六廠為主派出；科寶公司推薦二至三人。以上人員均由董事會聘任、解聘。

九、關於成立籌委會

雙方確定成立籌委會，負責新公司設立所有籌建工作。

籌委會主任：略。

籌委會成員：略。

籌委會經費，暫由科寶公司墊付××萬元，在銀行設專戶，專款專用，新晶能公司成立后，列入公司開辦費。該經費由×××負責管理，使用時由×××審批。

十、關於公司用工

新晶能公司主要聘用三〇六廠有關高層管理人員、核心技術人員和有關熟練操作工。

十一、關於近期主要工作安排

1. 股東、股本、股比的確定，擬於4 月初在川商定。
2. 公司章程，定於4 月初在川討論，形成初稿。
3. 三〇六廠 TF 生產線資產評估應於4 月20 日之前完成，報財政部審批。
4. 新晶能公司可行性報告定於4 月20 日之前擬出。

東工公司　　　　　　　　　　科寶公司
代表（簽字）×××　　　　　　代表（簽字）×××
2000年5月27日　　　　　　　2000年5月27日

思考練習

1. 商務洽談紀要的特點有哪些？
2. 如果洽談雙方在某些方面未能取得一致意見，應如何處理？

第四節　合同

一、合同的概念

《中華人民共和國合同法》第一章第二條規定：「合同是平等主體的自然人、法人、其他組織之間設立、變更、終止民事權利義務關係的協議。」

二、合同的種類

《中華人民共和國合同法》規定合同共有15種，具體為：買賣合同，供用電、水、氣、熱力合同，贈與合同，借款合同，租賃合同，融資租賃合同，承攬合同，建設工程合同，運輸合同，技術合同，保管合同，倉儲合同，委託合同，行紀合同，居間合同。

三、合同的形式

合同具有兩種形式：一種是預製式，一種是書寫式。預製式是預先設計、印刷好了的合同文本。通常企業之間的買賣合同，供用電、水、氣、熱力合同，運輸合同，居間合同等常常是預製式的。書寫式是合同雙方當事人在共同協商后擬訂的書面合同。

五、合同的結構與寫法

合同一般由標題、當事人、正文、落款四部分構成。

（一）標題

合同標題通常由合同項目和文種構成，如「建築工程合同」，也有的簡寫為「合同」。

（二）當事人

當事人又叫立合同人。應寫明簽訂合同各方的正式名稱，為便於行文，一般注明甲方、乙方。

（三）正文

一般先寫訂立合同的依據與原因，這是合同合法性的重要表述。同時應寫明訂立合同的當事人雙方是在平等互利、自願協商的情況下達成一致的。

正文的主要內容是雙方共同議定的具體條款，也是合同應具備的主要內容。合同的種類很多，不同性質的合同有著不同的內容，難以一一講明。下面僅以購銷合同為例，講一講合同的主要內容。

購銷合同一般主要包括標的、數量、質量、價款或者報酬、履行期限、履行地點和方式、違約責任、解決爭議的方法等。

（1）標的，也稱標的物，是指合同當事人雙方的權利義務所共同指向的對象，如實物、貨幣、工程、技術、勞務等。每份合同必須有明確的標的，沒有標的，合同就無法成立；標的如果規定得不明確，合同就難以執行。

（2）數量是標的的具體化。數量是用計量單位和數字來衡量標的的尺度，決定權利義務的大小，如產品數量是多少，完成工作量是多少。數量必須按照國家法定計量單位計量。合同中的數量要寫得具體、準確，不能有絲毫含糊。凡國家或主管部門有規定的，必須按規定執行；國家或主管部門沒有規定的，由供需雙方商定。

（3）質量是標的的具體特征，是標的內在素質和外觀形態的綜合表現，如產品的品種、型號、規格、等級、國家標準、部頒標準、地方標準等。質量要詳細寫明，不可含糊不清。

（4）價款或酬金是標的的價金，是當事人一方為取得標的向對方支付的貨幣數量。價款或酬金要明確地寫入合同。價款或酬金要依據國家的政策法令合理議定，並對貨幣幣種作出規定。為實現價款和酬金的支付，合同條款中應具備有關銀行結算和支付方法的條款。

（5）履行期限、地點與方式。履行的期限是當事人各方依照合同規定全面完成自己合同義務的時間限制，即合同的履行期和合同的有限期。履行地點是當事人完成其所承擔義務的地點。履行方式是當事人履約的具體辦法、形式，如是一次交付，還是分批交付，是送貨、提貨，還是代辦托運等。

（6）違約責任是指當事人因過錯而不能履行或不完全履行合同時所要承擔的經濟或法律責任。它包括違約金、賠償金和其他應承擔責任的法律形式。違約責任也要寫得明確具體。

（7）解決爭議的方法是指當事人雙方約定的解決爭議的具體辦法。或協商解決，或仲裁解決，或通過法院解決。

合同的結尾包括合同的正、副本的份數，合同的有效期限等。

（四）落款

落款由合同雙方當事人的單位名稱，法定代表人姓名，簽訂合同的時間、地點，公章、電話號碼、銀行帳號等構成。

六、訂立合同的原則

(一) 平等互利、自願公平的原則

合同當事人的地位平等，依法享有自願訂立合同的權利，任何一方不得將自己的意志強加給另一方，任何單位和個人不得非法干預。當事人雙方應遵循公平的原則確定雙方的權利義務關係，做到平等互利。

(二) 合法性原則

當事人訂立、履行合同，應當遵守法律和行政法規，做到依法而立，依法行事；同時應遵守社會公德，不得擾亂社會經濟秩序、損害社會公共利益。

(三) 國家主權原則

簽訂涉外合同，要維護國家的尊嚴和正當的權利，不做有損國格的事情。涉及合同的當事人可以選擇處理合同爭議所適用的法律，但在中華人民共和國境內履行的中外合資經營企業合同、中外合作經營企業合同、中外合作勘探開發自然資源合同必須適用中國法律。

(四) 國際法、國際公約優先適用原則

在訂立合同時，若中華人民共和國締結或參加的國際條約同中國的民事法律有不同的規定，優先運用國際條約的規定。中國法律和締結參加的國際條約均沒有規定的，可以適用國際慣例。

七、合同寫作的要求

(一) 內容合法

根據《中華人民共和國合同法》的要求，簽訂合同必須符合以下三條基本原則：遵守國家的法律，符合國家政策和計劃的要求；任何單位和個人不得利用合同進行非法活動，擾亂經濟秩序，破壞國家計劃，牟取非法收入；符合平等互利、協商一致、等價有償的原則。

(二) 項目條款完整

合同所必備的各個構成部分不能缺少，主要條款不能遺漏。有些合同在結尾必須寫明附件名稱、件數，以保持合同的完整性。

(三) 表達準確、規範

合同的內容必須明確、具體。表達應簡明準確，嚴謹規範。

例文 4－5

購銷合同

甲方：××市服裝公司

乙方：××棉紡廠

經雙方共同協商同意，訂立以下條款以資共同遵守。

一、產品名稱、貨號、品種、規格、質量、數量、交貨期。(以下表格略)

上表所列各項，如雙方遇到實際困難時，可在各檔花色品種、數量的10%範圍內予以調劑。如需要大量變更時，必須取得對方同意，否則應承擔由此造成的經濟損失。

二、產品的規格、質量和技術標準，按部頒標準執行。

檢驗方法，以乙方自檢為主，甲方在流通過程中，如發現規格、質量不符，應由乙方負責處理，甲方應予以協助；如發現數量不符，由雙方共同處理。應分析情況明確責任，經濟損失由責任方負擔。

三、產品出廠價格，按國家統一規定價格執行。

執行過程中，如遇國家統一調整價格時，則按國家統一調整的價格執行。

四、產品的包裝標準，按統一規定的針織品包裝標準，進行分箱包裝，包裝物由乙方負責。

五、產品的包裝紙和寶塔線，由乙方在簽訂合同時提出計劃，甲方應保證供應，費用由乙方負擔，如甲方未按計劃供應，乙方不負延期交貨的責任。

六、乙方應保證按合同規定的日期，按月分期交貨，按季結算。如遇特殊情況，可在5%的範圍內欠交或超交。

七、貨款結算：甲方應在乙方送貨驗收后，從貨到驗收日起3天內付款。如遇假日順延。

八、乙方未能履行合同，應負下列經濟責任：

1. 產品花色、品種、規格、質量不符合合同規定，必須返修或重新加工的，則按質論價；如要大量變更花色品種，則須經雙方根據實際情況商定，否則應償付甲方變更部分貨款總值5%的罰金。

2. 產品數量不符合合同規定，少交產品，而甲方仍需要的，應照數補交，並承擔延期交貨的罰金。如不能交貨而需要撤銷合同的，則應償付甲方以不能交貨的貨款總值20%的罰金。

3. 甲方驗收時，發現產品外包裝不符合合同規定，必須返修或重新包裝，不符合合同規定造成貨物損失，應由乙方負責賠償。

4. 產品交貨時間不符合合同規定，每延期一天，應償付甲方以延期交貨部分貨款總值5%的罰金。

5. 不符合合同規定的產品，在甲方代管期內，乙方應及時處理。萬一發生天災人禍等意外事故，則由乙方自行負責。

九、甲方未履行合同，應負下列經濟責任：

1. 中途變更產品的花色、品種、規格、質量或包裝的規格、質量，由雙方根據實際情況商定，否則應償付乙方部分貨物總值或包裝價值5%的罰金。

2. 中途撤銷合同，應償付乙方以撤銷部分貨款總值20%的罰金。

3. 未按合同規定日期付款，每延期一天，應償付乙方以延期付款總數5%的罰金。

4. 按照雙方聯繫的送貨日期，無故拒絕接貨，應償付乙方該批貨款總值每天5%的罰金。

5. 產品在運輸途中發生丟失短缺、殘損等責任事故，應負責向承運部門交涉索賠，乙方亦予以協助交涉。

十、上述應該償付的罰金，其總額不得超過來履行合同部分的貨款總值。應償付的違約罰金，應在明確責任后10日內，按銀行結算辦法撥付，否則按延期付款處理。任何一方不得自行用扣發貨物或扣付貨款來抵沖。

十一、由於人力不可抗拒或確非企業本身造成的原因而不能履行合同的，經仲裁機關查實證明，免予承擔經濟責任。

十二、以上各條經雙方由工商行政管理機關付印簽證后生效，至合同任務完成時終止。如有未盡事宜，則可由雙方商定補充，並報簽證機關備案。

十三、本合同一式九份，正本兩份，甲、乙雙方各執一份；副本七份，分送各有關部門存查。

甲方	乙方
單位：××市服裝公司（公章）	單位：××棉紡廠（公章）
代表：　　（簽章）	代表：　　（簽章）
地址：	地址：
電話：	電話：
開戶行：	開戶行：
帳號：	帳號：

簽證機關：市工商行政管理局（公章）

簽約日期：　年　月　日

思考練習

1. 合同寫作的要求是什麼，在語言表達方面應注意些什麼？
2. 寫一份租用他人房屋的租賃合同。

第五節　財務分析報告

一、財務分析報告的概念和分類

(一) 財務分析報告的概念

財務分析報告又叫財務情況說明書，是在分析各項財務數據的基礎上概括、提煉、總結、編寫的具有說明性和結論性的書面材料。財務分析報告是對財務資金運作、企業經營狀況的綜合概括和高度反映。

(二) 財務分析報告的分類

財務分析報告可以從多種角度來分類。從編寫時間劃分，可分為兩種：一是定期分析報告，二是非定期分析報告。定期分析報告通常有財務月報、財務季報、財務半年報、財務年報，具體根據公司管理要求而定。非定期分析報告主要根據企業的需要編製。從編寫內容劃分，可分為三種：一是綜合性分析報告，二是專題分析報告，三是項目分析報告。綜合性分析報告是對公司整體營運情況及財務狀況的分析評價；專題分析報告是針對公司營運的某一部分，如資金流量、銷售收入、應收帳款等的分析；項目分析報告是對公司的某一個獨立運作項目的分析。

二、財務分析報告的結構

財務分析報告由標題、正文和落款三部分組成。

標題：包括企業名稱、時間界限、分析內容等。

正文：一般來說，財務分析報告的正文均應包含以下幾個方面的內容：提要段、說明段、分析段、評價段和建議段，即通常說的「五段論」。但在實際編寫分析時要根據具體的目的和要求有所取捨，不一定要囊括這五部分內容。

落款：包括報告單位名稱和寫作日期。

三、財務分析報告的寫作

財務分析報告在寫作上沒有固定的格式，通常要求要能夠清晰地說明本企業的財務狀況，能夠準確地反映要點，分析要透澈，要有理有據，用財務數據說話，要觀點鮮明，符合報送對象的要求。寫作財務分析報告通常可以用文字與圖表兩種表達方法。

財務分析報告正文寫作是最重要的部分。如上所述，正文部分主要包括下述五個方面的內容。

第一部分是提要段，首先用簡潔的文字概述企業的基本情況和財務活動情況，也可以附帶概述取得的主要成績和存在的問題，以及對企業財務狀況的基本評價。這一部分主要是概括公司綜合情況，讓財務報告接受者有一個總括的認識。

第二部分是說明段，這部分內容主要是對企業營運及財務現狀的介紹。該部分要求數據引用準確，文字表述恰當。在寫作中對經濟指標進行說明時可適當運用絕對數、比較數及複合指標數。本部分寫作特別要關注企業當前運作的重心，對重要事項要單獨反映。企業在不同階段會有不同的工作重點，因此會需要不同的財務分析報告。如企業正在進行新產品的投產和市場開發，財務分析報告就應加強對新產品的成本、回款、利潤數據的分析；如企業正在進行技術改造和產業升級工作，財務分析報告就應加強對投資數額、投資流向、現金流情況、融資情況進行分析。

第三部分是分析段，這部分內容是對企業的經營情況進行分析研究。本部分內容把重點放在對問題的分析上，尋找問題的原因和症結，以達到解決問題的目的。分析時一定要有理有據，要細化分解各項指標，不要只用有些報表中籠統、含糊的數據，要善於運用表格、圖示，突出表達分析的內容。分析問題一定要善於抓住當前要點，多反映企業經營焦點和易於忽視的問題。

第四部分是評價段。這部分內容應該對企業的經營情況、財務狀況、盈利業績給予公正、客觀的評價和預測。在語言表達上不能運用似是而非，籠統模糊的語言。既要從正面進行評價，也要從負面進行評價。評價既可以單獨分段進行，也可以將評價內容穿插在說明部分和分析部分。

第五部分是建議段。這部分內容是財務人員對企業經營運作、投資決策的意見和看法，最好能對企業在財務運作、經營管理等方面存在的問題提出明確的改進建議。財務分析報告中提出的建議不能太抽象，要具體化，要具有較強的可操作性。

財務報告寫作應注意勿輕易下結論。財務分析報告中的結論性詞語對報告閱讀者有很大的影響，如果財務人員在分析中草率地下結論，很可能形成誤導。

財務分析報告的行文要盡可能流暢、通順、簡明、精練，避免口語化和冗長化。

四、撰寫財務分析報告應做好的幾項工作

（一）累積素材，為撰寫報告做好準備

（1）建立臺帳和數據庫。財務分析人員平時就應做大量的數據統計工作，對分析的項目按性質、用途、類別、區域、責任人，分月度、季度、年度進行統計，建立臺帳，以便在編寫財務分析報告時有據可查。

（2）關注重要事項。財務分析人員應對企業經營運行、財務狀況中的重大變動事項做筆錄，記載事項發生的時間、計劃、預算、責任人及發生變化的各影響因素，並將各類各部門的文件歸類歸檔。

（3）定期收集報表。財務人員應要求各相關部門（生產、採購、市場等）及時提交可利用的其他報表，及時發現問題、總結問題，養成多思考、多研究的習慣。

（二）瞭解領導對信息的需求

財務人員平時應多與業務部門領導溝通，關注企業經營運行情況。財務人員應盡可能爭取多參加相關會議，瞭解生產、質量、市場、行政、投資、融資等各類情況，掌握領導關注的信息和真正想瞭解的信息。

(三) 瞭解國家宏觀經濟政策和市場變化

財務人員在平時的工作當中，應多瞭解國家宏觀經濟政策和市場的變化，尤其應盡可能捕捉、搜集同行業競爭對手資料，這樣，才能在分析中立足當前，瞄準未來，使財務分析報告發揮「導航器」作用。

例文 4－6

輕工機械二廠年度財務決算說明書

199×年度，我廠生產經營和財務狀況好於上年。由於產品銷售收入和利潤增長幅度較大，成本費用得到了有效的控制，企業經濟效益已呈現由低轉向的勢頭。現對本年財務決算情況和有關內容說明如下：

(一) 生產經營和主要財務指標的實現情況

本年，由於我廠在完成技術改造的基礎上，生產出新型的橡膠熱煉機和金屬家具等暢銷產品，工業總產值達到 679 萬元，比上年（617 萬元）增長 10.1%；產品銷售收入達 788 萬元，比上年（544 萬元）增加 44.9%；實現純利潤 41 萬元，比上年（11 萬元）增加 2.7 倍；可比產品成本比上年降低 0.6%。

(二) 利潤指標實現情況

本年，我廠利潤計劃為 30 萬元，實際完成 41 萬元，超過計劃 36.7%，銷售收入利潤率達到 5.2%。利潤增加的主要因素是：

(1) 因改型的橡膠塑料機械產品在關內各地打開銷路，增利增加，比上年增利××萬元。

(2) 企業經過技術改造，增加橡膠煉機等 4 種新產品，增利××萬元。

(3) 在我廠技術改造和產品改型之后，物耗減少，從而使成本降低×萬元。

(4) 外協加工部件一律改為自行加工，增利×萬元。

(5) 以上 4 項共比上年增利××萬元。扣除因銷量增多稅率提高形成的稅金增加和部分原材料價格調整，煤水電運費提價、各種補貼標準提高等減利因素××萬元，實現純利潤 41 萬元。

本年實現的利稅總額為 136 萬元。其中，上繳稅利數為 95 萬元，企業留利 41 萬元。

(三) 成本費用情況

本年度全部商品總成本為×××萬元，可比產品成本×××萬元，按上年平均單位成本計算為×××萬元，下降 0.6%。

(四) 固定資產與流動資產的增減情況

1. 固定資產

年末，企業固定資產原值 862 萬元，淨值為 636 萬元。百元固定資產（原值）利稅率為 4.8%，百元固定資產（原值）利潤率為 14.3%，均比上年高出較多。

2. 流動資產

本廠流動資產年末占用額為 570 萬元，比年初（525 萬元）增加 45 萬元。周轉天數為264天，比上年（345天）加快81天，比原計劃的250天多14天。但從總體上看，資金占用過多、周轉期過長的狀況仍未很好解決。

（五）其他需要說明的問題

本年企業經濟效益雖好於上年，但廠內過去遺留的滯銷積壓產品過多的問題並未徹底解決。經過清倉壓庫以后，必將抵消一部分利潤。由於這部分虧損尚不能結算解決，故本年決算中不包括這筆數字。

××輕工機械廠

199×年1月30日

例文4－7

華夏股份有限公司財務評價

（一）營運能力分析

2003年，公司的營運狀況有較大的改善，這也是促進企業盈利激增的一個重要因素。

本年，公司的存貨周轉率5.64次，比上年的3.29次提高2.35次；存貨周轉天數由上年的111天縮為65天。這表明公司在加強存貨管理工作之后，存貨的流動速度已開始加快。

與此同時，公司的應收帳款周轉率也有較大的提高。本年應收帳款周轉率為5.6次，比上年的4.2次提高1.4次；平均收帳期間則由上年的87天縮為65天。

（二）償債能力分析

2003年，因企業盈利升幅很大，公司的償債能力也日益增強。

截至年末，公司的負債總額為××××萬元，比年初的××××萬元減少2.7%；負債率為34.1%，比年初的36.6%下降2.5個百分點。

年末，公司的流動比率為1∶1.81，速動比率為1∶0.92，也比年初的1∶1.69和1∶0.84有明顯的提高。

這表明，公司的長期償債能力和短期償債能力都比較強，其比率按目前公司的生產經營情況也是比較適宜的，資金緊缺的狀態已漸趨緩解。

（三）股東權益收益情況分析

2003年，本公司股東權益的收益水平也相當可觀。淨值報酬率達到14.3%，比上年的5.4%提高8.9個百分點。

截至2003年年末，本公司稅后利潤已達1 688萬元，按總股本413萬股計算，每股溢利為4.1元。

另據本公司與××省證券公司簽訂的協議，已委託該公司承銷本企業新增法人股×××萬股，每股發行價為××元。

華廈股份有限公司

2004年1月10日

例文 4－8

××市商業局企業年度財務分析報告

省商業廳：

19××年度，我局所屬企業在改革開放力度加大，全市經濟持續穩步發展的形勢下，堅持以提高效益為中心，以搞活經濟強化管理為重點，深化企業內部改革，深入挖潛，調整經營結構，擴大經營規模，進一步完善了企業內部經營機制，努力開拓，奮力競爭。銷售收入實現××××萬元，比去年增加30%以上，並在取得較好經濟效益的同時，取得了較好的社會效益。

（一）主要經濟指標完成情況

本年度商品銷售收入為××××萬元，比上年增加×××萬元。其中，商品流通企業銷售實現××××萬元，比上年增加5.5%，商辦工業產品銷售××××萬元，比上年減少10%，其他企業營業收入實現××××萬元，比上年增加43%。全年毛利率達到14.82%，比上年提高0.52%。費用水平本年實際為7.7%，比上年升高0.63%。全年實現利潤×××萬元，比上年增長4.68%。其中，商業企業利潤×××萬元，比上年增長12.5%，商辦工業利潤×××萬元，比上年下降28.87%。銷售利潤率本年為4.83%，比上年下降0.05%。其中，商業企業為4.81%，上升0.3%。全部流動資金周轉天數為128天，比上年的110天慢了18天。其中，商業企業周轉天數為60天，比上年的53天慢了7天。

（二）主要財務情況分析

1. 銷售收入情況

通過強化競爭意識，調整經營結構，增設經營網點，擴大銷售範圍，促進了銷售收入的提高。如南一百貨商店銷售收入比去年增加296.4萬元；古都五交公司比上年增加396.2萬元。

2. 費用水平情況

全局商業的流通費用總額比上年增加144.8萬元，費用水平上升0.82%。其中：①運雜費增加13.1萬元；②保管費增加4.5萬元；③工資總額增加3.1萬元；④福利費增加6.7萬元；⑤房屋租賃費增加50.2萬元；③低值易耗品攤銷增加5.2萬元。

從變化因素看，主要是由於政策因素影響：①調整了「三資」「一金」比例，使費用絕對值增加了12.8萬元；②調整了房屋租賃價格，使費用增加了50.2萬元；③企業普調工資，使費用相對增加80.9萬元。扣除這三種因素影響，本期費用絕對額為905.6萬元，比上年相對減少10.2萬元。費用水平為6.7%，比上年下降0.4%。

3. 資金運用情況

年末，全部資金占用額為×××萬元，比上年增加28.7%。其中：商業資金占用額×××萬元，占全部流動資金的55%，比上年下降6.87%。結算資金占用額為×××萬元，占31.8%，比上年上升了8.65%。其中：應收貨款和其他應收款比上年增加548.1萬元。從資金占用情況分析，各項資金占用比例嚴重不合理，應繼續加強「三角債」的清理工作。

4. 利潤情況

企業利潤比上年增加×××萬元，主要因素是：

(1) 增加因素：①由於銷售收入比上年增加804.3萬元，利潤增加了41.8萬元；②由於毛利率比上年增加0.52%，使利潤增加80萬元；③由於其他各項收入比同期多收43萬元，使利潤增加42.7萬元；④由於支出額比上年少6.1萬元，使利潤增加6.1萬元。

(2) 減少因素：①由於費用水平比上年提高0.82%，使利潤減少105.6萬元；②由於稅率比上年上浮0.04%，使利潤少實現5萬元；③由於財產損失比上年多16.8萬元，使利潤減少16.8萬元。

以上兩種因素相抵，本年度多實現利潤額×××萬元。

(三) 存在的問題和建議

(1) 資金占用增長過快，結算資金占用比重較大，比例失調。特別是其他應收款和銷貨應收款大幅度上升，如不及時清理，對企業經濟效益將產生很大影響。因此，建議各企業領導要引起重視，應收款較多的單位，要領導帶頭，抽出專人，成立清收小組，積極回收。也可將獎金、工資同回收貸款掛鈎，調動回收人員積極性。同時，要求企業經理要嚴格控制賒銷商品管理，嚴防新的三角債產生。

(2) 經營性虧損單位有增無減，虧損額不斷增加。全局企業未彌補虧損額高達×××萬元，比同期大幅度上升。建議各企業領導要加強對虧損企業的整頓、管理，做好扭虧轉盈工作。

(3) 各企業程度不同地存在潛虧行為。全局待攤費用高達×××萬元，待處理流動資金損失為×××萬元。建議各企業領導要真實反映企業經營成果，該處理的處理，該核銷的核銷，以便真實地反映企業經營成果。

××市商業局財會處

200×年×月×日

思考練習

1. 財務分析報告的主要作用是什麼？
2. 財務分析報告正文的主要內容有哪些？
3. 寫作財務分析報告應預先做好哪些工作？

第六節　審計報告

一、審計報告概述

(一) 審計報告的概念

審計是獨立檢查會計帳目，監督財政、財務收支的真實性、合法性、效益性，以對其進行評價和鑒定的活動。審計報告是反映審計過程與結果、表明審計評價的報告。

(二) 審計報告的作用

審計具有監督性、公正性、總結性等特點，它可以在經濟工作中發揮多種功能。通過審計工作可以保證會計帳目、報表等資料的真實、正確和可靠性，保護國家和公眾的合法權益；可以揭露被審計單位弄虛作假，貪污舞弊的行為，維護國家財經法紀；可以肯定成績，發現問題，有利於提高管理水平和提高經濟效益。

二、審計報告的分類

(一) 按審計的目的可分為監督性審計報告和公正性審計報告

監督性審計報告是對被審計單位在財政、財務收支上遵守國家法律、法規的情況和資金有效使用情況進行審計后做出的書面報告，以監督和督促被審計單位遵守法律與法規。

公正性審計報告是針對被審計單位財務信息所反映的財務狀況和財務成果的真實性和公允性，遵從會計準則和會計制度的情況，進行客觀的鑒定並加以說明。

(二) 按審計的內容可分為財政財務審計報告和經濟效益審計報告

財政財務審計報告是對各級政府預算執行情況、決算以及預算外資金的管理和使用情況，企事業單位和其他經濟組織財務收支情況進行評價，揭示存在的問題，提出糾正和改進意見與建議。

經濟效益審計報告是對被審計單位經濟效益情況進行評價，揭示影響其經濟效益的問題，並對提高經濟效益和管理水平等方面提出意見和建議。

(三) 按審計的主體可分為政府審計報告、民間審計報告和內部審計報告

政府審計報告是由政府派出的審計小組撰寫的，民間審計報告是由民間審計組織的審計人員撰寫的，內部審計報告是由單位內部的審計人員撰寫的。

三、審計報告的寫法

審計報告一般包括標題、主送機關、開頭、主體、附件說明、落款等內容。其中主體部分是審計報告的核心，報表和附件是作為據證提供的。

(一) 監督性審計報告的寫法

1. 標題

審計報告的標題通常採用公文式標題，一般由審計單位名稱、被審計單位名稱、時限、範圍、文種等內容組成，如《××審計局關於××公司2000年財務狀況的審計報告》。

2. 主送機關

在標題下方寫明單位名稱，即派出審計工作的機關或委託單位的名稱。

3. 開頭

開頭簡要說明審計工作的要素。如說明審計的依據、時間、審計內容與範圍、審計程序與方式等情況。

4. 主體

主體部分的內容與模式因審計的目的、範圍、方式的不同而有所差異，但通常都反映以下幾項內容：

基本情況——介紹被審計單位的行業性質、機構、資金、經營成果、主要財務狀況等。這個情況說明要既全面又簡潔。

存在的問題——具體說明審計中發現的問題。有關問題的性質、主要情節、數量等都應一一表述清楚。這樣的說明應具體而清晰。

結論性意見——對被審計單位執行國家法律法規的情況、經營管理狀況和效益水平、會計資料的真實性等情況作出綜合評價。如果在「基本情況」部分已表達了類似的意見，可以不再單列層次。

意見與建議——根據國家法律法規對審計中發現的問題，提出處理意見和針對性強的改進措施。

5. 附件說明

如果有附件，應在正文之后注明附件的名稱、份數。

6. 落款

署名為審計單位或審計小組名稱、審計組長或主審人姓名。

（二）公正性審計報告的寫法

1. 標題

一般只寫明文種，如《審計報告》，也有寫為《查帳報告》的。標題下方寫明發送單位。

2. 正文

公正性審計報告的正文一般由範圍段、說明段、意見段三部分構成。

範圍段——說明檢查驗證的各主要財務報表的名稱、編製日期，以及審計的依據、程序、完成情況等內容。

說明段——說明對財務報表所持意見的理由。要具體說明與意見形成相關的事項，以及這些事項對財務報表相關項目的影響。

意見段——針對財務報表的編製是否符合有關社會制度或一般公認的會計準則的規定；財務報表反映財務狀況、財務成果和資金變動情況的真實性、公允性等情況發表審計意見。

3. 落款

由審計師（註冊會計師）和審計單位署名、蓋章。

例文 4－9

關於××市鋼管廠2000年度
財務收支的審計報告

××市審計局：

根據省審計局《關於對大中型企業實行經常性審計的通知》精神和我局今年的審計工作計劃，我們從2001年2月10日至25日對××市鋼管廠2000年度財務收支的真實性、合規性、合法性，並結合1989年度承包經營合同規定的幾項主要經濟指標的完成情況，進行了就地審計，現將審計情況報告如下：

一、企業的基本情況

該廠隸屬市機械工業局，是以生產各種規格的焊管和鍍鋅管為主的中型企業，現有職工1 283人。該廠下設四個車間和一個經濟獨立核算的綜合廠。年生產能力為××萬噸鋼管。現有固定資產原值××××萬元，淨值××××萬元；流動資金××××萬元，其中定額流動資金×××萬元；國家流動資金××××萬元，企業流動資金××萬元；流動資金借款××××萬元，專項資金××××萬元，專用借款××××萬元，專項基金××××萬元（包括專用基金×××萬元）。

2000年，該廠工業總產值完成××××萬元，比承包經營合同規定的××××萬元的指標增長7%；實現利潤留成162萬元，比承包經營合同規定增長16.2%；上繳利潤、完成承包經營合同規定指標的100%；歸還專用借款456萬元，比承包經營合同規定指標還多46萬元，審計情況表明，該廠已全面完成2000年度承包經營合同規定的幾項主要經濟指標。但在審計過程中，也發現了一些違反財經紀律的問題，反映了財務管理和財務核算方面上的一些漏洞。

二、審計中發現的問題和處理意見

（一）1999年10月，企業將流動資金貸款逾期罰息15萬元，隨同正常貸款利息一起進入企業管理費，違反了《國營企業成本管理條例》（國發〔1984〕34號）第十三條「與本企業生產經營活動無關的其他費用」「不得列入生產、銷售成本」的規定精神，確屬擠占成本。根據《國務院關於違反財務法規處罰的暫行規定》（1987年6月16日發布）第六條規定，應處以違紀額15萬元的20%的罰款——罰款金額為3萬元，需如期上繳地方財政。

（二）1999年7月，未經批准擅自購買高級組合樂器一套，由企業福利費開支2.5萬元，根據《關於違反控制社會集團購買力規定的處理暫行辦法》，應處以沒收或變價上繳財政。

（三）企業在10月末就完成了全年承包經營利潤指標，對11和12兩個月銷售的廢鋼板邊50噸的40萬元收入，未沖減成本，記在其他應付款帳戶，目的是列入明年收入，為完成明年利潤指標創造條件。這種做法，違反了財務制度的有關規定，應調整帳目，體現2000年利潤，並補交能源交通重點建設基金6萬元，補交預算調節基金

4 萬元。

三、評價及建議

通過對該廠2000年度財務收支的審計，總的認為該廠的改革的深入形勢比較好。2000年該廠實行了全員抵押基金制度，使企業興衰與職工利益緊密聯繫在一起，並推行了全員承包經營責任製，調動了全廠幹部和職工的積極性，克服了市場疲軟，原材料漲價的種種困難超額完成了2000年度承包經營合同規定的各項經濟指標，反映了該廠領導、職工改革意識強，經營管理基礎較好。但企業經營思想還不夠端正，存在「留后手」思想；對有的財政法規執行得還不夠認真，存在擠成本的問題，導致企業當年利潤不夠真實。

針對企業存在的問題，提出如下建議：

1. 企業領導應進一步端正經營思想，克服「短期行為」，正確處理好國家、企業和職工個人三者利益之間的關係。

2. 該廠財務人員業務素質較高，五名財會人員都具有大專以上學歷，其中高級會計師一名，會計師二名。但是，從該廠查出的違紀問題看，不是因為財會人員業務素質差或由於政策、法規不清所造成的，而是財會人員的明知故犯。因此，建議廠領導要加強對財會人員的教育和管理，提高認真執行財政法規的自覺性，如今后再發生類似的違紀問題，將嚴肅處理。

附錄：證明材料

審計組組長：××× （簽字）

審計組成員：××× ××× （簽字）

二○○一年二月三十日

思考練習

1. 監督性審計報告的主要內容是什麼？
2. 怎樣才能對發現的問題恰當地提出處理意見？

第七節　招標書與投標書

一、招標書

（一）招標書概述

1. 招標書的概念

招標書是招標人為某項科研課題、工程項目、合作經營、物資購銷招攬承包對象或買（賣）方的應用文。招標書也叫招標公告、招標啟示，是商業廣告性文書。

2. 招標書的作用

招標是國內外經濟活動中常用的一種交易形式。招標書的發出人可以是擁有科研項目的科研單位，也可以是工程項目的業主，或是大宗商品交易會的採購方。招標人在表述中公布、提出價格，利用市場競爭機制，在眾多競爭投標之間優選承包者或買方，可以獲得最佳的經濟效益。

（二）招標書的寫法

撰寫標書之前，招標人必須充分搞好市場調查研究工作，瞭解市場信息，明確招標項目的標準和條件。在此基礎上，把招標目的、圖樣、材料、技術要求、貨樣等製成文件對外公布，或供投標人索取、購買。

招標書的寫法比較靈活，無固定寫法，但一般須有以下內容：招標的項目名稱、投標方法、投標資格、技術要求、投標和開標日期、保證條件、支付辦法等。每項內容要求寫得概括簡練。

招標書一般由標題、正文、結尾三部分構成。

1. 標題

招標書的標題通常由招標單位名稱、招標項目和文種組成。如《××市政府辦公大樓建設工程招標書》。招標書的文種也有寫為「招標公告」「招標通告」的，如《柳州市政府採購中心辦公設備招標公告》。

有些招標書還在標題之下標出招標編號。

2. 正文

招標書的開頭說明目的和依據、招標項目，也可說明招標單位的基本情況、招標範圍、資金來源等內容。

招標書的正文部分要寫明招標項目和招標步驟。

招標項目一般包括標的名稱、價格、數量、質量、工期等內容。這是招標書的重點，要寫得清楚明白、準確無誤。有些招標書因數量、質量、技術要求等內容較為複雜，故不在招標書中公布，而在招標文件中詳細說明。另外，也有因標的簡明，為獲取最優價格而不寫明價格的。

招標步驟一般包括招標的對象範圍、招標方法、招標文件索取或購買的方式、投標期限、開標時間與地點等項內容。將這些具體事項宜分條列項，力求寫得清楚明白。

3. 結尾

結尾寫明招標單位名稱、地址、郵編、電話、聯繫人、開戶行及帳號等。

例文 4－10

××省糧油進出口公司國際招標公司
米粉加工項目招標通告

（世界銀行貸款號：2294－CHA）

（招標編號：TCBW－923005）

根據 2006 年 12 月 20 日刊登在聯合國《發展論壇》商業版上的本項目採購公告，特刊登此通告。××省糧油進出口總公司國際招標公司被授權利用世界銀行貸款，就下列材料的採購進行國內競爭性招標：

×××

凡參加此次投標的投標商，請於2007年3月16日起（節假日、星期天除外）每天上午8：30～11：00時（北京時間）到本招標公司購買招標文件。招標文件每份售價人民幣300元。如欲郵購，每份另加人民幣50元。

投標截止時間為2007年4月29日上午10：00時（北京時間），逾期收到的或未按規定交納投標保證金的投標文件恕不接受。

定於2007年4月29日14：00時（北京時間）在××省××市××路××號公開招標。

投標文件在規定時間交到以下單位：

××省計劃委員會世界銀行貸款項目執行辦公室

地址：

郵編：

傳真：

電話：

電子郵箱：

××省糧油進出口總公司國際招標公司

地址：　　　　郵編：

電話：

電子郵箱：　　　　傳真：

二、投標書

（一）投標書概述

投標書是投標人按照表述的要求，為表明自己接受招標的意願、應標能力和條件而報送招標單位的應用文。

投標書是與招標書相對應的。投標者要根據自己的能力與具體條件，按照招標書的內容做出針對性的承諾，爭取承包或承買的權力，以獲得自身的經濟利益。

（二）投標書的寫法

投標書常採用報表的寫法，內容與招標書相對應，一般包括項目的名稱、完成日期、數量、價格、投標人名稱、地址、聯繫人、電話等。投標書須對招標條件和要求作出明確的回答和說明。它的寫法如下：

1. 標題

投標書的標題一般應表明單位名稱和文種，如《××公司投標書》，也可以只寫文種，如《投標書》。

2. 主送機關

在標題下方寫明招標單位名稱。

3. 開頭

開頭一般寫依據和意見。通常第一句話引述招標書標題作為投標依據，然后表明對某標的承包承買意願。如《××公司投標書》開頭的第一句「招標文件《多層螺旋CT機招標書》已閱」，即是引述來文，這可說是答覆性文書的常用寫法。第二句「我公司願意參加多層螺旋CT機項目的招標」明確表示了承買的意願。整個開頭寫得簡練明確。

4. 主體

由於標的性質不同，主體的內容也不盡相同。一般由以下五部分組成：

(1) 投標單位的應標能力和條件。這部分主要說明投標單位的自身情況，已完成的工程質量或產品的質量性能等。如果需要說明的情況內容較多，可準備專門的文件附在文后，例文4－10《××公司投標書》就是提供了名為「資格」的文件予以說明。

(2) 價格。投標書中一般只需要說明總價，費用明細情況一般由附件說明。

(3) 承諾條件。主要是對招標書所開的相關條件予以答覆。如《××公司投標書》一文就承諾了「根據招標文件的規定履行合同的責任和義務」「放棄要求對招標文件作進一步解釋的權利」「如在開標之后的投標有效期撤標，投標保證金則由貴公司沒收」等。

(4) 投標書有效期。

(5) 附件說明。附件說明中要按順序一一列出附件名稱。

主體在寫作時要力求明確、簡潔。承諾條件可以只寫原則性的基本條件，具體數量、質量、技術指標等內容可由附件資料說明。

5. 落款

投標單位與代表署名並簽章，並寫明地址、聯繫方式等。

例文4－11

××公司投標書

××旅遊總公司：

招標文件××號已閱，經研究，我們願意參加所需貨物項目的投標，並授權簽名人××代表我方提交下列文件正本一份、副本兩份。

1. 投標報價表
2. 貨物清單
3. 技術差異修訂表
4. 資格
5. ××銀行開具的金額為××的投標保函
6. 開標一覽表

簽名人茲宣布同意下列各點：

1. 所附投標報價表所列擬供貨物的投標總價為××美元。
2. 投標人將根據招標文件的規定履行合同的責任和義務。

3. 投標人已詳細審閱全部招標文件的內容，包括修改條款和所有供參閱的資料及附件，放棄要求對招標文件作進一步解釋的權利。

4. 本投標書自開標之日起 90 天內有效。

5. 如在開標之后的投標有效期撤標，投標保證金則由貴公司沒收。

6. 理解你們並不限於接受最低價和可以接受任何標書的決定。

投標單位：
地　　址：
電　　話：
授權代表：
（公章）

年　　月　　日

復習要求

1. 經濟活動分析報告，一是學會用文字表述對數據的分析，二是掌握開頭提出問題，主體分析問題，結尾解決問題的邏輯結構。

2. 經濟預測報告的要點，一是預測要準確，必須掌握大量的資料，並運用科學的方法作出分析；二是預測報告的結構模式：概況是預測的基礎，預測是核心，預測應在分析經濟發展規律的基礎上進行，對策是落腳點。

3. 商務洽談紀要與合同在寫作內容上有嚴格的要求，在結構形式上具有固定模式，應重點把握。

4. 財務分析報告與審計報告在寫作內容上有嚴格的要求，在結構形式上具有固定模式，應重點把握。

第五章　通用文書

通用文書是指黨政機關、企業、事業單位都廣泛使用的一類應用文，主要用於管理工作，包括處理機關事務，交流信息等，具有通用性強、適用性廣泛的特點。在長期使用過程中通用文書已經形成了較為成熟的寫作模式，每一種通用文書一般都有兩三種固定的寫作模式。

第一節　計劃

一、計劃的概念和作用

計劃是為了完成預定實踐活動而事前作的設想和打算。具體地講，為了完成一定時期的工作、學習或生產任務，根據外部環境條件，結合本單位實際情況，對實踐活動提出具體的要求，規定明確的指標，制定相應的措施，把這些內容寫成書面的材料，就叫做計劃。

計劃有不同的名稱，常見的有規劃、設想、安排、打算、方案、要點等。一般來說，「規劃」是比較全面而概括的長遠發展計劃；「安排」和「打算」指時限較短，內容比較具體的計劃；「設想」表示對工作前景的初步考慮，內容較粗略的計劃；「方案」往往是實施細則，比較具體和周密；「意見」和「要求」多屬上級機關對下級布置工作，內容是原則性和指導性的意見。

「凡事預則立，不預則廢」。有了計劃，目標明確，措施具體，工作就會有條不紊，就會大大提高工作效率，順利地完成任務；相反，如果遇事缺乏通盤考慮，那就必然會顧此失彼。

二、計劃的特點

計劃具有目的性、預測性、可行性和約束性四個特點。

（一）目的性

計劃是針對即將要做的工作而製訂的，它必須圍繞目標任務進行安排和部署，因此計劃具有明確的目的性。

（二）預測性

計劃是對未來工作任務的預想和策劃，因而具有明顯的預測性。

（三）可行性

人們製訂的計劃，是為開展工作的執行性文件，因此必須具有可操作性，有利於實踐活動的開展。

（四）約束性

人們製訂計劃是為了克服工作中的盲目性，以確保工作任務的順利完成，因此計劃一經批准或決定，就在一定範圍內具有了規定性和約束力。有關單位和人員必須依據計劃的內容開展實踐活動。當然，製訂計劃並不排除計劃在實施過程中的靈活性。

三、計劃的種類

計劃的種類很多。

按內容分，有單項和綜合計劃；按性質分，有學習、工作、生產、科研計劃；按時間分，有長期、中期、短期計劃；按寫法與適用範圍分，有普通工作計劃、專業業務計劃。

四、計劃的基本內容

計劃的基本內容，一般包括製訂計劃的指導思想和依據，計劃的任務和指標，完成計劃的措施、步驟等。

（一）依據

依據是保證計劃具有科學性、預見性的重要資料。外部環境、市場狀況、本單位自身的基礎條件、計劃期內可能出現的發展變化等，都是重要的依據，要進行認真的分析研究。

（二）目標、任務和指標

目標、任務和指標是計劃期所要完成的工作。通常目標指的是奮斗方向與總任務，指標是任務的量化表現。提出一定的具體任務和要求，是制定計劃的出發點，也是計劃的核心內容，它明確規定做什麼，做到什麼程度。在提出任務時，要明確工作重心；在提出要求時，有的要提出數量、質量以及完成任務的時間。

（三）措施和步驟

措施是完成任務的保證，是實施計劃的具體辦法和力量部署，解決怎樣做的問題。措施一般包括將採取的工作方法、手段和途徑，人力、物力、財力的配置，以及如何創造條件保證任務的順利完成。時限長的計劃，往往要把工作分為幾個階段，有步驟地進行。

五、普通工作計劃的寫法

計劃沒有統一的格式，一般要寫明以下幾個項目。

(一) 標題

計劃的標題一般包括單位名稱、期限、內容、計劃種類四個項目，如《成都嘉義公司 2008 年銷售計劃》。計劃的標題也可以省略單位名稱或期限。

如果計劃還不成熟，需要討論、修改、補充，可在標題后面用括號注上「初稿」「草案」「征求意見稿」等。

(二) 開頭

計劃的開頭一般表述製訂計劃的指導思想、目標和主要依據。

(三) 主體

主體部分具體表述任務與指標，編製計劃的依據，措施與步驟等基本內容，要表達得具體明確、條目清晰。層次安排一般有兩種方式：

一是任務、措施分列式。即分為「任務和指標」「措施和步驟」兩大部分。這種安排方式每一層的內容單純而明確，利於讀者理解。

二是任務措施綜合式。即以任務分層次，有幾條主要任務就分幾個層次。在每一層次中綜合表述任務、依據、措施、步驟等內容。這種安排方式各種內容結合緊密，利於任務的執行。

(四) 附件

附有表格和其他附件的應注明。

(五) 日期

訂立計劃的日期，寫在正文的右下方。

六、專業業務計劃的寫法

專業業務計劃一般分為數字表格和文字說明兩部分。數字表格所反映的是計劃的主要內容，即「指標」。但它不能反映製訂計劃的依據，也不能反映保證完成任務的措施，因此，還應寫文字說明。文字說明的內容一般包括三個方面：一是數字指標，要說明與上期比較的增減情況，也可以只提增減數額；二是製訂計劃的依據；三是實現計劃的措施。

文字說明在寫法上要先總后分，抓住重點，言簡意明。

先總后分，是指開頭要寫清總的情況，即本期總的收支指標，與上期比較的增減變化數額，然后在主體部分分別寫每項指標及增減的原因。

抓住重點：一是要抓住計劃的重點項目作突出的說明，不要平均使用筆墨；二是文字說明部分的重點是製訂計劃的依據，要緊緊抓住依據這個重點，作出切合實際的、認真的分析，並把它講清楚。這也是業務計劃與普通工作計劃的寫法上的重要區別。

言簡意明，這一點是與普通工作計劃相比較而言的。業務計劃的文字說明往往比較簡明，有的並不將計劃的基本內容都寫出來，如《中國人民銀行××省分行一九九五年財務收支計劃編製說明》就沒有寫措施。

製訂專業計劃有兩點要求：

(1) 任務要具體明確，措施要具體有力。計劃的任務訂得越具體明確，就越便於人們去執行，也便於檢查。措施是實現任務的保證，只有訂得具體有力，任務才會順利完成。不過，有些長遠規劃，受當時主客觀條件的限制，不能訂得十分具體，可以在以后的工作中再補充。

(2) 要經常檢查和做必要的修改。計劃製訂好了，就要在工作中一步一步地實施，而非束之高閣，因此要經常檢查計劃的執行情況。計劃是預先的謀劃，而現實情況是會隨時發生變化的，當情況發生較大變化時，就必須對計劃進行修改了。

例文 5－1

晉高縣信用聯社 2009 年信貸工作計劃

2008 年的下半年開始，受金融風暴的影響，銀行的信貸業務量有所下降。今年我社要做出相應的對策以促進信貸業務。新一年為加強我社信貸管理，提高信貸工作質量，樹立風險、責任意識，做到職責分明，有序地開展信貸工作，促進我社信貸工作規範、穩健地發展，全面地完成信貸工作任務目標。

一、加強業務培訓，提高隊伍素質

在新的一年裡，從「以內控防範優先，加強制度落實」的角度加強客戶經理隊伍建設。2009 年，著重抓好一線信貸人員的培訓，計劃在第一季度以金融法規、各項制度、經營理念和信貸業務規範化操作程序及要求等內容為重點進行普及培訓，在較短時間內培養造就一批政治過硬、品質優良、業務素質高、能適應改革步伐的員工隊伍。定期組織學習金融方針政策和上級文件精神，努力提高政治覺悟和業務素質，增強依法合規經營的自覺性。同時對貸款五級分類等新業務進行專項培訓。

二、加強信貸管理，規範業務操作，提高信貸資產質量

一是加強對各社及信貸員貸款權限的管理，嚴禁各社及信貸人員發放超權限貸款。二是加大對跨區貸款、人情貸款、壘大戶貸款等違章貸款的查處力度，發現一起，處罰一起。三是認真開展貸前調查，準確預測貸戶收益，確保貸款按期收回。四是嚴格執行大額貸款管理制度。五是嚴把貸款審批關，嚴格審查貸款投向是否合法、期限是否合理、利率是否正確、第一責任人是否明確、抵押物是否真實合法，擔保人是否具備擔保實力、貸款檔案是否齊全等，通過以上措施，確保信貸資產質量逐年提高。六是全面進行信貸檔案統一模式、規範化、標準化管理，實行專櫃歸檔、專人保管，並建立調用登記制度，保證檔案的完整性。人員調離或換片，貸款檔案應辦理移交手續，由交出人、接交人及監交人共同在移交清單上簽字，促進所轄信用社的信貸檔案管理工作提檔升級。

三、加大金融新產品的營銷力度

近年來，我社加大信貸產品的創新力度，貸款品種不斷增加，信貸服務水平明顯提高，但在貸款還款方式和貸款期限的確定上還存在一些不足。為此省聯社於 2007 年 11 月 14 日印發了《山東省農村信用社貸款分期還款暫行辦法》。為滿足貸款客戶的不同需求，緩解集中還貸壓力，進一步提高信貸管理水平，防範信貸風險，公司業務部

將於2009年在信貸管理中引入貸款分期還款，以完善信貸服務功能的需要，杜絕部分客戶對信貸資金長期占用，風險持續累積、暴露滯后，加大信貸風險的后果。

四、加大信貸規章制度的執行力度

首先要落實「三查」制度，對銀行員工素質加以培訓，使每個銀行員工在工作計劃詳細的基礎上按正確的思路做事。堅持做到防範貸款風險在先，發放貸款在后，每筆貸款都堅持按「三查」的內容、要求、程序認真進行調查、審查和檢查，並填寫「三查」記錄簿，嚴格考核。報聯社審批的貸款都必須有信貸人員的調查報告和信用社的會辦記錄，都必須換人審查。其次要落實審貸分離制度，貸款發放實行審貸分離和分級審批的管理制度，各基層信用社貸款必須經審貸小組集體會辦審批，大額貸款報聯社審貸委員會會辦審批，並且規定基層信用社發放貸款不論金額大小，每筆貸款都必須經主持工作的主任審查、登記、簽字后才能發放，堅決杜絕信貸員「一手清」放貸。最后要加大違規違紀行為的懲處力度，嚴肅查處違紀違規人員，對因違紀違規等原因造成不良貸款的責任人實行在崗清收、下崗清收等行政處罰，情節嚴重者，由責任人承擔貸款賠償責任。

五、明確信貸投放重點，不斷優化信貸結構

2009年將按照「分類指導、區別對待」的原則，明確信貸投向。一是提高抵押和質押貸款比重，降低風險資產。城區社在發放貸款時，應多辦理抵押、質押貸款，少發放保證擔保貸款，以優化信貸結構，降低風險資產，要大力發放房地產抵押貸款，提高抵押貸款占比。要合理調整貸款擔保方式，對新增城區居民、個體戶貸款，要最大限度地辦理門市房抵押貸款、個人住房抵押貸款，城區社原則上不辦理聯戶聯保貸款，堅決杜絕壘大戶貸款和頂冒名貸款。二是加大對農業龍頭企業、特色農產品基地、擔保公司擔保貸款的支持力度。要積極支持中小企業發展，特別是對產權明晰、信譽度高、行業和項目符合國家產業政策規定、發展前景好的中小企業，要給予重點支持。

六、持續做好五級分類，確保分類結果準確無誤

自2006年以來，我社全面推行了信貸資產風險分類工作，基本達到了科學計量風險、摸清風險底數、加強信貸管理的效果。但在實際工作中各社還不同程度地存在著一些問題：一是思想認識不到位，對風險分類的重要性、艱巨性認識不足；二是人員素質不匹配，距離準確運用風險分類的方式方法識別、防範和控制信貸風險還存在較大差距；三是風險分類基礎性工作不牢固，風險分類制度不健全，分類程序和認定組織欠規範；四是風險管理能力不強，未能緊密結合信貸資產不同的風險類別及特點，採取有針對性的強化管理措施等。對於上述問題，2009年我社將進一步強化風險管理理念，完善工作機制，改進工作措施，將風險分類作為強化信貸管理、健全風險防範長效機制的一項重要工作切實抓好，抓出成效。

例文 5－2

××市廣播電視臺 2006 年工作計劃

為加快發展我市廣播電視臺的各項事業，必須認真貫徹科學發展觀，把發展與提高、繼承與創新結合起來，把著眼當前與考慮長遠，重點突破與整體推進結合起來。2006 年主要在以下幾個方面做好工作：

一、新聞宣傳求質量

提高宣傳質量是我們當好喉舌，贏得受眾的根本。沒有質量就沒有收聽、收視率，就沒有廣告收益，也沒有宣傳的地位和作用。因此，必須努力提高新聞宣傳質量，一要堅持正確的輿論導向。導向正確是提高輿論宣傳質量的首要前提。對於廣電來說，節目導向正確，並且做精做優，宣傳質量就有了根本保證。二要貫徹落實「三貼近」。首先是貼近××商貿經濟發達的實際，利用現有頻道資源，開設商貿頻道。設置一檔經濟新聞、一檔經濟生活類欄目；其次是貼近群眾，繼續辦好《今晚九點》電視欄目和《百姓關注》廣播欄目，為群眾和政府部門之間架設溝通的橋梁。三要創新宣傳方式，新聞宣傳出新彩。要研究受眾心理，以提高視聽率為目標，加強節目欄目質量考評，不斷提高廣播電視的視聽宣傳效果。四是增強品牌意識，打造頻道品牌和欄目品牌。2006 年將在人才、技術、標示等方面加大投入，全面提高廣播電視頻道的品牌含量，進一步擴大宣傳的影響力。

二、經營創收求效益

經營創收是廣電事業拓展的重要內容，也是加快廣電發展的經濟基礎。一要夯實主業，保持廣告創收持續穩步較快增長，明年創收計劃達到 4 000 萬元；二要開拓新業，形成多元經營的產業發展格局。數字電視開通兩年來，已從 20 套電視節目增加到現在的 80 套電視節目和 5 套廣播節目，並且完成了陽光政務與××數字化信息平臺的建設。明年要繼續大力推廣數字電視，完善數字化信息平臺建設，計劃新增用戶 3 000 戶以上，使之成為新的增長點。三要加強成本核算，增強效益觀念。既要開源，也要節流，要有效控制非生產性和消費性開支，嚴格管理，最大限度地提高資源和資金的利用率。

三、技術裝備求先進

廣播電視作為一個高科技的行業，只有緊跟時代步伐，用先進的技術裝備武裝自己，才能抓住高新技術發展帶來的機遇，加快自身發展。加快技術裝備建設要從兩方面著手：一要整體規劃，分步推進，提高廣播電視數字化水平。加快廣播電視節目從採編、製播、發射、傳輸到儲存的全業務流程的數字化應用，認真組織實施廣播數字化直播車購置和演播室的數字化改造等重點項目，構建節目、傳輸、服務等數字平臺，提高廣播電視節目數字化水平。二要加強技術培訓。技術裝備更新改造后，要對採編、製播、傳輸等各類工作人員進行系統培訓，提出新的更高的工作要求，通過新技術的應用，提高節目採製能力、安全播出能力和設備運行維護能力。

四、管理運作求規範

當前，加強內部管理是當前××廣電加快發展的一項緊迫任務。一要理順部門管理職責，建立健全工作目標責任製。二要完善管理制度，健全管理程序。積極借鑑吸收兄弟臺先進管理經驗，加強人、財、物等各種資源的管理，加強宣傳、技術、經營、財務和行政后勤管理。要分門別類修訂完善已有的規章制度，堵塞管理漏洞，確保管理有效。三要細化管理要求，提高管理效能。加強統籌協調，做到分工協作，形成工作合力。四要出抬廣播電視十年發展規劃，為廣播電視今后發展制定目標。

五、人才隊伍求優化

廣播電視要加快發展，必須高度重視人才隊伍建設。一要優化人才隊伍結構，建立動態的能上能下、能進能出的人員流動機制和公平競爭機制，引進高學歷、複合型的專業人才，為廣電發展提供堅實的人才戰略儲備。二要打造人才隊伍品牌，重點培養一批名主持人、名記者、名編輯，建立科學的績效考核體系和公平的薪酬分配體系，對優秀的人才特別是播音主持人才實行高薪重聘。三要提高員工隊伍整體素質，加強在職培訓和崗位考核，鼓勵終身學習教育。建立職責分明，層次合理的員工自然晉升通道和激勵制度，使廣大員工能把實現自我價值與做好本職工作有機結合起來，充分發揮積極性和創造性。四要營造優秀人才脫穎而出的環境。要從制度上保證干實事、出實績的人能充分施展才華和抱負，使各類人才有地位、有成就感和榮譽感。通過事業、待遇、感情和制度等多種途徑，激勵人才、吸引人才、留住人才。

六、實現五個方面的突破

針對當前××廣播電視發展中面臨的緊迫問題，我們要集中精力、財力和人力，重點實現以下五個方面的突破：

一是打造強勢媒體，做好電視頻道包裝。電視新聞頻道、商貿頻道根據頻道定位和頻道內各欄目定位，做好頻道包裝和欄目包裝，力求精美、大氣、貼切，展現××電視的全新形象。

二是培育商貿頻道，打響品牌。××市最大的特色在於商貿業發達，××廣播電視也應根據這一地域特色，重點培育商貿頻道。目前商貿頻道的籌建正在緊鑼密鼓地進行中，我們將在人員、設備配置和資金投入等方面給予保證，力爭商貿頻道成為××廣電的一大亮點。

三是實施有線電視網絡的雙向改造，為數字電視的進一步拓展創造條件。

四是加大資金投入，採用硬盤播出系統，實現兩個頻道播出數字化。

五是加強基礎設施建設，力爭新廣電中心工程盡早上馬。新廣電中心的選址問題明確之后，我們將盡快開始實質性的工作，爭取廣電中心盡早開工建設。

2006 年，我臺在市委市政府的領導下，將集中精力謀大事，團結協作抓落實，緊緊依靠全體幹部職工，合力拼搏，務實爭先，使廣播電視各項事業躍上一個新的臺階。

思考練習

1. 計劃的基本內容有哪些，什麼是計劃的核心內容？
2. 分析《晉高縣信用聯社 2009 年信貸工作計劃》的結構特點。

3. 結合假期實踐活動，製訂一份計劃。

第二節　總結

一、總結的概念

人們的實踐活動或某項工作告一段落后，回顧過去，看取得了的成績和存在的缺點或問題，從中找出規律性的東西，即普遍適用的經驗教訓，用以指導今后的工作，把它們寫成書面材料就是總結。

二、總結的特點

（一）客觀性

總結一般是以本單位、本部門或自己的工作為對象，對某一階段的工作進行回顧和分析。因此，總結的內容必須客觀真實，不能編造工作情況；提煉出的經驗也必須符合工作實際。

（二）理論性

總結的目的不僅僅在於回顧過去的情況，更重要的是在此基礎上找出成功的經驗和失敗的教訓。總結的過程，就是把感性認識上升到理性認識的過程，也就是把具體的實踐活動、工作的做法上升到理論高度的過程。善於總結，就是善於認識事物的本質和規律性，加深對事物的認識。因此，寫總結應站在一定的理論高度對實踐活動進行科學分析和綜合，找出規律性的東西以指導今后的工作，推動工作不斷前進。

三、總結的作用

（一）有助於認識的深化

總結的過程，就是把感性認識上升到理性認識的過程，也就是把具體的實踐活動、工作、學習做法上升到經驗教訓、理論高度的過程。善於總結，就善於認識事物的本質和規律性，加深對事物的認識。

（二）有助於工作的改進

總結是對工作中的成績、缺點，存在的問題進行總的檢查，通過總結，我們對過去的工作情況就看得比較清楚，利於今后工作的改進。對於領導幹部來說，經常總結，從理論和實踐的結合上來研究問題，解決問題，也是改進思想作風和工作作風的重要一環。

（三）有助於溝通信息，交流經驗

總結無論對內對外都是一次集中的信息交流。它不僅可以交流經驗體會，提高本單位同志的認識水平和工作水平，而且可以用來向上級匯報情況，得到上級的指導和幫助。它是溝通信息，交流經驗的一種重要手段。

四、總結的種類

總結的種類按內容劃分，有綜合性總結和專題性總結兩種。

綜合性總結是指在某一時期內的全面總結，內容常常涉及單位工作的各個方面，比較全面地總結本單位一定時期內的主要工作，或者較完整地反映工作的全過程。各單位每一年度年終的工作總結，就屬於這一類型。如例文 5 - 3《中國人民銀行××市分行 2000 年工作總結》就屬此類型。

專題性總結，是指一個單位在某一方面或某一問題上的專門總結。它的內容比較集中單一，在時間上一般是不定期的，而且是一次性的。

五、總結的基本內容

(一) 基本情況

基本情況包括形勢背景、工作過程或工作的結局、任務完成的總體情況等。有的也針對工作的主客觀條件，有利條件和不利條件以及工作的環境和基礎等進行介紹。

(二) 成績和缺點

總結就是要肯定成績，找出缺點。成績有多少，表現在哪些方面，是怎樣取得的；缺點有多少，表現在哪些方面，是什麼性質的，怎樣產生的。這些在總結中都必不可少。

(三) 經驗和教訓

這是總結的核心內容。取得成績一定有經驗。存在缺點一定有教訓。為了鞏固成績，克服缺點，在總結時，須對以往工作的經驗和教訓進行分析、研究、概括、集中，並把它提升到理論的高度來表現，作為今后工作的借鑑。

(四) 今后工作打算

總結的目的是揚長避短，改進工作。因此，還應針對存在的問題提出改進的意見，對今后的工作進行探索，指明努力方向。

六、總結的結構與寫法

總結的結構形式，一般分為標題、開頭、主體、結尾四部分，具體寫法如下：

(一) 標題

總結的標題一般有三種形式。一是四項式，寫明單位名稱、時間，內容和文種，例如《中國人民銀行××市分行 2000 年工作總結》。二是主旨式，如《婁底市航務管理處春運工作總結》。三是雙標題，正題一般是虛題，揭示總結的主旨，副題一般是實題，補充單位名稱、時間，內容等，如《實行系統管理　規範信貸行為——柳山市工商銀行 2008 年工作總結》。

（二）開頭

總結的開關，一般要簡述工作的背景和基本情況，說明工作是在什麼條件下，在什麼基礎上進行的。概括介紹主要工作、主要成績或突出的經驗等，為展開正文奠定基礎。這部分要提綱挈領，寫得簡明扼要。

（三）主體

總結的主體部分，具體介紹所完成工作、成績和經驗（或問題、教訓）以及取得這些成績和經驗的原因、做法和體會。表述過程中，常舉典型事例和具體數據，使之具有說服力。其結構形式，也要視總結的目的和內容而定。如寫全面總結，常按照總結的基本內容來安排層次。寫專題總結，常按經驗安排層次。

經驗和教訓，在一篇總結中並非半斤和八兩的關係，應該有所側重。以經驗為主的總結，教訓可以從略，甚至不寫。

（四）結尾

總結的結尾，一般寫存在的問題或今后的努力方向。這部分應該寫得簡明扼要，它是主體自然發展的結果，也是整個總結的有機組成部分，應給予重視。

七、寫作總結的要求

（一）突出重點，反映特色

隨著時間的推移，工作的進展，每一個時期都有一些新情況、新問題、新經驗出現。我們作總結，要抓住這些新東西，只有這樣，才能突出重點，總結才有特色，才能充分發揮總結對工作的指導作用。

（二）實事求是，反對浮誇

寫總結一定要從實際出發，實事求是。我們在總結中不能只報喜不報憂，不能添油加醋，不能移花接木，也不能在數字上無根據地隨便加碼。背離實事求是原則的總結，對今后工作是毫無益處的。

例文 5－3

中國人民銀行××市分行
2000 年工作總結

今年，在省分行和市委、市政委的領導下，由於我們堅持執行「控制總量、調整結構、保證重點、壓縮一般、適時調節、提高效益」的貨幣政策，重點抓了資金的適時調節，金融秩序的治理整頓和職工自身的思想建設，工作抓得及時，措施得當，所以工作開展順利，並且取得了較好的成績。至年底，全年銀行各項存款××億元，比上年末增加××億元，增長××%。其中城鎮儲蓄存款增加××億元，占全年各項存款增加總額的××%。各項貸款余額××億元，比上年末淨增××億元，增長××%，新增貸款嚴格控制在國家下達的規模以內，貨幣淨投放××萬元，投向基本合理，結構有所調整，存款增幅大於貸款增幅××個百分點，資金緊張狀況得到緩解，專業銀行支付能力增強。一年來，我們主要抓了以下幾項工作：

一、優化資金投向，促進經濟發展

1. 優化增量，實行資金傾斜。

一是向農業傾斜。年初發放各種農貸××萬元，淨放××萬元，保證了春耕所需資金，使春耕物資及時到位。今年夏糧收購開磅早，入庫量大，資金需求大，我們做到「糧到錢到」。全年收購稻谷××萬市斤，棉花××萬擔，我行先后提供資金××萬元和××萬元，使糧食收購從未打過「白條」。

二是對大中型骨幹企業和重點產品實行傾斜。今年我市新增工業貸款××萬元，其中新鋼、江鋼、新紡、前衛四個骨幹企業新增貸款占總額的80%。「輸血」增強了「造血」功能，企業生產形勢有所好轉。至年底，全市工業總產值××萬元，比去年同期增長××%。

三是對外貿出口創匯實行傾斜。至年底，我行新增外貿收購資金××萬元，市中行對外貿新增貸款××萬元，外貿出口總值××萬元，比去年同期增長××%。

四是對企業技改實行傾斜。今年全市年末固定資產貸款××萬元，比年初淨增××萬元，主要用於新紡2萬紗錠擴建、江鋼爐外精煉，新鋼3號燒結機等項目。其中我行新增地方開發性貸款××萬元，以增強企業活力。

(1) 增加年度性貸款。(略)

(2) 增加再貸款。(略)

(3) 增加專項投入。(略)

2. 積極調劑和融通資金，填補資金缺口。(略)

二、靈活調度資金，提高資金效益。(略)

三、積極組織清欠，加速資金周轉。(略)

四、整頓金融秩序，查處各種違規行為。(略)

五、加強班子建設，提高職工素質

由於加強了學習，職工政治和業務素質不斷提高，工作取得了很大成績。發行部門在人少事多的情況下，保證了進出庫款的準確無誤，在全省貨幣發行金銀管理知識競賽中，獲得發行第一名、金銀管理第二名。發行科作為先進單位受到省分行的表彰。金管部門參加2000年全省人行金管幹部業務知識考試，獲得平均成績第一名，金管專業五項報表評比獲兩項第一，三項第二。今年我行辦公室、國庫科、金管科、金研室、計劃科被評為先進科室，20名同志被評為先進工作者。

通過一年來的工作，我們深深體會到：

1. 積極爭取當地黨政領導和專業銀行的支持是做好工作的首要條件。(略)

2. 搞好調查研究是指導金融工作正常發展的重要條件。

一是對鄉鎮企業進行了調查。(略)

二是對貨幣流通情況進行了調查。(略)

三是對經濟金融形勢進行調查。(略)

3. 公開辦事制度是密切黨群關係的重要保證。

在今年的工作中，我們也有不足之處，主要是對有些工作，會議布置較多，具體落實較少，對外宣傳人民銀行的地位、職能、作用不夠等。

在新的一年中，我們將繼續努力籌措資金，優化資金投向，整頓金融秩序，為我市經濟發展做出貢獻。

思考練習

1. 寫作總結應怎樣挖掘、提煉經驗？
2. 總結安排層次的方式主要有哪幾種？
3. 分析兩篇例文的結構方式的差別。

第三節　調查報告

一、調查報告的概念與作用

調查報告是實際工作中常用的一種文體。對工作中某方面具體情況、某個問題、事件，進行深入細緻的調查研究以后所寫成的書面報告，就稱為調查報告。

調查報告主要用於研究在貫徹執行黨的方針、政策，上級指示中出現的新形勢，成功的典型，新的經驗和存在的問題，有時也用於搞清某個事情的真相。其目的在於為領導決策、指導工作或處理問題做參考，也可為本系統各個單位提供經驗或教訓，有助於提高工作水平，做好工作。

二、調查報告的特點

（一）針對性

調查報告主要針對工作中迫切需要解決的問題進行深入細緻的調查和分析，能夠比較全面、具體地反映現實情況，並根據調查材料對現實中的事實和問題進行比較深入細緻的分析和研究，揭示出它的本質和規律，幫助人們提高對客觀事物的認識，給人們解決問題提供思路，為領導決策提供參考。

（二）指導性

調查報告還能夠用來總結先進地區、先進單位或先進人物的正面經驗並加以推廣，用以指導全局工作的開展；能夠宣傳新生事物，扶助新生事物健康成長，並給人們以啟示。它還可以提出問題以引起重視和解決。

（三）客觀性

調查報告的寫作必須建立在客觀、真實的基礎上。在調查過程中，必須盡可能獲取真實、具體、全面的材料。在分析時，必須客觀地分析問題，得出正確的判斷和結論。在寫作中，必須忠實於調查材料和由材料得出的結論，用具體事實說話。

三、調查報告的種類

工作中常見的調查報告，主要有三種類型：

(一) 典型經驗的調查報告

典型經驗的調查報告，是通過對取得突出的工作成績的某一單位的分析研究，總結出帶有普遍意義的典型經驗，意在樹立典型，推廣經驗，從而帶動全局工作的開展。

(二) 揭露問題的調查報告

這類調查報告是針對某些損害國家利益和人民利益的行為，違反國家政策和法紀的現象，或者工作中存在的問題所寫的調查報告。這種調查報告以確鑿的事實和數據，反映事實真相，說明后果，分析原因，提出處理意見或建議。例文 5－4《煤礦安全生產調研報告》便屬於這一類型。

(三) 反映情況的調查報告

這類調查報告主要是剖析某方面的社會基本情況。反映情況的調查報告涉及的範圍很廣泛，社會各個領域都是它的研究對象。這類報告往往呈現出系統性、深入性的特點。

四、調查報告的主要內容

調查報告的主要內容，大體可以分為以下幾個方面：

(1) 調查報告的目的、時間、地點、對象、範圍、方式。

(2) 調查對象的基本情況。

(3) 事物發生、發展變化的過程，揭示問題的現象與分析產生的原因，總結工作的成績和問題、經驗和教訓。

(4) 指出存在的問題，提出相應的建議。

五、調查報告的結構與寫法

調查報告的結構大體上包括標題、開頭、主體、結尾四個部分。

(一) 標題

調查報告的標題有單標題和雙標題兩種形式。

單標題有的寫成公文標題的形式，如《中國人民銀行××市××區辦事處關於三十戶企業的商業信用調查》，《關於××廠申請 3000 噸原料麻的調查》；有的寫成一般文章題目的形式，如《從一個大貪污案看銀行工作的漏洞》；有的採用特指的形式，只寫調查的地點或內容範圍，如《興國調查》《農村調查》《××事件調查》等。

雙標題分正題和副題，正題揭示主題，副題指明調查的地點、內容或範圍。如

《做好救災工作的一條新路子——諸暨縣推行家庭財產保險與救災相結合的情況調查》。

無論單標題或雙標題，都要求準確、簡明、醒目，起到畫龍點睛的作用。

(二) 開頭

調查報告的開頭，常見的有以下幾種：

一種是說明式。說明調查的目的、時間、地點、對象、範圍、方式，使讀者對調查研究的方式方法有個大致的瞭解。

一種是概述式。概括介紹調查對象的基本情況和全文的主要內容或要說明的主要問題，以引起讀者的注意和思索。

一種是主旨式。開頭擺出作者的觀點，對調查事件或問題做出結論，起提綱挈領的作用。

(三) 主體

主體是調查材料與作者分析研究意見的具體展現部分。不同類型的調查報告，其主體部分的內容雖然各不相同，具體寫法也各有特點，很難講出一個統一的寫法，但有兩點是必須把握的：一是以作者分析意見為統帥，使材料與思想觀點緊密結合，夾敘夾議是常用的方法；二是文章的邏輯性要強，精心安排好主體的層次，使紛紜繁復的材料有序地展現，有力地表現觀點。

(四) 結尾

調查報告的結尾寫法多種多樣，不拘一格。有的結尾，對所調查的現狀作歸納，並對其發展前景進行展望；有的結尾綜述全篇主要觀點，深化主題，借以加深讀者印象；有的針對存在的問題，提出相應的建議；有的在正文裡已把話說完，就不用結尾了。

六、寫作調查報告的要求

(一) 調查要深入細緻

首先，寫調查報告一定要把調查放在首位。要有實事求是的精神，敢於堅持真理，敢於如實反映情況，而且還要有不恥下問、虛懷若谷的氣度。

其次，要明確目的。調查報告所反映的內容，無論是推廣經驗、揭露問題、反映情況，都應對當前的工作有參考價值，對面上的工作有指導意義。因此，調查必須有較強的針對性，可以據此做好有關準備，包括學習有關方針政策和業務知識，確定搜集材料的重點等。

再次，要掌握調查的方法。調查的方式方法多種多樣，如普遍調查、典型調查、抽樣調查、追踪調查，又如開座談會、個別訪問、現場觀察等。調查的方式方法要隨調查的目的、對象以及各種具體情況的不同而靈活掌握，擇優使用。

最后，大型的或較複雜的調查要擬訂調查提綱。要把調查目的，調查項目內容和要求、調查對象、調查方式方法、調查時間進度、調查人員組織分工等，寫成調查提綱，使調查工作有計劃地開展，以保證調查工作的順利進行。

（二）材料要真實典型

真實性是調查報告的生命。為了做到真實，調查報告的材料既不能來自道聽途說，也不能捕風捉影，主觀推測，更不能筆下生花，妄加臆造。所有的材料都要認真核實，去僞存真。調查報告還應注意數字材料的真實和準確。有時一個數字的錯誤，可能會造成很大的影響，切不可粗枝大葉，掉以輕心。

典型材料是能夠揭示事物本質的事例。典型能代表一般而又比一般突出，典型材料比一般材料更具有說服力，一篇調查報告的質量如何，往往取決於是否具有充實的典型材料。

調查報告在寫作中，應用具體事實說話，只有寫出真實、具體的事實，全面、完整地反映事實的本來面目，並在具體事實的基礎上闡述結論，調查報告才有說服力。

（三）觀點要正確鮮明

調查報告的價值大小、生命力旺盛與否，主要看觀點是否正確鮮明，是否經得起實踐檢驗。這就需要我們在調查研究的過程中認真地提煉觀點，在寫作中，使用各種方式，調動各種手段使觀點得到有力的表現。

例文 5－4

三居縣煤礦安全生產調研報告

我縣是一個產煤大縣，全縣現有煤礦 60 個，其中年生產能力 3 萬噸以上的 20 個，常年產量在 120 萬噸左右，上繳稅費近 1 000 萬元，煤礦行業安排就業人員近8 000人，煤炭行業對全縣的經濟建設有著至關重要的作用。由於我縣煤礦開採條件差、難度大、成本高，煤炭安全生產壓力大。從 2001 年以來，我縣共發生煤礦安全事故 25 起，死亡 31 人，百萬噸死亡率達 8.86%，直接經濟損失 138.45 萬元。特別是 2003 年發生煤礦生產安全事故 12 起，死亡 17 人，百萬噸死亡率達 14.16%，百萬噸死亡率超過了全國、全省、全市的平均水平，給全縣經濟建設、社會發展帶來了巨大的壓力。本文通過分析我縣煤礦近三年來安全生產發生的事故，找出了當前煤礦安全生產存在的主要問題，提出下一步工作的建議。

一、2001—2003 年全縣煤礦事故情況

2001—2003 年，全縣共發生各類煤礦生產安全事故 25 起，死亡 31 人，百萬噸死亡率達 8.86%，直接經濟損失 138.45 萬元。

二、當前煤礦安全生產存在的主要問題

當前煤礦安全生產存在的主要問題表現在以下幾個方面：

（1）從事故類別分析，3 年中共發生頂板事故 23 起，死亡 24 人，分別占 3 年事故總數的 92% 和 77.4%；其中瓦斯事故是自 1994 年我縣官溝煤礦發生瓦斯爆炸，10 年后又一起重大的瓦斯爆炸。頂板事故突出，瓦斯事故再次發生，說明全縣煤礦安全生產工作重點沒有抓到位，預防頂板事故和瓦斯事故的措施沒有到位。

（2）從事故的性質分析，3 年 25 起事故均是責任事故，事故的發生都是由於企業人員「三違」造成的，說明我縣煤礦行業從業人員安全教育滯后，安全素質普遍較低，

自我防護意識較差，遵守安全生產法律法規的自覺性不強。

(3) 從事故發生的原因分析，頂板事故發生的主要原因客觀上是全縣煤礦基礎條件差，井巷佈局不合理，安全投入不夠。從主觀上看：有的是由於工人在工作中支護不到位，或者是支護不及時造成的；有的是處理危岩時，措施、方法不合理造成的；有的是支護材料不合要求造成的。在瓦斯事故中存在的主要問題是瓦檢員配備不足，責任心不強，檢查不及時，沒有及時跟班作業，井下電器有失爆現象；煤礦樹枝狀開採還未根本杜絕，通風狀況還不是非常良好，瓦斯很容易產生突然集聚，造成瓦斯事故的發生。從分析來看，事故歸根到底均是由於直接操作者不按照煤礦安全生產操作規程或者是企業沒有制定切合實際的、詳細的、科學的操作規程，致使從業人員有章不循或無章可循，企業的管理人員又嚴重不負責，加之本身基礎條件差，致使事故多發。

(4) 從事故發生的時間分析，25 起事故當中，在上午 10：30（含 10：30）以前發生的僅有 3 起，而 10：30 以后發生的有 22 起，也就是說在企業現場管理人員要下班，或者已經下班，或者現場管理人員沒有跟班作業的情況下致使安全生產事故發生。說明了企業的現場管理責任不落實，監督不到位，工人乘機違章操作。這也是我們總結、分析事故以前所忽視的。

(5) 從事故發生的年度分析，3 年中以 2003 年發生的事故最多，也就是在煤礦行業效益明顯、搶生產、爭利益的時候容易發生安全事故，說明了企業老板仍然存在著重生產、輕安全的老問題。

三、對策措施

(1) 進一步提高煤礦安全生產的認識，牢固樹立安全第一的思想。

煤礦安全生產關係到人民群眾的生命財產安全，關係改革發展和社會穩定大局。搞好煤礦安全生產工作，切實保障人民群眾的生命財產安全，體現了最廣大人民群眾的根本利益，反映了先進生產力的發展要求和先進文化的前進方向。做好安全生產工作是全面建設小康社會、統籌經濟社會全面發展的重要內容，是實施可持續發展戰略的組成部分，是政府履行社會管理職能的基本要求。全縣各級各部門一定要把安全生產作為一項長期艱巨的任務，警鐘長鳴，常抓不懈，克服厭戰、麻痺、僥幸心理，從全面貫徹落實「三個代表」重要思想，維護人民群眾生命財產安全的高度，從全面貫徹落實縣的黨的十一次會議精神和政府工作報告的高度，充分認識加強煤礦安全生產工作的重要意義和現實緊迫性，動員全社會力量，齊抓共管，全力推進。特別是各煤礦企業要牢固樹立安全第一的思想，從安全生產的投入、教育培訓、現場管理等各個方面入手，努力提高企業安全管理水平和員工素質，真正做到生產安全，減少傷亡事故的發生。

(2) 堅決貫徹國家安監局 5 號令，努力提高煤礦安全生產水平。

國家安監局 5 號令對煤礦安全生產基本條件做了明確的規定。我縣煤礦由於大多開採的是極薄的煤層，井巷佈局多數不合理，提升運輸、開採、通風設備設施較為落后，雖通過去年停產整頓，但企業改變不大。為此，縣煤炭、安監部門和產煤鄉鎮進一步加強煤礦安全監督管理，促進煤礦企業按照國家安監局 5 號令要求，進一步加大投入，全面改善企業的軟、硬件設施，特別是在提升運輸、通風、排水設備設施等方面要進一步加大投入，同時要堅決克服地方保護主義，對不符合條件的要堅決關停，從而努力改變企業安全生產的條件。

(3) 狠抓安全培訓，努力提高企業管理人員和從業人員的安全意識。

當前從煤礦安全生產存在的問題來看，主要表現為企業的管理人員安全知識匱乏，在具體的安全生產管理中失誤較多，不能夠根據煤礦的實際情況作出具體的、科學的安排部署，而從業人員自身素質較低，自我防護意識較差，「三違」現象嚴重，為此作好企業管理人員和從業人員的安全培訓顯得尤為重要。一是縣煤礦行業主管部門和安全生產綜合監督管理部門要依法強化對生產經營單位的主要負責人和安全管理人員及特種作業人員的培訓工作，強化對《安全生產法》等法律法規和煤礦安全生產規程的宣傳教育，使取得的資格和實際管理水平形成統一，真正提高煤礦管理人員的安全管理水平；二是煤礦企業自身要加強對從業人員的培訓、教育，特別是要針對各自煤礦的實際情況按照操作規程逐條逐款培訓到位，真正使工人既熟悉井下開拓佈局情況，又真正能夠做到遵章守紀，不違規操作，確保生產安全，從而降低傷亡事故的發生。

(4) 嚴格各項制度的落實，降低傷亡事故的發生。

安全生產責任重於泰山，要全力降低傷亡事故的發生，必須做到嚴格管理。我們既要認真總結近年來煤礦安全生產上取得的成功經驗，更要看到我們的薄弱環節，特別是在制度的落實上還存在著差距，為此必須要抓好：①企業要進一步針對煤礦的實際制定和完善煤礦採掘作業規程，並且按照規程要求切實加強有關管理人員的責任，真正按照規程操作。②每一個生產企業都要按照有關的法律法規制定和落實各項規章制度，真正做到「日監測、周報告、月分析」。「日監測」：每天企業現場管理人員對每一個生產環節、每一時段生產過程都要做到監測管理，及時發現和糾正各種違章行為，同時保證做到工人不出井、管理人員不下班。改變以前管理人員只上半天班，或者不跟班作業的問題。同時對每天的工作情況都要做到有書面記載，並報告有關礦領導。「周報告」：主管安全生產的副礦長要將每一周的工作情況及時梳理、總結，並報告給礦長以及有關的主管部門和鄉鎮人民政府。「月分析」：就是企業礦長每月要召集有關的人員對當月安全生產情況進行認真的分析，對存在的問題提出整改的意見，並安排下月工作，真正做到安全生產胸中有數。③建立嚴格安全檢查制度，全力整改安全隱患。一方面企業自身要重視安全生產，不僅要加強安全生產的硬件設備投入，更要抓好日常安全生產的檢查，特別是對井下採掘磧頭、盲巷、廢巷的通風瓦斯管理，對井下運輸大巷、工作面的支護管理，危岩的處理，對水災的預兆等都要嚴格地進行檢查，制定好嚴密防範措施，確保生產安全。另一方面縣級有關部門，特別是煤炭局片區負責人和產煤鄉鎮人民政府要加強對煤礦的日常安全檢查，重點檢查企業的採掘作業規程是否合理、通風設備設施是否完善、井下現場管理人員是否到位、特種作業人員是否配齊配足、各項規章制度是否建立和完善、安全生產預案是否制定、井下的開採佈局是否合理，發現問題及時糾正，對重大隱患制定專人負責的預案，確保隱患整改及時，從而促進煤礦安全生產水平的提高。

(5) 針對重點，解決難點，全面防範生產安全事故。

當前，我縣煤礦安全生產上傷亡事故發生的重點是頂板和通風瓦斯兩個方面，但工作上的難點還包括水患的治理。因此如何防範以上三個方面的傷亡事故，是我們下步工作的重中之重。

在頂板管理上：一是必須督促企業配齊配足專職頂板管理員，明確其具體的工作職責、工作時間、工作範圍，分片分段加強巡迴檢查，發現問題及時處理；二是企業的操作工人必須按照作業規程，做到敲幫問頂，支護到位，成排成行，充填必須足實接頂，杜絕工作面現場空頂作業，冒險作業，在處理危岩時技術人員必須現場指揮，制定科學的方案措施方可進行，切實防止頂板事故；三是煤礦井下負責技術的礦長，必須對專職頂板員的工作和工人的支護情況進行經常性的抽查，及時解決頂板工作中的各種問題；四是煤礦企業要逐步推行「以鋼代木」的支護材料，確保支護到位。

在通風瓦斯管理上：一是企業必須按照「先抽后採，監測監控，以風定產」十二字方針，全面制定企業的瓦斯管理方案，並嚴格按方案操作；二是全縣所有的高瓦斯礦井必須配備瓦斯監控系統，其監控的範圍、地點、時間必須按規程進行，並實行專人負責；三是加強通風設施的管理，嚴禁井下無風、微風作業，特別是要抓好磧頭掘進通風管理，防止瓦斯突然集聚；四是企業必須配齊配足瓦斯檢查人員和瓦檢設備，並嚴格按照規程加強瓦斯檢測，真正做到「一班三檢」「一炮三檢」，堅決杜絕瓦斯事故的發生；五是必須加強井下電器設備的管理，嚴禁井下電器失爆；六是嚴格井下掘進作業、放炮作業瓦斯檢查員的跟班作業，防止掘進過程中瓦斯事故的發生。

在水患治理上，煤礦企業必須堅持「有疑必探，先探后掘」的原則，制定水患治理方案，特別是有水患威脅的礦井，必須對採空區、含水層的水文地質狀況進行全面的瞭解，從而制定科學的探放水措施、方案。井下探放水工作必須按方案進行，同時明確專人負責。在洪期要加強井上下值班管理，防止洪水對礦井的威脅。

我縣煤礦安全生產責任重大，我們只有按照煤礦安全生產有關法律法規和規程，採取強硬措施，扎實工作，狠抓落實，才能確保省、市所下目標任務的完成。

思考練習

1. 調查的方法有哪些，在調查中應以什麼態度面對被調查者？
2. 分析《三居縣煤礦安全生產調研報告》的特點，學習其寫作方法。
3. 結合當前的經濟熱點現象，做一次調查研究，寫一份調查報告。

第四節　簡報

一、簡報的概念

簡報，顧名思義就是簡明的情況報導。它是黨政機關、人民團體及企事業單位編發的反映和通報情況、交流經驗的一種內部文件。

在機關團體內的現行應用文中，簡報是最常用的、發行量大、品類多的一種文體，有的被稱作「簡訊」「動態」「情況反映」「內部參考」「送閱材料」等。

二、簡報的作用

(一) 反映情況，推動工作

上級機關發現某些問題和情況，或者需要解釋、傳達文件精神，也可以利用簡報形式向下傳達。簡報雖然不像公文那樣具有法定的權威和行政約束力，但卻體現了上級領導機關的意圖。情況可供參考，提出的意見和要求實際上也具有一定的行政效力，可供參照執行，這對推動工作是有積極作用的。

下級向上級反映情況，常採用簡報形式。日常的工作情況或者工作進行中出現的問題，及時以簡報的形式向上級反映，以求得到上級的指導和幫助。另一方面，簡報提供的材料和反映的情況又可作為領導機關全面工作的參考和依據。

(二) 傳遞信息，交流經驗

隨著國民經濟的蓬勃發展，橫向聯繫日益加強，獲取信息已成為各行各業搞好經營管理、提高經濟效益必不可少的手段。利用簡報，可以迅速地傳遞信息，使人們掌握情況，作出正確的決策；簡報也可以推廣新鮮經驗，促進工作發展；簡報還可以抄送宣傳部門，為報紙、電視臺等新聞媒體提供報導的線索。

三、簡報的特點

(一) 新聞性

簡報有些近似於新聞報導，特點主要體現在真實、新穎兩個方面。「真實」指報導內容真實。簡報所反映的內容、涉及的情況，必須嚴格遵循真實性原則，時間、地點、人物、事件、原因、結果等要素都要真實。「新穎」指內容的新鮮感。簡報要反映新事物、新動向、新思想、新趨勢，要成為最為敏感的時代的晴雨表。

(二) 集束性

雖然一期簡報中可以只有一篇報導，但更多情況下，一期簡報會將若干篇報導集結在一起發表，形成集束式形態。這樣做的好處是有點有面、相輔相成，加大信息量，避免單薄感。

(三) 規範性

從形式上看，簡報要求有規範的格式，包括報頭、目錄、編者按、報導正文、報尾等部分組成。其中報頭、報導正文、報尾是必不可少的，而且報頭和報尾都有固定的格式。

四、簡報的種類

簡報用途廣泛，種類繁多，劃分的角度和標準也各不相同。

按時間劃分，有定期簡報和不定期簡報兩種。

按性質劃分，有工作簡報、學習簡報、生產簡報、會議簡報等。

按內容劃分，有綜合簡報和專題簡報。

按閱讀範圍劃分，有供領導閱讀的屬於機密文件的簡報，也有發行較廣，屬於一般公開文件的簡報。

下面介紹幾種簡報。

綜合簡報：主要反映本機關本部門一段時間的工作情況和問題，既有情況概述，又有典型事例，反映較為全面。

專題簡報：對某項專門工作動態、進展狀況的反映，一般突出某個經驗或者某個問題。或向上級反映，或通報有關部門，或發給下屬單位，用以推動工作。

會議簡報：由會議秘書處或主持單位編寫，專門報導會議情況，反映與會人員的意見和建議。

五、簡報的格式寫法

簡報分報頭、正文、報尾三個部分。

（一）報頭

在簡報首頁的上方位置，約占該頁的三分之一或四分之一，用一條粗橫線同正文隔開。用醒目大字標出簡報名稱（一般套紅），名稱下面標明期序，左下側是編發單位（部門）名稱，右下側是印發日期。密別標在報頭左上角。定期收回的簡報，報頭右上角標注編號。報頭一般都是固定的。

（二）正文

在報頭粗橫線之下即為正文。有的加上了編者按語，表明簡報機關的主張和意圖。其后即是所載文章，或為編撰，或為選載。每期簡報的內容多是單一的，一般只刊登一篇文章，或幾篇內容近似的短文，以求反映、報導的問題集中突出。文章的內容包羅很廣，寫法多種多樣，但必須做觀點鮮明、條理清晰、文字簡練、內容精粹。

有的在正文之后還注明了材料的來源（摘自何處或由何人供稿）。

（三）報尾

在簡報末頁之下方位置，在兩條平行橫線內注明本期簡報的發送範圍和印發分數。

簡報文章的寫法靈活多樣，不拘一格。有的結論在先，開門見山；有的結論在后，層層深入；有的只擺事實，不作結論，但文章有著明顯的傾向性，讀者很容易得出看法；有的擬定標題后一氣呵成，有的在大標題下適當加上小標題。

六、簡報的編輯

（一）選擇稿件

選擇稿件要緊扣本單位的中心工作，關注工作中的熱點、焦點現象，關注新現象、新典型；稿件允許風格多樣，鼓勵創新，不落俗套，反對墨守成規。

簡報所載文章，內容比較廣泛，有工作通訊和消息性質的，有工作方法和經驗介紹的，有反映工作中的新問題和典型事例的，有傳達領導機關的部署和意見的等。

（二）寫編者按語

按語表明編輯簡報單位的主張或意圖，是對選載文章的說明或批注。按語雖非指示，但它體現領導意圖，要精心編寫，做到旗幟鮮明、文字簡要、掌握分寸。一般不用決定性的口吻，多用商量、探討、期望的語氣，如：「供參考」「供參閱」「請認真研究」「望加以對照」等。

按語的內容，有的是說明性的，用簡短的文字寫出發此材料的根據，此份材料的意義何在，或提供有關的背景材料，幫助讀者閱讀和理解。有的是提示性的，主要用於篇幅較長、內容重要的文章，摘其要點，提綱挈領地予以介紹，以便於讀者閱讀和領會。有的是批示性的，用於有典型意義和指導作用的材料，表明編輯簡報單位對文章內容的意見和對下屬單位的要求，多由單位領導同志或根據領導意見起草。

七、編寫簡報的要求

第一，要簡。

簡報的「簡」字即竹片，版牘的意思，用之寫文，自不能長篇大論，必須簡明扼要。每期簡報突出一個重點，刊登一篇或幾篇內容相近的短文。字數以每期一千，不超過兩千為宜；內容太多的，可分期連登，不必擠在一起。簡而明，是簡報賴以存在的根基。編寫簡報一定要做到內容集中，篇幅簡短，文字凝練。需要在收集、篩選材料和分析研究上下大功夫，避免空泛的議論，避免面面俱到，不可只是堆砌材料。

第二，要快。

簡報有快報的性質，要求迅速、及時。簡報能否發揮作用或發揮作用的大小、快慢是一個重要因素。錯過了時機，簡報的作用就會大大縮小，甚至失去作用。要求快，但絕不能粗製濫造。

簡和快有必然的聯繫：不簡難快，快必求簡。

第三，要實。

實即真實，實事求是，如實反映。所寫內容、事件都要真實可靠，要尊重客觀實際，做到客觀地全面地反映事物的本來面目。道聽途說、移花接木、「謊報軍情」是絕對不允許的，也不能單純地「文字加工」或「藝術處理」。必須堅持實事求是的原則，避免報導失實。

另外，簡報編寫還要求有的放矢，講求針對性，而且內容要有新意。

例文 5－5

節水工作簡報

第 28 期

北京節水工作辦公室編　　2009 年 1 月 20 日

北京市節水取得明顯成效

近年來，北京市政府加大節水工作的力度，節水工作取得明顯成效，農業、工業和城市生活用水量顯著減少。「十五」期間，北京市總用水量從 2000 年的 40.6 億立方米下降到 2005 年的 34.2 億立方米，平均每年下降 1 億立方米。

在農業節水方面，通過深化產業結構調整和佈局，2005 年北京市農業用水量由 2000 年的 16.5 億立方米下降到 13.2 億立方米。北京市郊 4 萬余眼機井都裝上了水表，達到可裝表機井的 97% 以上，開始全面實行農業用水計量收費製，大興、朝陽、海澱等區縣還實行了 IC 卡計量收費。地熱機井、礦泉及純淨水已全部完成裝表任務。北京還將利用世行貸款大力發展節水灌溉，2005 年完成節水灌溉面積 30 萬畝。

在工業節水方面，北京對五大電廠實施節水項目 20 項，其中 2005 年，五大電廠已投資 4 590 萬元，年節水 459 萬立方米。20 個項目全部完成后，五大電力企業年節水可達 1.45 億立方米，相當於 70 個昆明湖的蓄水量。「十五」期間，北京市工業用水量從 10.5 億立方米下降到 6.8 億立方米，工業用水重複利用率從 2001 年的 89.25% 提高到 2005 年的 91%。

在生活和服務業節水方面，北京市對 29 380 個社會單位進行用水計劃管理，機關事業單位壓縮供水指標 12.5%，社會單位總用水量從 2001 年 16.4 億立方米下降到 2004 年的 14.3 億立方米。2005 年全市共推廣節水器具 210 萬套件，居民家庭節水器具普及率達到 77%。

在「十一五」期間，北京市將進一步完善水價體系，充分發揮市場配置水資源的作用；建立節水獎罰機制；建設水資源調配保護機制；加強與周邊地區水資源合作，建設長期跨區域調水合作機制；加快農業用水市場化；推進節水的社會化管理，建設政府與社會聯動的節水管理機制。

思考練習

1. 作為簡報的編輯，在選擇稿件時要注意些什麼？
2. 怎樣才能寫好編者按語？
3. 根據學校會議或班級會議寫一份簡報。

第五節 規章制度

一、規章制度的概念

規章制度是各種條例、制度、辦法、章程、規則、細則等的總稱，是規定人們道德規範和行為準則的有法規性約束力的應用文。

章程一般用於政治、經濟、文化等團體的組織綱領。如黨章、團章以及某些學術團體的會章等。

條例用於頒布政府的重大法令，其特點是章節條款的序列嚴密。如《中華人民共和國居民身分證條例》(一九八五年九月六日六屆人大常委會第十二次會議通過)。

規定、規劃、細則、須知是一定業務範圍內有關人員或人民群眾必須遵守的具體行政法則。

規範、守則是機關、團體、企事業內部成員行為的共同準則或道德標準，如《中學生守則》。

公約是由群眾會議訂立，要求大家共同遵守的，如《服務公約》。

制度是帶有普遍性原則的規章制度，如財務制度、資金管理制度、統計制度。

國家領導機關、企事業單位、科室班組以及商店與公共場所都可以通過規章制度來規定人們應該遵守的事項、履行的職責範圍或達到的目標，以保證公務、工作、學習、生活的正常進行。

二、規章制度的作用

(一) 貫徹、執行黨的方針、政策

規章制度根據黨的方針政策，結合本地區、本部門的實際情況而定，它是方針政策的具體化。比如銀行根據黨的路線、方針、政策制定了各項規章制度，有章可循，保證了銀行在國民經濟中發揮促進和監督作用。

(二) 工作、生活的規矩和準繩

建立和健全各項規章制度，是保證各項工作正常開展和充分發揮部門職能作用的基本條件。建立健全合理的規章制度，反對無章可循和有章不循的傾向，我們就能統一步伐，協調行動，提高辦事效率，分清是非界限，井然有序地工作、學習和生活。

三、規章制度的寫法

規章制度一般由標題、正文、具名和日期四個部分構成，其寫法如下。

(一) 標題

標題應表明規章制度的性質，其位置居中。有的要標出有效期限，有的要加上單位名稱。如系草案或暫行、試行的，可在標題內寫明，也可加放在標題下面。如《會

計人員職權條例》《中華人民共和國財產保險條例》《中等專業學校學生守則》（試行草案）等。

（二）正文

正文是規章制度的主體部分，其寫法大致有以下兩種：

（1）直接分條寫。即一條一條地寫出大家應當共同遵守的事項。規則、守則、準則、公約等常採用這種寫法。如《中國人民銀行職工守則》，共十條，為銀行職工共同遵守的事項。

（2）分章列條款寫。有的規章制度，特別是國家或政府主管部門發布的法規性的規章制度。由於內容比較多，涉及面比較廣，機構也比較複雜，就要先分章節，列條款來寫。一般分為總則、分則、附則等幾個部分。總則說明本章程的宗旨、目的、意義和一些基本原則，分則說明要求執行的具體事項和辦法，附則說明適用範圍、揭示權限、生效日期等。每一章加上小標題，每章之下包括若干條，分別寫出規定的事項。每條的序數全篇通排，不分章單排，這樣行文嚴密，便於檢查和稱引。條下設款，用序碼標明，每條單排，寫出條目下的規定事項。如《會計人員職權條例》共七章：第一章是總則部分；第二至六章是分則部分；第七章是附則部分。分則部分包括了「工作職責」「工作權限」「總會計師」「技術職稱」「任免獎懲」「附則」六個方面的內容。這個條例總共二十條；若干條為一章，加上小標題，目的是給這幾條歸個類，使讀者看了條款清楚，便於掌握。

分章分條時，要注意條目之間的內容在邏輯關係，使人看了不但條款清晰，而且知其來龍去脈。

（三）具名

具名寫在正文的右下方。如已在標題中寫明了單位名稱的，或由政府機關隨文件頒發的，可不再具名。

（四）日期

日期寫在具名下面，寫明具體的年、月、日。

四、寫規章制度的要求

（1）訂立規章制度，必須符合黨和政府的政策法令，並切合本單位或本部門的實際情況。

（2）規章制度的條文要求簡單、明確、具體，最好是一條一個內容，這樣便於記憶、執行和檢查。條文的內容要切實可行，語氣要肯定，概念要準確，要明確寫出必須怎麼做。

（3）在執行過程中要經常檢查，發現不適合的地方，及時修改或補充。

（4）單位內的規章制度，可以抄寫張貼；實施範圍較廣的，可以在報刊上登載。

復習要求

1. 計劃的要點，一是計劃的基本內容：依據、任務與指標，措施與步驟；二是從結構上掌握計劃標題與開頭的寫法及主體安排層次的方式。

2. 總結的要點，一是將工作實踐提高到理性的高度來認識，並提煉出經驗（或教訓）；二是總結的基本內容；三是從結構上掌握總結的寫法。

3. 調查報告的要點，一是調查報告的種類和不同種類調查報告的主要內容；二是調查報告的寫作要求。

第六章　新聞報導

第一節　新聞概述

一、新聞的定義

新聞是新近發生或變動的事實的報導。

上述定義強調了三個要素：「新+事實+報導。」首先，新聞要「新」，這主要表現在事實發生或被發現的時間要新。其次，它應該是新近發生的事實。「新近發生的事實」表明了新聞報導的客觀性。事實是客觀存在的，新聞報導只是對客觀存在的事實的記錄和傳播。最后，事實要成為新聞報導，必須經過傳播者選擇，並借助語言、文字、圖像等符號載體及時傳播。新近、事實、報導是構成新聞的三個基本因素。這是關於新聞的比較科學的定義。

二、新聞要素

(一) 什麼是新聞要素

新聞要素，是指新聞事實的主要構成因素。我們在新聞寫作中首先應當交代新聞要素，這是新聞寫作的基本要求，同時也是把事實報導清楚的起碼條件。

新聞要素一般包括何時、何地、何人、何事、何故，通稱「新聞五要素」，又稱「五個 W」。因為五要素的英文都是以「W」開頭的：When、Where、Who、What、Why。1945 年延安《解放日報》曾發表短論，指出新聞必須有五個「W」，「猶之乎人的頭臉必須有耳、目、口、鼻一樣，缺少一件，就會不成樣子」。寫新聞應當寫明新聞要素，這已是新聞界的一種常識，因為新聞本身就是由這五個要素構成的。即使只是一條百來字的簡訊也不例外。

例文 6－1

沈陽足球隊今天下午在廣州越秀山體育場以 2∶1 力克火車頭隊，獲得全國足球甲級隊聯賽 B 組第二名和晉升 A 組資格。

上半時沈陽隊先得 1 分，下半時火車頭隊回敬一球。延長期中，沈陽隊再次破門，火車頭隊却在難得的罰點球機會中將球射中門柱彈出。

上面這條簡短的新聞電訊，僅 150 字，但新聞五要素樣樣具備：

何時——今天下午。

何地——廣州越秀山體育場。

何人——沈陽足球隊。

何事——獲得全國足球甲級隊聯賽 B 組第二名和晉升 A 組資格。

何故——以 2：1 力克火車頭隊。

隨著新聞事業的發展，西方新聞界又提出了另外一種觀點，認為現代新聞寫作應當在「五要素」的基礎上再加一個要素，即「新聞六要素」：五個「W」加一個「H」(How，怎麼樣)。「新聞六要素」的說法有一定合理性，近年來已被中國新聞界廣泛接受。

(二) 為什麼在新聞寫作中必須交代新聞要素

(1) 這是新聞事實的構成規律所決定的。

任何一件事、一種現象，總有它發生的時間和空間，總有其特定的內容和來龍去脈，並且往往離不開人的活動。因此，在新聞寫作上必須把新聞事實的諸要素交代清楚。

(2) 這是為適應新聞受眾需要所決定的。

人們之所以需要新聞，主要是想瞭解周圍世界變動著的事實，以便從中獲知各種信息。新聞寫作如果對其構成要素不作交代，或時間、地點不明，或來龍去脈模糊，新聞受眾就無法清晰地瞭解事實真相，就得不到完整的信息，甚至會對報導的新聞事實產生疑問。

(3) 這是新聞寫作必須用事實說話的規律所決定的。

作為事實的構成因素，正是新聞的具體表現。新聞要用事實說話，就必須對新聞要素作出清楚無誤的交代，新聞要素越是交代得清楚、準確，越能增強新聞的真實感和說服力。

三、新聞體裁

新聞體裁是指各種新聞的外在文體形式。目前，國內外新聞界對新聞體裁分類有多種學術觀點，至今尚無統一的定論。各種分類法相互區別又相互交叉。目前國內新聞界比較認同的是將新聞分為消息、通訊、新聞調查、新聞專訪、新聞特寫等，因為它們有相對的穩定性。

(一) 消息

消息是以簡要的語言文字迅速傳播新聞信息的新聞體裁，也是最廣泛、最經常採用的新聞基本體裁。

消息主要告訴人們發生什麼事情（包括新的情況、經驗、問題等），往往只報導事情的概貌而不講詳細的經過和情節。

(二) 通訊

通訊是一種運用多種表現手法，比消息更詳細、更深入和更形象地報導新聞事件和新聞人物的新聞體裁。

通訊大體上可分為四類。人物通訊、事件通訊、工作通訊與風貌通訊。

(三) 新聞調查

新聞調查是由媒體相對獨立完成、以記者調查為主要方式、揭示不為人知的新聞事實的深度報導形式。

西方新聞界認為新聞調查是報導某些人或某個組織企圖掩蓋的新聞。中國新聞界認為，新聞調查是展示嶄新的未知事實的一種深度報導。新聞調查應當充分挖掘未知事實。

(四) 新聞專訪

新聞專訪是就某一重要新聞事件或眾所關注的問題訪問有關人士，然后以談話紀實的方式加以報導的一種新聞體裁。

新聞專訪專題性強，內容集中，能靈活運用多種表現手法，適宜報導重要新聞。

(五) 新聞特寫

新聞特寫是一種「再現」新聞事件、人物或場景的形象化報導。它強調視覺印象，以描繪為主要手法，往往截取事件發展進程中的某個片斷或畫面，繪聲繪色，給人以特寫鏡頭般的印象。

(六) 深度報導

深度報導是一種完整反映重要新聞事件和重點社會問題，追蹤其來龍去脈，探討其根源實質，揭示其影響意義等的具有較高層次、較深程度的新聞報導方式。

(七) 其他

其他新聞報導體裁還包括採訪札記、記者來信、記者述評、工作研究等。

四、新聞寫作的基本要求

(一) 新聞事實的客觀真實準確

新聞事實的客觀真實準確是新聞寫作的第一條要求。記者在新聞寫作中所涉及的時間、地點、人物、事件及原因等基本事實必須真實準確，不容許有半點虛假和模糊。在新聞寫作中，不僅基本事實必須真實準確，而且人物、事件的細節也必須真實準確。同時所引用每一個背景材料、數字、引語、各種名稱、史實等都要準確無誤。

(二) 用具體事實說話

用具體事實說話是新聞寫作的第二條要求。它包括以下內容：

1. 寫具體事實

用具體事實說話是新聞寫作的一項重要原則，這就要求每一句話都有具體明確的事實，盡可能不用抽象的詞語。

2. 交代消息來源

在新聞消息報導中交代消息來源：把材料歸屬於消息提供者或「注明出處」是一

條十分重要的原則。它能夠使報導更客觀、更可信，同時能避免法律上的問題。

在消息寫作中，有兩種情況不需寫明出處：①起碼的常識性的事實（如職務、履歷等），以及公認的事實；②記者親眼目睹的事實。

3. 事實與意見分離

新聞消息寫作要求事實與意見分離，即不在報導中直接和隨意地發表自己的意見和評論。這是新聞消息客觀性原則的重要基礎。

4. 用事實解釋事實

用事實解釋事實指的是，在新聞報導中記者不應自己出面對事實進行解釋，而是應通過提供充分的背景事實來「客觀地解釋」新聞事實，不是記者主觀評價。

（三）禁止虛構和合理想像

在新聞寫作中應禁止虛構和合理想像是新聞寫作的第三條要求。在新聞寫作中，這是違反新聞客觀性原則的一種突出表現。

（四）用背景材料充分揭示新聞價值

在新聞寫作中記者應用背景材料充分揭示新聞價值是新聞寫作的第四條要求。記者首先應當找出哪個事實是「不尋常」的事實，並且應當用「尋常」事實與「不尋常」的新聞事實形成比較、烘托，充分揭示該事實的新聞價值，這樣才能使讀者真正理解該新聞事實的「不尋常」，激起讀者的興趣。這就是「用背景材料充分揭示事實的新聞價值」的含義。

五、新聞的真實性

（一）什麼是新聞的真實性

新聞的真實性是指新聞必須反映客觀存在的事實。新聞不能報導虛假的不存在的事情，如果一條新聞報導的不是真實發生的事實，那麼人們是不會相信它的。新聞的真實性是新聞採訪與寫作的基本要求，同時也是新聞的生命。

新聞的真實性要求記者真實地反映和記錄客觀發生的事實，不能虛構和誇大事實，不能編造假新聞。

例文 6－2

湖北五峰勾兌散酒致 4 人死亡

本報武漢 3 月 25 日電　（記者張志峰）近日，湖北省五峰土家族自治縣發生多起散裝白酒致人中毒事件。該縣處置疑似甲醇中毒事件領導小組新聞發言人、五峰縣委宣傳部部長王雲洋介紹：截至 25 日 22 時，五峰縣共有 4 人因疑似甲醇中毒死亡，12 人住院接受治療。目前，核實未銷出庫存假酒 2 966 千克，追回已銷假酒 3 350 多千克，還有 170 多千克正在追繳中。

3 月 23 日以來，五峰警方陸續接到報警，五峰鎮社會福利院和採花鄉黃家臺村共有4人飲用散裝白酒后死亡。當地公安、質監等部門趕到現場調查取證，對死者曾飲用的散裝白酒進行檢驗，初步結果表明甲醇超標。事發后，當地政府啓動食品衛生應急預案三級響應，緊急組織2 000多人連夜走村串戶，勸阻村民不要飲用散裝白酒。對全縣在售散裝白酒一律就地封存，禁止銷售，向周邊長陽、宜都通報這一信息，防止問題散裝白酒流入。

銷售散裝白酒的嫌疑人王某等人目前已被警方控制。據交代：今年3月15日，他們從宜都市聚能日化商店購進工業甲醇3.74噸，共勾兑假酒6 500千克，已出售3 360多千克，主要銷往五峰鎮、採花鄉宋家河、長樂坪鎮白鹿莊等地。

（人民日報，2009－03－26）

例如上面這條新聞，報導的是湖北省五峰地區有人用工業甲醇勾兑假酒，導致4人死亡。這個事實必須真實發生。如果這條新聞報導的事情沒有發生，那麼，當這條新聞刊登出來時，人們會紛紛指責這是一條假新聞，並要求新聞媒體加以更正。如果我們的新聞媒體無視人民群眾的要求，那麼大家就不會相信我們的新聞媒體，新聞也就失去了生命。新聞的真實性不僅要求記者在報導這條新聞時，必須真實地反映和記錄客觀發生的事實，而且不能虛構和誇大事實，如果當地只死了4個人，記者任意誇大人數，那也是違背新聞真實性原則的。

新聞的真實性要求新聞媒體在報導新聞時，應做到以下三點：

（1）具體事實的真實。包括每一個細節、背景材料的真實、準確；

（2）事物總體的真實。即新聞報導的全部事實，與現實中的情況總體一致；

（3）能反映事物的本質和規律以及因果關係。

（二）新聞真實與事實真實的區別

新聞要報導客觀發生的真實事實，但新聞真實不等於事實真實。因為新聞所反映的事實是經過選擇的事實，這是一條基本規律。新聞是由人來報導的，在新聞報導中，記者對其所報導的內容有一個選擇過程。記者不會把他所看到和所採訪到的所有事實都加以報導，而是會根據報導主題加以選擇，只報導與該新聞主題相關的內容，剔除其他不相關的、盡管也是客觀存在的事實。例如，記者報導某某公司舉行的產品推銷會，他通常只會報導這次會議的基本情況以及該公司推出的產品，而不會報導在會議舉行中間哪一位去了一次廁所，哪一位吐了一口痰。

新聞不可能做到絕對真實，記者在採寫的過程中需要對事實進行選擇，這是不容懷疑的。另外，記者在進行新聞報導時，不可避免地會帶入自己的觀念以及個人的情感，這也是一種普遍情況。

（三）新聞報導的兩種基本方式

記者採寫新聞進行新聞報導，通常有兩種基本方式，即客觀報導和主觀報導。

什麼是客觀報導呢？客觀報導是一種在新聞寫作中客觀、忠實、樸素地敘述事實的報導方法。這種報導方法通常要求記者不要直接表露自己的觀點和情感，而應做到事實與意見、情感分離。

客觀報導有以下主要要求：

(1) 寫具體事實；
(2) 交代消息來源；
(3) 事實與意見分離；
(4) 用事實解釋事實。

例文 6－3

大巴墜江　20 雙眼睛告別人間美景

昨日，四川平武縣境內發生特大交通事故，死亡人數已升至 20 人

本報記者鄧孝政劉忠為您現場報導

昨日上午 9 時許，九黃環線平武縣古城鎮附近發生一起特大交通事故。一輛車牌號為渝 A92666 的中國旅行社重慶分社豪華旅遊大巴前往九寨溝，行駛至四川省平武縣古城鎮新路灣時，懷疑超速行駛，墜入涪江。據目前初步統計，此次事故已造成 20 人死亡，4 人失踪。21 名生還者中多人傷勢嚴重。

事故地點　C 形急彎路下是急流洄水

昨日下午 3 時許，記者趕赴事發現場。在離事發現場數千米外，沿涪江邊都有搜救人員駕著船只在打撈，記者經過時，目睹兩人被打撈上岸。該段九黃環線的交通已暫時中斷，過往車輛禁止通行，以挪出空間實施救援。記者看見，出事地點是一處呈 C 形的急彎。滔滔涪江在這裡形成一個巨大的洄水，出事大巴栽在江中，只剩下車頂露出水面。馬路上，各方救援人員聚集，正在觀察地形、水域，商議營救方案。3 輛吊車停在路邊，但據瞭解它們的起重力量都不夠。

警方正在登記打撈上來的死難者物品，背包、食品、衣服——數小時前，這些普通的東西還和主人在一起，但也許它們永遠再無法回到主人手中。警戒線外，無數當地人趕來圍觀，有些人甚至跑到附近的山頭張望。

親歷目擊　江面上密密麻麻全是人

「想都想不到出事！」記者找到了事故的第一目擊者古城道班工人劉雲，他也是第一個跑去救援的人。據劉師傅稱，事發時，他和另一名道班工梁小敏正埋頭清掃路面。「嗖！」上午近 9 時，出事豪華大巴呼嘯著從他身邊疾駛而過，速度很快，嚇了他倆一大跳。「這麼快的速度！」劉師傅忍不住向梁小敏說，話沒說完，大巴已冲出了 300 米遠。突然，大巴失去控制，一頭撞上右邊山體的擋土牆，發出驚天動地的響聲。接著，大巴猛地急轉，左偏斜冲了 20 多米，一頭栽向涪江！豪華大巴在下墜過程中，接連翻了兩次，車體不斷碰撞上河堤。劉師傅說，他親耳聽見車裡傳來驚恐萬分的叫聲：「啊——！」隨后，豪華大巴栽進滾滾涪江中，江水迅速淹沒了車頂。

「出事了！快救人！」事故發生得如此突然，劉師傅愣了好一會兒，才反應過來。他讓梁小敏站在公路上攔車，他自己則匆匆跳下河坎，跑向江邊。由於豪華大巴連番撞擊，擋風玻璃已破裂脫離，兩側的玻璃也多處破裂，旅客在江水的冲擊下，從豪華大巴裡漂了出來，在江水中沉浮，有些旅客則攀住車體或者爬上車頂，一時間，江面上密密麻麻全是人！湍急的江水裹挾著受傷的旅客，向下游漂去。情況異常危急！趕到河邊的劉師傅見狀，伸出鐵鍬攔截。「快抓住！」有兩名旅客慌亂間抓住鐵鍬，被劉師傅拖上了岸。為減輕重量，一些旅客脫掉身上的衣服。這時，在附近抄電表的古城電廠職工鐘凱和當地民權村支部書記龔麗等人經過，急忙趕來。幾人奮力相救之下，將8人成功救了上來。過往車輛拉起傷者，火速送往醫院。但更多的旅客則漂向下游，或者困在車上。劉師傅知道下游有渡船，急忙讓路人通知攔截。

緊急救援　小男孩凄厲哭叫回蕩江面

有車掉進涪江的消息迅速傳開，當地村民緊急趕來，離事發現場約1千米的古城鎮政府也組織了大量救援人員趕來。不少救援人員不顧寒冷，跳進江水中打撈。隨后，消防官兵、警方以及平武縣各方救援人員緊急趕到，展開了更大規模的救援。據參加現場打撈救援的當地村民稱，由於事發突然，涪江河水湍急，缺乏冲鋒舟等工具，救援人員只得用輪胎等，遊到車邊和河中，將獲救旅客抬到輪胎上，推向岸邊。

后來，蛙人也潛入江水中，遊進大巴中，拖出被卡在車內的旅客。據目擊者稱，在救援過程中，雖然有不少旅客獲救，但身體明顯受到傷害，不是腿斷了，就是手斷了，全身鮮血淋漓，令人觸目驚心。一個只有六七歲大的小男孩趴在一個旅行包上，驚恐地大哭：「爺爺！奶奶！」凄厲的哭叫在江面上回蕩。眾人試圖趕去救援，但小男孩漂到下游一漩渦處，被惡浪吞噬不見了。據悉，靠近公路一側的大部分旅客獲救，但另一側的旅客則傷亡嚴重。據統計，事后共打撈起19具屍體，23人被送往醫院，其中一人因傷勢過重，搶救無效死亡。

昨日下午4時過，50噸大吊車趕到現場，準備起吊豪華大巴。在救援過程中，豪華大巴部分車頂已被鋸開。消防官兵爬上豪華大巴，用鋼索將車兩側牢牢固定。

隨后，吊車啓動，先將大巴慢慢拉至岸邊，隨后起吊。6時30分許，大巴終於被拉出了水面，斜趴在河堤上。記者遠遠看見，大巴色彩斑斕，但損傷嚴重。此時天色已經黯淡，為確保安全，救援工作被迫停止，大巴暫時擱置在河堤邊。當晚，有專人看守，以確保取證。

昨日晚9時許，重慶失踪乘客家屬獲知親人出事后，連夜驅車趕往綿陽。

幸存者講述　我在水中看到一線光亮

53歲的劉國學是重慶長江電工集團的職工，他和妻子、同事一行10人參加了中國旅行社前日在重慶發團的「九黃五日遊」，並於當日下午抵達江油。昨日上午7點40分左右，乘客們在江油上了車后，開始還閒聊了一會兒，后來就漸漸各自休息起來。車行至出事地點前不遠時，劉國學覺得有點無聊，想看看車前的情況，於是就從座椅上起身，並坐到了汽車前部的車廂上。突然，他看見車子要碰到右側的山壁了，司機抓了一下方向盤，盤子猛地一甩，車子就向左側冲去。劉國學稱，車子在冲下河前，還從車窗中甩出了好幾個人。之后，劉國學腦中便一片空白。他清醒過來時自己已經完全在水中了。他試著睜開眼睛，看到了一線光亮，便使勁從車內爬出，並朝岸邊遊去，雖然他當時是朝上游的岸邊遊去，非常費力，但他終於還是遊上了岸。劉國學非常擔心妻子的安危，又準備下河救妻子，但不一會兒，他看見自己的妻子也在出事地點的下游上了岸。起來后，劉國學在岸上大聲喊「救命」，並掏出手機準備打電話求救，但手機已經無法使用了。劉國學看到有人遊到水中，將天窗打開后，用繩子拉起來一名乘客。劉國學稱，當時還有一些人漂到下游去了，但他們一起出來的10個人，只有「3 個人起來了」。

事故透析 出事大巴無跑旅遊線路資質？

據重慶市運管局相關負責人透露：「渝 A92666 不屬旅遊車，屬單線車。」

昨日下午 5 時，記者來到重慶運輸集團公司第一分公司。該公司辦公室有關負責人告訴記者，事故發生兩個小時后，重慶運輸集團公司第一分公司相關負責人等 10 多人立即驅車趕赴事故現場。

重慶運輸集團公司第一分公司一位不願透露姓名和職務的工作人員對記者說，司機劉偉至今有 15 年駕齡，今年 3 月份開始到該公司開車。出事的大巴車與該公司屬於掛靠關係，掛靠時間也才半年多。這名工作人員對「出事大巴車有沒有營運旅遊線路的資格」沒作正面回答，但他說，該公司主要以貨運為主，客運業務比較少，並且很少搞像這次跑旅遊線路這樣的業務。

昨日，經記者多方核實，駕駛肇事客車的駕駛員叫劉偉（已證實死亡）。據劉偉所在公司透露，劉偉是第一次跑九寨溝，可能對路況不太熟悉。「我們最初派了雙駕（兩個駕駛員），但不知什麼原因，又取消了一個……」而按規定，長途車輛須配備兩名或兩名以上的駕駛員輪流駕駛。

（重慶商報，2005－07－24）

以上這篇新聞報導，就是一篇典型的採用客觀報導方式採寫的新聞。該新聞把主要落筆點放在客觀具體地敘述事實上，新聞的主要內容就是記者在事故現場看到的以及採訪到的客觀事實。在寫作中，記者非常注意交代新聞來源，凡是不是自己親眼所見，均詳細交代了消息的提供者，如事故的第一目擊者古城道班工人劉雲，親歷車禍事故僥幸逃生的劉國學。記者同時非常注意只客觀記錄事實，不隨意發表意見，做到了事實與意見分離。對於讀者「這輛車為什麼會出事故」的疑問，記者也非常熟練地運用了「用事實解釋事實」這一原則，他完全沒有自己站出來進行猜測，而是通過採訪重慶市運管局相關負責人以及出事司機所屬重慶運輸集團公司第一分公司的相關同事所獲得的事實材料來回答讀者的相關疑問。

什麼是主觀報導呢？主觀報導是一種在新聞寫作中記者直接表露自己對新聞事實的主觀意見、主觀情感的報導方法。

主觀報導有以下幾種形式：

（1）記者在主要報導事實的同時隱晦添加了個人情感和主觀評論；

（2）記者直接對事實進行主觀解析；

（3）記者直接發表主觀評論；

（4）記者報導其他專家的主觀意見。

需要注意的是，在新聞報導中，客觀報導與主觀報導並不能絕對地分離，在新聞實踐中，這兩種報導方式通常交叉運用。主觀報導方式並不等於虛構和誇張，主觀體現在對新聞事實的評價和分析，而不是對新聞事實的虛構和誇張。

例文 6－4

美軍占領巴格達：賊獲得瞭解放

羅伯特・費斯克

這是掠奪者的節日。他們洗劫了德國使館，把德國大使的辦公桌扔到了使館院子裡。一群中年男子，戴著面紗的婦女和尖聲叫喊的兒童爭來搶去地穿過領事辦公室，莫扎特的唱片和德文歷史書從樓上的窗戶中紛紛落下。我搶救出了歐盟盟旗——它正插在簽證處外的一灘水裡。幾個小時后，斯洛伐克大使館也遭到了破壞。從 20 世紀 80 年代起就一直致力於保護上百萬伊拉克兒童生命的聯合國兒童基金會遭受了一股盜賊的洗劫，他們把嶄新的複印機摞在一起，聯合國關於兒童疾病、流產率以及營養方面的文件如瀑布般一瀉而下，散落在地上。

美國人也許認為他們「解放」了巴格達，但成千上萬的竊賊對解放一詞似乎有不同理解，他們以家庭為單位，開著卡車和汽車在城市裡巡邏，搜索戰利品。

美國對巴格達的控制充其量只能稱為微弱——這一事實在昨晚幾名士兵在一起自殺性爆炸事件中身亡后表現得尤為明顯，而爆炸地點就在周三推翻了薩達姆・侯賽因一座雕像的廣場附近，那場推倒雕像的鏡頭是精心導演策劃出來的。

整整一天，美國軍隊都在同據說是來自阿拉伯地區其他國家的薩達姆擁護者進行槍戰。四個多小時的時間裡，海軍士兵在巴格達中部地區的清真寺與之激烈交火，此前曾有傳聞說薩達姆・侯賽因及其統治集團的高級官員在此逃跑，不過后來事實證明這個傳聞是錯的。作為占領者，美國有責任保護在其控制地內的大使館以及聯合國辦事處，然而昨天它的軍隊看著盜賊們運送一車桌椅出了德國使館前門而無動於衷，並揚長而去。

這是耻辱，是一種頑疾，是盜竊癖的一種表現形式，而美國軍隊却高興地對此熟視無睹。在城市的一個路口，我看到美國海軍陸戰隊的狙擊手站在高樓樓頂，掃視下面的街道，提防潛在的自殺性爆炸者，然而就在下面的大路上，一隊盜賊堵塞了交通——有兩名盜賊正開著偷來的雙層汽車，裡面塞滿了冰箱。

我觀察到，整戶整戶的家庭順著底格里斯河沿岸抄家，被抄者有薩達姆的半個兄弟同時也是前內務部長、前國防部長易卜拉辛・哈桑，薩達姆最親近的一名安全顧問薩頓・夏科爾，阿里・侯賽因・馬吉德——他因對庫爾德人使用毒氣而被稱作「化學阿里」，上周於巴士拉被殺，以及薩達姆的私人秘書阿貝德・莫德。盜賊們都是駕著卡車、貨櫃車、大巴甚至是營養不良的驢拉板車而來，把這些人豪宅裡的值錢貨席卷而去。

以上這篇新聞報導，就是客觀報導方式與主觀報導方式結合得非常緊密的新聞報導。記者在報導美軍占領巴格達、很多巴格達市民開始洗劫外國使館、聯合國兒童基金會、薩達姆親信的豪宅等事實的同時，也把自己對美軍的不滿非常清晰地表露了出來。

第二節　消息寫作

一、消息是新聞的基本體裁

消息是中國新聞媒體最常用、最基本的新聞體裁形式。

消息主要告訴人們發生了什麼事情（包括新的情況、經驗、問題等），往往只報導事情的概貌而不講詳細的經過和情節，是以簡要的語言文字迅速傳播新聞信息的新聞體裁，也是最廣泛、最經常採用的新聞基本體裁。

消息能夠最快捷、最方便地傳播新聞信息。消息最大的優勢在於它報導篇幅短小，內容簡明扼要，這就為迅速傳播信息提供了有利的條件。剛剛發生的事，一經消息報導，很快就傳開了。學會寫消息，就為掌握其他新聞體裁的寫作奠定了良好的基礎。

二、消息的種類

（一）動態消息

1. 動態消息的概念

動態消息，又稱「純新聞」，是最常見的一種消息類型，也是用以傳播信息的主要消息品種。

2. 動態消息的特點

動態消息以迅速簡潔地報導新近發生的事件、反映事物發展過程中的新動態為基本特征。它的內容集中單一，一般一事一報，簡明扼要，時效性強。動態消息一般三五百字，具備新聞六要素（何時、何地、何人、何事、何因、如何）。動態消息中的「簡訊」（又稱「簡明新聞」），僅用一兩句話交代新聞事件的概況，一般不交代事情的發生過程和背景情況。

（1）突出「動態」。這類消息反映新聞事實發生、發展的最新變動狀態，最能體現新聞「新」的特征和優勢。它在形式上可以是簡訊，敘述新近發生的事實梗概；也可以是一句話新聞或標題新聞。當然，更多的是短消息，簡要報導事實變動經過和前因后果，新聞「五要素」或「六要素」較為齊備，讓受眾瞭解新聞的基本事實。

（2）時效性強。新聞時效是新聞在一定時間內所產生的社會效果，新聞發生與新聞傳播的時間差愈小，其效果愈大；反之，則效果愈小以至失去時效。動態消息一般報導事件性新聞，無論是突發性或是可預知的，事件的變動時態非常明顯，什麼時候發生、什麼時候有了發展變化都是確定的。因此，動態消息的寫作，通常注重時間要素，特別強調新聞的時效性，當天的新聞事件當天報導，甚至與事實發生的同步就要作出反應。

（3）一事一報。一條動態消息往往集中報導一件事，或者只反映事實發生和發展的一個階段、一個側面。消息從總體上看，一事一報作為它的體裁特征之一，也是根據消息的主要品種——動態消息的特點形成的。

例文 6－5

中國第一艘無人飛船發射成功

北京時間2001年1月10日1時0分，中國自行研製的「神舟二號」無人飛船在酒泉衛星發射中心發射升空，10分鐘成功進入預定軌道。這是中國載人航天工程第二次飛行試驗，它標志著中國載人航天事業取得了新進展，向實現載人飛行邁出了重要的一步。

……

例文 6－6

英警方訊問霍金受傷事件

據新華社電　英國《每日鏡報》18日報導，英國劍橋郡警方已開始就霍金可能受其妻子伊萊恩・梅森惡意傷害一事向尚在醫院中的霍金提出問訊。警方發言人表示，即使現年62歲的霍金不願開口，他們也一樣可以提起訴訟。目前已經有3名給霍金做過護工的人對53歲的梅森提出指控。

（二）綜合消息

1. 綜合消息的概念

綜合消息是對同類事物或一事物的多側面的歸納綜合報導，主要用以反映新動向、新成就、新問題等。

綜合新聞在寫作上要求：盡可能揭示新聞來源，以證明「綜合」的科學性與可信性；要盡可能做到點面結合，既有一般的面上情況的概括敘述，又有具有個性特點的細節材料給人以具體生動的印象；綜合要有明確的意圖，盡可能「用事實說話」，避免空泛的議論。

例文 6－7

追繳欠稅 大小S榜上有名

對明星欠稅，中國內地稅務部門和臺灣地區稅務部門一樣，都是嚴懲不貸。歲末將至，昨日有媒體報導：臺灣地區財政部門賦稅機構於11月30日開會討論欠稅追繳案，將大小S、王力宏、吴宗憲、余天、任賢齊等眾多明星鎖定在追討清查的名單中。一時間，弄得明星們人心惶惶。

臺灣明星賺歡

這些年來，臺灣演藝、影視市場都不景氣，周杰倫、劉若英、張信哲、周華健、徐若瑄、任賢齊、余天、吴宗憲、張惠妹、迪克牛仔、徐懷鈺等臺灣明星，都爭先恐后到內地發展，並拍攝廣告，收入頗豐。如張惠妹參加內地拼盤演出，出場費一次就高達人民幣60萬，周杰倫出場費一次高達人民幣80萬，任賢齊50萬，劉若英40萬，張信哲35萬，周華健40萬。據悉，臺灣藝人在內地獲得的不菲收入，回到臺灣必須申報。

藝人收入多，自然容易被查稅單位盯上，像吴宗憲、張惠妹等都曾被追討數百萬稅金。據報導，今年7月，大小S被傳5年少報上千萬的收入，補稅金額約700萬元人民幣，盡管徐媽媽一度否認被追稅，但財政部門賦稅機構却沒有否認。相關官員甚至說，大小S收入那麼高，如果以前沒有將她們列為查稅對象，以后也要列入，決定對大小S重新查稅。

偷漏稅款巨大

據瞭解，臺灣明星偷漏稅款巨大。在這次臺灣地區稅務部門鎖定的清查「黑名單」上，余天、王力宏、大小S都是重點清查對象。余天去年上通告、拍廣告，加上主持，全家收入超過200多萬人民幣，被稅務部門通知補稅120萬人民幣。余天的稅款已清查了一部分，並將在本周結案。王力宏2005年共有20場商演、7個廣告，加上唱片版稅，總收入達2 000多萬人民幣，大S去年收入大概1 000多萬。吴宗憲、林志玲等當紅藝人也在檢控之列。

明星紛紛喊冤

昨晚，記者迅速連線幾位臺灣明星的經紀人，他們都代表藝人喊冤。

任賢齊的經紀人小柯很嚴肅地告訴記者：我們無論在內地還是臺灣，都很遵守稅法，按章交稅，說我們涉嫌偷稅，純屬無稽之談。小柯還表示，所有帳目都已委託專業會計師處理，不是小齊刻意漏稅，至於補繳稅款得看官司結果決定。

據報導，余天的妻子李亞萍也大喊冤枉：「我們沒有漏稅，只是製作單位直接將錢匯進余天的戶頭，不是匯進公司，才被認為未照規定匯款。」大S的媽媽也為女兒抱屈：「我們絕對不會逃漏稅，請稅務部門尊重藝人，而不要把藝人當賊看。」

成都暫無發現

據瞭解，因種種原因，內地與臺灣稅務業務目前還沒有直接往來。昨晚，記者採訪成都一位稅務部門負責人，該負責人說，這幾年海峽兩岸文化交流增大，內地人口多、市場大，吸引了很多臺灣明星到內地拍戲、拍廣告、參加商業演出，臺灣明星收入頗豐。但由於成都稅務部門加大了管理，把臺灣明星納稅與內地明星納稅一起歸口嚴格管理，比如臺灣明星與內地企業、演藝公司所簽的合同、收轉帳務、銀行流水，都查得清清楚楚，所以目前在成都還沒有臺灣明星逃稅的現象發生。

(華西都市報，2006-12-04)

從上面這篇例文我們不難看出，綜合消息是綜合同類性質，又各有特點的多種新聞事實的一種報導形式。這類消息把不同地區所發生的具有相同性質的動態性事實綜合到一起，表現一個共同的主題。

2. 綜合消息的特點

(1) 不受空間限制。由多件新聞事實組成的綜合消息可以用來報導各地區、各系統在同一時間或不同時間發生的事實，這體現了它的綜合性。當然，這多件新聞事實應當是具有同類性質的。

(2) 表現共同的主題。綜合消息所報導的多件新聞事實，何時、何地、何人、如何等新聞要素各異，表面上似乎互不關聯；實質上，它們既不是隨意的拼湊，也不是簡單重複，而是選取各自具有個性特點的事實，從不同側面來闡明共同的主題，使之成為一個有機的整體。

(3) 報導面廣, 聲勢大。綜合消息就某項工作、某項活動、某一成就或某一方面的問題, 綜合反映全國範圍或一個省 (市、自治區)、市 (地) 的有關情況、動態、成就、經驗或值得注意的傾向等。這就可以讓受眾宏觀縱覽事物發展的規模和聲勢, 比較全面清晰地認識全局性的概貌。

三、消息的導語

(一) 消息導語的概念

導語是消息中有一定獨立性和統領性的開頭部分。它要求簡明扼要地表現出消息中最重要、最新鮮的內容 (核心要點), 充分揭示新聞價值, 同時喚起讀者的注意。

消息導語具有提綱挈領、概括要點、引導全文、激發讀者閱讀興趣的重要作用, 被看成是記者的「硬功夫」, 故有「導語寫好了, 消息就至少寫好一半」之說。因為導語提出了全篇報導的中心點, 后面的主體部分就易於沿著它而「順理成章」地展開敘述。而站在讀者的角度, 我們可以將導語的功能理解為全篇報導的「導讀」部分。

例文 6-8

上海破獲 50 億元洗錢案

據新華社電　上海反洗錢部門日前透露, 在央行上海總部及銀監、工商、公安等多個部門近日聯合展開的整頓虛假驗資專項行動中, 破獲了一起涉案金額達 50 億元人民幣的地下錢莊洗錢案件。

早在三年前, 央行上海總部就與上海市公安局建立了情報會商制度。2003 年以來, 央行上海總部共向公安部門移送可疑交易線索 44 起, 協助破獲一批重大案件。據介紹, 這起特大洗錢案的破獲, 是上海市反洗錢聯席會議制度建立以來, 上海反洗錢工作的一次重大突破。目前, 此案還在進一步處理中。

(南方都市報, 2006-12-04)

上面這條消息, 第一自然段就是它的導語。這段導語概要性地介紹了這條消息的核心內容: 上海反洗錢部門日前破獲了一起涉案金額達 50 億元人民幣的地下錢莊洗錢案件。而后面的內容是對導語的進一步展開和補充。

(二) 導語寫作的基本要求

(1) 突出顯示核心要點。突出顯示核心要點是導語的最基本功能, 它告訴讀者一個簡明又相對完整的基本信息: 發生了何事。導語可以有多種不同的表現方式, 但在內容上都必須突出顯示事實的核心要點。

(2) 充分揭示事實的新聞價值。充分揭示事實的新聞價值是導語的另一個重要功能, 它向讀者表明這一新聞事實究竟「新」在何處。一個事實總是因其具有某種新聞價值才能作為新聞進行報導。因此, 新聞不僅是敘述事實, 更重要的是敘述一個「不同尋常的事實」。這種「不同尋常性」正是公眾的興趣所在, 它必須在導語中就給予充分揭示, 以產生最好的報導效果。

(3) 吸引讀者。吸引讀者也是導語的重要功能之一, 同時又是衡量導語是否成功的最直接標志。寫作導語時，我們應該站在讀者的立場，思考「什麼才是最能引起讀者興趣和關注的」這一問題，並以此為選擇，寫出最佳的導語。

(4) 簡練。簡練是導語寫作的又一條要求。簡練特別體現在導語的整體形式及語言的表達方式上，因此，我們應該盡可能在幾十字的範圍內把事實的核心要點表述得通俗、清楚，並使之具有更高的可讀性。

四、消息的倒金字塔結構

(一) 倒金字塔結構的概念

倒金字塔結構是按重要性遞減的方式來安排報導內容層次和各項事實材料的一種消息結構方式。它以最重要的事實開頭，依次遞減，以最不重要的事實結尾。

倒金字塔結構也稱「倒三角」結構，引自西方。這種結構在對新聞內容的安排上，頭重腳輕，上大下小，猶如倒置的金字塔或倒置的三角形，因而得名。

倒金字塔結構是消息寫作中比較特殊的一種結構方式，這種結構一反中國傳統作文結構方式，按重要性遞減次序來安排報導內容和各項事實材料，而不是按時間順序或其他方式來進行安排，這和我們日常寫作習慣是不相同的。它集中體現了消息寫作的特殊性。

(二) 倒金字塔結構的特點

倒金字塔結構的特點是，一開頭，先突出新聞事實的要點、特點或輪廓，以及對事實的評價，再按內容重要性程度的遞減次序展開新聞。

例文 6－9

法醫生完成世界首例超遠距離遙控手術

據新華社今晨專電　法國一醫療機構 19 日宣布，一名身在美國的法國醫生日前通過遙控機器人為遠在大西洋彼岸的一名法國婦女成功實施了膽囊手術。這是迄今為止世界上進行的第一例超遠距離遙控手術。

手術是於 9 月 7 日進行的，接受手術者是一名 68 歲的婦女。在長達 54 分鐘的手術中，身在美國紐約的醫生通過觀看監視器，操縱兩只裝有內窺鏡、手術刀和鑷子等手術器械的機械臂，為那名婦女成功切除了發生病變的膽囊組織。整個手術進行得非常順利，患者目前已經康復出院。

據報導，此類手術的最大障礙就是距離遙遠所產生的圖像和聲音信號的延遲，因為這會影響到醫生在手術中的具體操作。但法國電信公司的最新傳輸設備已經將這種延遲減小到 150 毫秒（一毫秒等於千分之一秒）以下，基本對手術沒有影響。

據悉，手術中的機器人名為「宙斯」，由一家美國公司設計。

（成都商報，2001－09－20）

上面這條消息就是一條典型的倒金字塔結構的消息。該消息第一段是導語，它概括了最重要的事實：一名身在美國的法國醫生通過遙控機器人為遠在大西洋彼岸的一名法國婦女成功實施了世界上第一例超遠距離遙控手術。第二段是對導語的補充和展開，具體介紹手術的實施情況。第三段是對導語的進一步補充，介紹這類手術的技術難點。最后一段是附加的補充材料，介紹機器人的名字和設計它的公司。

仔細閱讀上面所舉的倒金字塔結構消息，我們可以發現，這類消息從最后一段開始刪，可以在任何一段停下來，剩下的部分仍然是完整的報導，直到只剩下導語，就成了一條簡訊，這是倒金字塔結構消息非常重要的一種特性。這種特性使它始終把最重要、最新鮮的新聞事實放在消息的最前面，因此便於編輯處理。

五、消息的非倒金字塔結構

（一）非倒金字塔結構的概念

非倒金字塔結構是與倒金字塔結構相對而言的其他消息結構的統稱。廣義上講就是指採用散文化或故事化寫法的消息結構樣式。

（二）非倒金字塔結構的題材

適用於非倒金字塔結構的題材，主要是那些帶有故事性、戲劇性、情景性、人情味等色彩的事件或事物，對於這類題材的報導，採用非倒金字塔結構來寫，常常會有很好的效果。

（三）非倒金字塔結構的特點

非倒金字塔結構的報導大多數已經不是嚴格意義上的「消息」。

（1）它們有一定的消息特點，篇幅短小，報導新聞事實簡明，一般沒有強調突出核心要點的「消息導語」。

（2）不像倒金字塔結構的「純消息」那樣，以簡明扼要和迅速傳遞新信息為宗旨，而是著重於「再現事實情景」和「透視事實情理」，非倒金字塔結構更適合用於表現那些帶有故事性、戲劇性、情景性、人情味的事實。

（3）在寫法上糅合了散文或特寫的風格，更靈活，更少限制性。

（4）報導更具可讀性。

（四）非倒金字塔結構的常見結構類型

非倒金字塔結構有多種常見結構類型，如時間順序結構，故事範式結構、並列式結構、散文式結構、懸念式結構等。

1. 時間順序結構

時間順序結構是一種整個報導按照事件發展的時間先后順序來敘述事實過程的寫法，這是一種傳統和比較自然的敘事體方式。它寫起來較方便，特別是不受導語規則的限制，開頭可以靈活地處理，可以從事件發生的起點寫起，也可以描繪一個有特色的情景來吸引讀者的興趣。

時間順序結構有如下長處：

（1）構思行文比較方便；

（2）可以保持較完整的故事性；

（3）容易清楚地反映事件發生發展的脈絡。

時間順序結構在寫作中應注意：機械地敘述事件過程容易造成報導呆板平淡，因此，這種寫法要注意善於運用穿插技巧。

2. 故事範式結構

故事範式結構又叫華爾街日報敘事體，它是一種有人物、有情節，親切、具體、通俗易懂、引人入勝的報導方式。

故事範式結構有如下優點：

（1）通俗易懂，不枯燥，使新聞報導具備很強的可讀性；

（2）能讓人們在有滋有味地欣賞故事的同時理解事實的意義和背景，從而加深對新聞事實的印象。

故事範式結構常常採用「以點帶面」或「一滴水見太陽」的方法，讓受眾在理解故事、理解人物命運的同時理解故事和人物背后真正的新聞。

故事範式結構一般常用於報導各種富有情節性、人情味的新聞，在警匪題材、法制題材等報導中也被大量應用，近年來，許多嚴肅、刻板的經濟報導中也大量採用這種報導方式。

3. 並列式結構

並列式結構是按照事件發展的邏輯關係來展開新聞事實的一種結構方式。

並列式結構有如下優點：

（1）非常適合複雜內容新聞的表達；

（2）能迅速幫助讀者抓住新聞要點，便於讀者閱讀；

（3）便於記者組織材料和清晰寫作。

並列式結構適用於那種一個事件有多個不同的方面，它們相互之間呈並列關係的新聞事件。它的寫作方式一般為先寫出一段概括性導語，然后依次列出小標題，展開這一事件的各個方面。

4. 散文式結構

散文式結構是指消息寫作中一種比較輕松、自由的結構方式，它有別於倒金字塔結構和其他結構，在層次段落的安排以及語言表達方面，更多地採用散文手法。

散文式結構的消息，在寫作上更靈活，不受任何拘束，輕松自由，隨意發揮，就像寫散文一樣，可以充分展示自己的才華。

5. 懸念式結構

懸念式結構是一種開頭設置懸念，以吸引讀者，其后大體上按照事件發展的時間先后順序展開新聞事實的結構方式。這種結構主要適用於那些具有令人意外的傳奇性、戲劇性轉折變化的事實。

懸念式結構的突出特點在於，全文從開頭形成的懸念保持到結尾，在全文結尾處才最后揭示事實的關鍵，形成出人意料的高潮。

在結尾處強烈地打動讀者的寫法戲劇性效果突出，使讀者能對整個故事產生更深的印象，並回味無窮。

懸念式結構的寫作要點在於，開頭設置的懸念要有強烈的吸引力，並要將懸念一直保持到結尾，在結尾處才揭示事實的關鍵，形成出人意料的高潮。如果過早揭示事實，就難以產生令人回味的效果。

第三節　通訊寫作

一、通訊的概念

通訊是一種運用多種表現手法，比消息更詳細、深入和形象地報導新聞事件和新聞人物的新聞體裁。

通訊與消息具有明顯的區別。消息是傳遞簡明信息的新聞，而通訊是把簡明信息寫成故事的新聞。消息就是快速簡明地「告訴你一件新鮮事」，而通訊則是耐心地「給你講一個新聞故事」。

二、通訊的分類

目前國內較為習慣的通訊分類，是從報導內容上把通訊分為：人物通訊、事件通訊、風貌通訊、工作通訊四類。

三、通訊的基本特性

1. 故事性

消息強調對事實的概括介紹，簡明告訴讀者發生了什麼事。通訊側重於展示事物發展的過程，把它的典型情節和細節再現出來，給讀者講述世界上發生的真實生動的故事。因此，寫通訊與寫消息在觀念上的最大差異就是要有「講故事」的意識和感覺。

2. 注重「再現」形象

通訊的故事性主要是由一幅幅圖景、一個個形象連接而成的。因此，通訊寫作應使採訪到的事實材料在你的作品中再現或「還原」為各種「形象」：人物形象、事物形象、情景形象。

通訊寫作成功與否的關鍵是作品中的形象是否能給讀者以深刻的、難以忘懷的印象。形象的關鍵是細節描繪，它要求特色、具體、清晰、生動，讓讀者透過你的文字，「看到」當時獨特的情景畫面和狀態，感受到獨特的氣氛和人物個性。

3. 注重寫人物個性

事因人生，人以事現。無論是人物通訊、事件通訊，還是工作通訊或風貌通訊，一切事情總是人的行為構成的。沒有人，就沒有故事；人蒼白了，故事也蒼白。通訊寫作應使人物個性在每一個短短的情節中得到鮮明地展現。

情節、細節和人物個性是通訊寫作的三要素。這三個要素是講故事的基礎，也是通訊的「血肉」。

四、通訊主題

通訊主題是一篇通訊通過對新聞事實的描述及特定形象的再現所表達的中心思想。

通訊主題是記者構思的基礎，是通訊結構的支柱，是記者篩選材料的標準。記者首先會探尋這個事實最不同尋常的特性，確立一個主題，然后才能夠根據主題選擇所需要的材料，並圍繞主題，把材料組織成一個集中、完整的故事。

五、人物通訊寫作

（一）人物通訊的概念

人物通訊是一種較完整地再現新聞人物獨特個性形象的通訊體裁。通訊是講新聞故事的新聞。人物通訊就是「講述新聞人物的故事」的新聞。

（二）人物通訊的題材範圍

人物通訊寫什麼，以什麼樣的人物為寫作對象，在這個問題上存在過一些不正確的觀念。過去許多教材都認為，人物通訊應當寫先進個人和先進集體，寫英雄模範，而不應當寫其他人物。這種觀念已經不能適應時代發展的需求。

總體來說，人物通訊的題材範圍和寫作對象應當是那些在社會生活中「有不同尋常的生活內容」、能引起人們關注和興趣的各類新聞人物。他們可以是英雄人物，有非凡壯舉或貢獻，為社會所崇敬的人物；也可以是傑出人物，即在改革開放大潮中湧現出來的一些突出的新型人物；還可以是平凡的特色人物，即在日常生活中能夠感動我們的普通老百姓；甚至可以是反面人物。

（三）人物通訊的寫作

1. 人物通訊究竟寫人的什麼

人物通訊是「講述新聞人物故事」的新聞。講故事並不僅僅是講一個人做了什麼事，而是應當較完整地再現新聞人物獨特的個性形象。如果僅僅講他做了什麼事，就只是工作或生活記錄，是一本普通的流水帳。一個人的獨特形象關鍵在於他做事的獨特個性展現，即人物的行動和語言，人物的個性內涵。因此，我們應用細膩的筆觸描寫人物的行為和他的語言，突出他的個性內涵，使特定人物的個性形象在文字中鮮活起來。

人物通訊是人物個性形象審美價值的展現。人物通訊寫作的基本觀念應該是：以審美價值為主導，真實地再現「這一個」人的獨特個性形象。

2. 怎樣寫人物個性形象

在人物通訊寫作中，情節、細節、人物個性，這三個要素仍然是講故事的基礎，是人物通訊的「血肉」。

人物通訊的情節是由人物的行動和語言以及他與周邊人物的關係構成的，因此我們寫故事情節就是寫人物具體的、獨特的行動和語言，寫他怎樣處理他與周邊人物的關係。人物通訊的典型細節是包含在人物具體的、獨特的行動和語言中的，人物具體的、獨特的行動和語言寫細膩了，也就寫出了典型細節，也就有了真實感人的基礎。人物的個性內涵實際上就是具體寫出人物的思想和他的精神品質，回答「人物怎樣做?」「他為什麼要這樣做?」「他怎能做到?」這三個問題。這是我們寫作人物通訊特別應當下重筆進行濃墨重彩描繪的地方。

3. 人物通訊寫作應注意的問題

（1）不要採取記流水帳的寫法，應用濃墨重彩著重寫人物個人經歷中一個或幾個典型情節和典型故事，其他必須交代的經歷則用簡筆交代。

（2）不要只是採用敘述方式，應更多地採用描寫手段，用細膩的筆觸著力反映人物在特定的情節中獨特的行為、獨特的行為方式、獨特的語言。

（3）不要孤立地寫你的主人翁，而應把他放在特定的背景環境中，寫出他怎樣處理他與周邊人物的關係。

復習要求

1. 準確把握新聞定義、新聞要素、消息、導語、倒金字塔結構、通訊等基本概念。

2. 理解新聞寫作的基本要求。

3. 理解動態消息、綜合消息各自的特點，理解動態消息與綜合消息的區別。掌握消息的寫法。

4. 理解消息倒金字塔結構的特點，掌握倒金字塔結構消息的寫作。

5. 理解通訊的特點，掌握人物通訊的寫作。

第七章 司法文書

第一節 司法文書概述

一、司法文書的概念

司法文書是司法機關及非訟機關、當事人及其代理人依照法定程序，在進行訴訟或與訴訟有聯繫的非訴訟活動中，依據事實、適用法律、法規製作並適用的具有法律效力或法律意義的文書。

司法文書的概念有廣義與狹義之分。廣義的司法文書指在國家法制活動中形成的一切具有法律效力和法律意義的文書。狹義的司法文書專指司法機關即人民法院、檢察院、公安機關和監獄管理機關在辦理各類訴訟案件中依法制作的法律文書。

二、司法文書的特點

司法文書有以下特點：

(一) 鮮明的人民性

中國的法律是以保護人民、維護法制為根本目的的。司法文書是反映訴訟程序與實體結果，確認法律行為、有關法律事實的真實性和合法性的文書，它當然具有保護人民、維護法制的性質。中國刑事訴訟法規定刑事訴訟的任務是：「保證準確、及時地查明犯罪事實，正確應用法律，懲罰犯罪分子，保障無罪的人不受刑事追究，教育公民自覺遵守法律，積極同犯罪行為作斗爭，以維護社會主義法制，保護公民的人身權利、財產權利、民主權利和其他權利，保障社會主義建設事業的順利進行。」刑事司法文書是實施刑事訴訟法的工具，它製作的目的就是要懲罰罪犯，保護人民。民事、行政等司法文書是為保證實現民事訴訟任務和行政訴訟任務而製作的，它的目的是為了維護社會秩序和經濟秩序，保護公民、法人和其他組織的合法權益，維護和監督政府依法行政，這是它人民性的體現。

(二) 法定的強制性

司法文書是以國家強制力為保證的。製作司法文書是為執行法律，它體現了司法機關的職能運行，是具體實施法律的書面材料。司法文書的強制性表現在兩個方面：

1. 必須執行，不具有任意性

司法文書是國家強制力的體現，司法文書一經司法機關制定頒發，任何機關、企業、單位和個人都必須執行或認可，不得違抗；否則，就要承擔相應的法律后果。對於拒不執行人民法院的裁判文書的，《中華人民共和國刑法》（以下簡稱《刑法》）第三百一十三條明確規定：「對人民法院的判決、裁定有能力執行而拒不執行，情節嚴重的，處三年以下有期徒刑、拘役或者罰金。」

2. 非經法定程序不得改變

在實踐中，司法文書一經作出，即使其在認定事實、適用法律上確有錯誤，或處理不當，也不能隨意更改。必須嚴格依照一定的法律程序，經有關機關復核審定，才能依法作出變更。其他任何機關、單位和個人都無權變更。這是法定強制力所決定的。

（三）製作的合法性

司法文書的製作必須符合法律規定，並按法律規定的訴訟程序製作文書。司法文書製作的合法性表現在四個方面：

1. 司法文書製作主體由法律規定

司法文書製作主體由法律規定，非法定的製作主體不得製作司法文書。例如，《中華人民共和國民事訴訟法》第四十九條規定：「公民、法人和其他組織可以作為民事訴訟的當事人。」這條規定賦予了公民、法人和其他組織製作民事司法文書，參與民事訴訟的權力。又如，《中華人民共和國行政訴訟法》規定：「判決書應當由合議庭的組成人員和書記員署名。」也就是說，這類司法文書的製作者只能是人民法院審理案件的合議庭的組成人員或者獨任審判員。

2. 司法文書製作以法律為依據

製作司法文書必須有法律依據，沒有法律依據不能隨意製作司法文書。製作的合法性，是司法文書法律效力存在的基礎。中國三大訴訟法及有關法規和司法解釋對司法文書的製作都有相應規定。製作的合法性，是司法文書的生命力所在。

3. 要正確適用實體法

司法文書的製作應當遵守以事實為依據，以法律為準繩的原則，符合實體法的規定。司法文書敘述案件事實、引用材料、分析證據、陳述理由、表述結論時都要正確適用實體法，否則，不會得到法院的支持。

4. 要符合法定程序

製作司法文書必須符合法定程序。刑事案件不能製作、適用民事司法文書，行政案件不能製作、適用刑事司法文書，經濟糾紛適用的是民事訴訟程序，只能依法制作使用民事司法文書，而不能製作使用所謂的經濟司法文書。同樣，一審程序只能製作與一審程序相適應的司法文書，而不能製作與二審程序相適應的司法文書。特定的法律關係和法律程序必須製作與本法律關係和法律程序相適應的具有特定內容的司法文書，而不能製作與本訴訟法律關係和法律程序不相適應的司法文書。

程序的合法和實體的合法，是司法文書有效性的重要保證。製作、使用司法文書不僅內容要符合法定程序規定，在文書的提交、移送、擬稿、審核、簽發、宣布、送達等具體運行環節上，也要符合法定的程序。非經法定的程序、手續製作的文書是無效的。

(四) 形式的規範性

司法文書具有很強的規範性，它是內容合法與形式規範的統一體。形式規範是司法文書區別於其他文體的重要標志，同時也是保證司法文書效力的重要條件。司法文書的規範性表現為：

1. 樣式格式化

司法文書一般都具有比較規範的格式化樣式，不同性質的司法文書，其格式也不相同。製作司法文書必須要按規範的格式製作。司法文書格式化的要求是：內容要素立項簡明、格式固定、層次清楚、標準統一。製作、使用司法文書，要嚴格遵守規範，逐項擬寫，不能隨意改變格式，增減內容要素。

2. 結構程式化

司法文書的結構都比較程式化。結構程式化是指司法文書結構具有相對固定的樣式標準。具體表現為：第一，不同的司法文書具有各自不同的樣式標準，文書的結構樣式基本上是固定的；第二，內容事項要素化。司法文書的內容都由若干要素構成。如當事人項包括姓名、性別、年齡或出生年月日、民族、籍貫、文化程度、職業、住址等。又如正文表述事實，一般都要寫明事實和理由、訴訟請求等事項。

3. 用語規範化

司法文書必須使用符合法律規定的法律專業術語，不能使用地方俗語和口語化的語言，用語要符合法律規範。這是司法文書的基本要求。例如：當事人和其他訴訟參與人的稱謂，案件的由來表述等，都有固定用語，不得任意使用。

三、司法文書的作用

(一) 保證國家法律、法規的具體實施

司法文書製作的目的是為了具體實施法律，沒有司法文書，法律法規的實施就沒有載體。刑事司法文書的運用具體貫徹實施刑事法律，保證了法律對於犯罪的懲治和人民的保護，達到減少犯罪的目的。民事司法文書和仲裁文書的具體適用，使民事法律得以正確實施。這有利於調節民事經濟法律關係，保障當事人的合法權益，促進和發展社會主義市場經濟。

法律、法規只有具體貫徹實施才能產生效用，法律實施的一個重要方式是司法文書的具體運用。總之，只有通過司法文書的具體製作和運用，才能體現國家法律的嚴肅性和司法的公正性。

(二) 保證訴訟活動依法進行

司法文書的製作和使用，是保證訴訟活動依法進行的基本條件。只有依法正確製作和使用司法文書，訴訟活動才能正常進行。人們製作和使用司法文書，其目的就是要以法律為武器保護自己的合法權益。同時，有了合法制作和使用的司法文書，司法機關才有了判案的依據。沒有司法文書，人們正常的訴訟活動就無法進行。這是十分淺顯的道理。隨著中國法制建設日益完善，人民的法律意識日益增強，對在各種民事、行政活動中出現的糾紛，當事人在協商調解無效時，依法進行訴訟活動已成為公民的正當選擇。在這種情況下，人們只有依法制作司法文書才能確保訴訟活動得以正常進行。

（三）司法活動的客觀記載

司法文書是司法活動的客觀記載。任何一項訴訟活動，從立案起訴、證據收集、開庭審理，到判決執行，各個訴訟環節和訴訟程序，都要依法制作相應的司法文書。在這個過程中，這些司法文書就構成了整個案件的訴訟案卷。當這個案件判決和執行完畢，這些文書就成為這個案件的司法檔案。因為正是這些司法文書，客觀忠實地記錄了這個案件從立案起訴、證據收集、開庭審理，到判決執行的全部過程，它是整個案件最可靠的文字材料。

四、司法文書的種類

司法文書有多種分類法，根據司法機關現有的規定和司法學者的通行觀點，現行司法文書一般有四種分類法。

（一）以製作司法文書的機關職能為標準進行劃分

以製作司法文書的機關職能為標準進行劃分，我們可以把司法文書分為偵查文書、檢查文書、裁判文書、監獄文書、仲裁文書、公證文書、律師文書、訴狀、申請書等。這其中，每一類文書又包括若干種具體的司法文書。如偵查文書可分為立案文書和破案文書等，訴狀可分為起訴狀、答辯狀、反訴狀等。

（二）以訴訟的性質為標準進行劃分

以訴訟的性質為標準進行劃分，我們可以把司法文書劃分為刑事訴訟文書、民事訴訟文書、行政訴訟文書。這其中，每一類文書又可以按不同的審級和不同的訴訟程序來劃分。如，刑事訴訟文書可以分為一審程序的刑事裁判文書、二審程序的刑事裁判文書、死刑復核程序的刑事裁判文書、審判監督程序的刑事裁判文書和執行程序的刑事裁定文書等。

（三）以司法文書的性質和用途為標準進行劃分

以司法文書的性質和用途為標準進行劃分，我們可以把司法文書劃分為偵查類文書、起訴類文書、裁判類文書、執行類文書等。這其中，每一類文書又可以再進行細緻的劃分。如，偵查類文書可以分為勘驗文書、搜查文書、委託檢驗鑒定文書、通緝文書、補充偵查報告書等。

（四）以司法文書的格式為標準進行劃分

以司法文書的格式為標準進行劃分，我們可以把司法文書劃分為擬製類文書、表格類文書、填空類文書、筆錄類文書等。同樣，這其中，每一類文書又可以再進行細緻的劃分。

目前，中國公安、檢察、法院等各司法機關根據自身業務的特點和實際工作的需要，都對自己本部門的司法文書種類作出了具體的規定。

公安部制定的《公安機關刑事法律文書格式（樣本）》，共分 8 大類、95 種文書格式。即立案、破案文書、律師介入文書、強制措施文書、詢問文書、調查取證文書、延長羈押期限文書、偵查終結文書、補充偵查、復議復核文書。

最高人民檢察院制定的《人民檢察院刑事中訴訟法律文書格式（樣本）》，共分為 8 大類、109 種文書格式。即立案文書、偵查文書、強制措施文書、審查起訴文書、公訴文書、抗訴文書、羈押限期文書、法律監督文書、辯護代理文書、通用文書。

最高人民法院制定的《法院訴訟文書樣式（試行）》，共分為 14 大類、314 種文書格式。即刑事案件裁判文書 40 種、民事案件裁判文書 49 種、行政案件裁判文書 12 種、決定命令類文書 19 種、報告批覆類文書 21 種、筆錄類文書 15 種、證票類文書 7 種、書函類文書 22 種、通知類文書 39 種、公告布告類文書 11 種、涉外民事案件專用類文書 29 種、書狀類文書 21 種、其他類文書 11 種。

第二節　訴狀的概念、作用和種類

一、訴狀的概念

訴狀是當事人為維護、實現自己的權益，依法向人民法院提出某種訴訟請求，或一方當事人針對另一方當事人的訴訟請求和理由提出抗辯的文書。

在中國社會生活中，人與人之間，人與單位之間，人與政府之間，單位與單位之間，單位與政府之間，總會發生各種糾紛、矛盾。這些糾紛、矛盾就其性質和內容來看，少數屬刑事案件，多數屬民事案件。如債務、財產、婚姻、繼承、其他權益等。這些案件，一部分可以通過調解和仲裁加以解決，另一些，則需要到人民法院，請求法院依法維護自己的合法權益，通過法院判決才能解決問題。

當事人到法院請求法院依法維護自己的合法權益，就必須依法向法院提供訴訟文書，陳述有關事實、理由，提出訴訟請求。當事人依法向法院提出訴訟請求的書面材料，就是訴狀。

二、訴狀的作用

訴狀是當事人為維護、實現自己的權益，依法向人民法院提出某種訴訟請求，或一方當事人針對另一方當事人的訴訟請求和理由提出抗辯的文書。訴狀有兩個作用：①當事人以訴狀的形式行使法律賦予的權力，依法提起訴訟或其他請求事項，以維護自身合法的權益；②人民法院通過對訴狀進行審查，決定是否受理案件，並進入正常的訴訟程序或其他法律程序，以達到保護人民的合法權益、懲罰罪犯、維護社會正常秩序的目的。

三、訴狀的種類

訴狀雖然有許多種，但通常我們可以以三種方式分類：

(1) 按照訴訟性質，可分為刑事訴狀、民事訴狀、行政訴狀；
(2) 按照內容，可分為起訴狀、答辯狀、反訴狀、上訴狀；
(3) 按照審級，可分為一審訴狀、二審訴狀。

四、應注意各種不同的訴狀所適用的訴訟性質和審級程序

不同性質的訴狀，適用於不同性質的案件。如刑事案件只能使用刑事訴狀，民事案件只能使用民事訴狀。法律身分不同的當事人，只能使用適合自己法律身分的訴狀。如原告首先要提起起訴狀，被告可以使用答辯狀，也可以使用反訴狀。審級不同，也只能使用不同的訴狀。起訴狀是專門用於提起訴訟的。上訴狀是一審當事人不服一審判決，向上一級法院提起訴訟時使用的訴狀。一審可以使用起訴狀，也可以使用答辯狀和反訴狀，但不能使用上訴狀；二審可以使用上訴狀，也可以使用答辯狀和反訴狀，但不能使用起訴狀。

訴狀的形式雖然多種多樣，但對於我們當代大學生而言，並不是每一種訴狀我們都必須掌握，通常而言，我們只需要掌握以下幾種應重點掌握的訴狀：①起訴狀；②答辯狀；③反訴狀；④上訴狀。

第三節　起訴狀

一、起訴狀的概念

起訴狀是公民、法人或其他組織為維護和實現自身合法權益，向人民法院提起訴訟的文書。

起訴狀包括刑事自訴狀、刑事附帶民事自訴狀、民事起訴狀、行政起訴狀等。

二、起訴狀的作用

起訴狀主要有以下作用：

(一) 向人民法院提起訴訟請求

起訴狀的主要作用是向人民法院提起訴訟請求。事件一方的當事人原告需要在起訴狀中陳述事件的經過和主要事實，闡述訴訟理由，並向人民法院依法提出保護自身合法權益的訴訟請求。這是起訴狀的作用之一。

(二) 啓動訴訟程序

中國法律規定，除公訴類案件外，其他案件一律採用「不告不理」的原則。即起訴應向人民法院遞交起訴狀。起訴是法院立案的依據，沒有起訴狀，法院不能受理案件，更不能啓動訴訟程序。

(三) 審理案情的基礎

原告憑藉起訴狀，向人民法院反映案件事實、列舉證據，闡明自己的訴訟理由，

提出訴訟請求。人民法院以起訴狀作為審理案件的基礎，並根據控辯雙方反映的事實、列舉的證據來判案。起訴狀是人民法院審理案情的基礎。

三、起訴狀的格式

最高人民法院於 1992 年和 1993 年，分別制定和進一步規範了起訴狀的格式，這是製作起訴狀的依據。我們製作起訴狀，必須按照規範的格式進行製作，不能隨心所欲地寫作。

起訴狀的基本格式如下（以民事起訴狀為例）：

民事起訴狀（公民用）

原告：______性別：______ 年齡：______民族：______籍貫：______職業：______
　　單位：________________身分證號碼：________________住址：______________
被告：______性別：______年齡：______民族：______籍貫：______職業：______
　　單位：________________身分證號碼：________________住址：______________

　　案由：____
____。
　　訴訟請求：____
____。
　　事實和理由：____
____。
　　證據和證據來源：____
____。

　　此致
　　______人民法院

起訴人：　　　　（簽章）
年　月　日

　　附：合同副本______份。
　　　　本訴狀副本______份。
　　　　其他證明文件______份。

四、起訴狀的寫作

起訴狀必須按照上述格式進行寫作，不符合格式要求的起訴狀將會導致法院不受理。

起訴狀的開頭按上述格式寫作，原告和被告的應寫信息應盡量寫清楚。

起訴狀的正文包括案由、訴訟請求、事實和理由、證據和證據來源幾個部分。

案由：簡要寫明案件由什麼引起，是什麼性質的案件。

訴訟請求：訴訟請求是原告向法庭提起訴訟的目的。這部分內容應當明確、具體，符合法律規定。各自獨立的請求事項應分項列出，最后一項通常寫訴訟費用的負擔要求。

事實和理由：事實和理由是起訴狀最重要的部分，事實是法庭判案的依據，應依照事件的基本要素敘述，寫清楚時間、地點、人物、事件、原因、結果，這六個要素必須齊全。在文字表述中層次應當清晰，雙方爭執的焦點應當突出。要著重把於己方有利的事實全部闡述清楚，不能漏掉重要事實。理由部分應著重論證糾紛的性質及被告應負的法律責任，同時突出原告請求的合法性。這一部分應充分列舉證據，凡有利於支持訴訟請求的相關證據都要交代清楚，同時應引用相關法律條文進行分析，把法理講清講透，語言表達應有理有據有節，這樣才能獲得法官的支持。

證據和證據來源：這一部分原告應向法院列舉所有可供證明的證據。如果涉及人證，就應寫明證人的姓名、住址、職業、工作單位。其他書證、物證則應寫明來源及由誰保管，並向法院提供複印件，以便法院調查。

需要說明的是，有些簡單案件，正文部分可以只寫訴訟請求、事實和理由兩部分內容。

起訴狀的結尾部分應寫明受訴法院名稱、署名、時間和附項。

例文 7－1

民事起訴狀

原告：陳×× 性別：男 年齡：××歲 民族：漢族 籍貫：××

住址：東莞市城區××路××號 職業：東莞市××布料店業主。

電話：13××××××××× 身分證：××××××××××××××××××

被告：東莞市××有限公司，地址東莞市東城區××路××號。

法定代表人：李×× 身分證：××××××××××××××××××

電話：13×××××××××

訴訟請求：

1. 判令被告支付貨款人民幣××萬元，及從××年××月××日起，按銀行同期貸款利率計算的利息（暫計至××年××月××日為××元）。

2. 本案訴訟費由被告負擔。

事實與理由：

原告與被告於2003年1月15日簽訂銷售協議以來，原告按時供應布料給被告。被告收貨簽收后，雙方對數結算，被告欠原告貨款人民幣××萬元，期間已支付貨款人民幣××萬元，現被告尚欠原告貨款人民幣××萬元。經原告多次催收未果。因被告不履行還款義務，依照《民法通則》等有關法律，向貴院提起訴訟，判決被告支付貨款人民幣××萬元及利息××萬元。

此致
東莞市人民法院

起訴人：陳××（單位蓋章）
法定代表人：
二〇〇八年七月二十三日

附：銷售協議副本×份。
本訴狀副本×份。
其他證明文件×份。

第四節　答辯狀

一、答辯狀的概念

答辯狀是被告或者上訴的對方當事人，針對原告的起訴狀或者上訴人的上訴狀作出答覆和辯駁的文書。

答辯狀包括民事答辯狀、刑事（自訴）答辯狀和行政答辯狀。

二、答辯狀的特點和作用

答辯狀有如下特點：

（一）答覆性

答辯狀是原告或上訴人遞交了起訴狀或上訴狀，啓動了訴訟程序，被告人或被上訴人應訴的一種文書。在答辯狀中，被告人或被上訴人對原告或上訴人的指控應當進行回答，以維護自己的合法權益。答辯狀的目的就是答覆對方。

（二）論辯性

答辯人主要通過答辯狀來進行論辯，明確表明對對方意見的態度和異議，通過論辯來闡明自己的理由，保護自己的合法權益。

答辯狀的作用如下：

（1）充分體現了訴訟當事人在訴訟活動中權利平等的原則；

（2）有利於法庭全面瞭解案情，以達到公正審判的目的；

（3）有利於維護被告人或被上訴人的合法權益。

三、答辯狀的格式

最高人民法院於1992年和1993年，分別制定和進一步規範了答辯狀的格式。這是製作答辯狀的依據。我們製作答辯狀，必須按照規範的格式進行製作，不能隨心所欲地寫作。

答辯狀的基本格式如下（以民事答辯狀為例）：

民事答辯狀

答辯人：______性別：______年齡：______民族：______籍貫：______職業：______

單位：______身分證號碼：______住址：______________________________

答辯案由：答辯人因______一案（或：答辯人因______對______一案所提上訴），提出答辯如下：

答辯理由：____。

答辯意見：____。

此致

________________人民法院

答辯人：

年　月　日

附：本答辯狀副本______份

四、答辯狀的寫作

答辯狀必須按照上述格式進行寫作，不符合格式要求的答辯狀將會導致法院不受理。

答辯狀的開頭按上述格式寫作，答辯人的應寫信息應盡量寫清楚。

答辯狀的正文由答辯案由、答辯理由、答辯意見組成。

答辯案由：一般寫「答辯人因______一案（或：答辯人因______對______一案所提上訴），提出答辯如下」。

答辯理由：作為應訴的答辯狀，這是最重要的部分，也是全文最核心的部分。這一部分必須針對原訴中提出的事實、理由和請求，進行答覆和辯駁。在寫法上，一定要擺出充分的事實和充足的理由來反駁對方，闡明自己的觀點和意見，證明他非而己是。答辯狀的辯駁性很強，往往針鋒相對，極力駁倒對方。

答辯意見：這一部分應當在充分闡述理由的基礎上，鮮明地提出自己的觀點，說明自己的答辯理由正確、合理、合法，指出對方的錯誤，提出自己的主張，請求法庭採納自己的意見，依法判決。

答辯狀的結尾應依次寫明受訴法院名稱、署名、時間和附項。

例文 7－2

民事答辯狀

答辯人：____性別：____年齡：____民族：____籍貫：____職業：____

單位：______________身分證號碼：______________住址：______________

答辯案由：答辯人婁××因侵害公司股東權益糾紛一案，提出答辯如下：

答辯理由：答辯人認為，起訴狀所述侵害股東權益的行為並不存在，答辯人進行招商引資活動是職務行為，不屬於人民法院民事訴訟的受案範圍，法院應駁回原告的起訴，理由如下：

一、××水泥廠招商引資行為符合××市、×××縣人民政府的有關文件精神

由於××市及×××縣屬於經濟不發達地區，為實施開放帶動戰略，鼓勵招商引資，促進對外開放和經濟發展，保護引資人、仲介人的合法權益，兩級政府均制定了一系列鼓勵招商引資的政策，如《××市招商引資獎勵辦法》《××××縣對外開放、招商引資優惠政策》等，××水泥廠在資金不足的情況下，進行招商引資是符合××市、×××縣人民政府的有關文件精神的。

二、××水泥廠招商引資行為符合生產經營實際情況

××水泥廠在經過改製之后，為了擴大生產經營規模、符合環境保護的要求，經×××縣經濟貿易局、×××縣人民政府、××市環境保護局、××市發展和改革委員會批准，決定建設30萬噸水泥生產線，並將廠址遷移到××××鎮。為做好該項目的準備工作，××水泥廠與××××鎮第四居民區簽訂了《建水泥廠征用草牧場協議》，協商征用××××鎮第四居民區100畝（1畝≈666.67平方米）草場。同時，××水泥廠還與朝重集團建材機械製造有限公司簽訂了購買水泥機械設備的協議，購買了磨機等生產設備，為擴大生產經營規模作了前期準備工作，但因無法籌集到生產資金，招商引資是唯一的選擇。

三、××水泥廠招商引資行為系經過××水泥廠股東、董事集體決策而做出，並經主管部門×××縣經濟貿易局同意

因擴大生產經營規模的需要，急需資金，該廠股東無力出資，銀行不予借款，同時又因××市發展和改革委員會明確規定「資金來源為全部由企業自籌或招商引資解決」，因此××水泥廠股東和董事一致決定採取招商引資的方式籌集資金，並決定由董事長婁××全權處理此事。×××縣經貿委亦同時發文「同意赤峰××水泥廠法定代表人婁××同志負責項目的招商引資，項目建設、項目管理和項目還貸工作。」

四、向招商引資仲介人支付經費是公開的，由企業財務人員具體運作

雖然招商引資工作由婁××負責，但其他股東，如劉×等也知曉並參與其中，特別是有關款項支付，均在水泥廠財務帳面上有明確記載，並經股東、董事、財務負責人丁××同意，絕非婁××的個人行為。

五、王××的借款行為是對××水泥廠的負債，不應由婁××個人承擔責任

王××招商引資未成功，如果要追回所支取的款項，債權人應該是××水泥廠，

由水泥廠向王××本人主張權利，婁××作為企業負責人，不應承擔此民事責任。

答辯意見：綜上所述，婁××作為××水泥廠的董事長，進行招商引資屬於執行股東會、董事會的決議，並經×××縣經濟貿易局同意的履行職務的行為，該種行為非個人行為，其與公司股東之間的關係，不屬於平等主體之間的民事法律關係，不符合《中華人民共和國民事訴訟法》第一百零八條規定的受案條件，請貴院裁定駁回原告的起訴。

此致

××市中級人民法院

答辯人：婁××

二〇〇八年五月十三日

第五節　反訴狀

一、反訴狀的概念

反訴狀是在已經開始的訴訟程序中，被告以本訴的原告為被告，以抵消或吞並對方訴訟請求為目的，向同一人民法院提出與本訴有關的新的訴訟請求時使用的文書。

反訴狀包括：刑事自訴案件反訴狀、民事反訴狀、行政反訴狀。

二、反訴狀的特點和作用

反訴狀有如下特點：

(1) 反訴狀是被告撰寫的司法文書，原告不能撰寫反訴狀；

(2) 被告反訴原告只能在原告訴訟請求被法庭受理，訴訟程序已經啓動的情況下才能提出；

(3) 被告反訴原告，是因為認為原告在同一案件中同時也侵犯了自己的合法權益，因此，才會針對原告在同一案件中對自己控告提起反訴。

反訴狀有如下作用：

(1) 被告提起反訴，能夠維護自己的合法權益；

(2) 被告提起反訴，能夠進一步幫助法官瞭解案件的全部真相；

(3) 被告提起反訴，能夠在一定程度上或全部抵消或吞並對方的訴訟請求。

三、反訴狀的格式

最高人民法院於1992年和1993年，分別制定和進一步規範了反訴狀的格式，這是我們製作反訴狀的依據。我們製作反訴狀，必須按照規範的格式進行製作，不能隨心所欲地寫作。

反訴狀的基本格式如下（以民事反訴狀為例）：

民事反訴狀

反訴人（本訴被告）：____性別：____年齡：____民族：____籍貫：____

職業：________________單位：________________

身分證號碼：________________住址：________________

被反訴人（本訴原告）：______________________________

案由：反訴人就______一案，對被反訴人提起如下反訴。

反訴請求：____

____。

事實與理由：____

____。

證據和證據來源，證人姓名和住址：________________

此致

______人民法院

反訴人：

年　月　日

附：

1. 本訴狀副本______份。
2. 證據______份。
3. 證人姓名______，住址______。

四、反訴狀的寫作

反訴狀應當按照上述格式進行寫作，不符合格式要求的反訴狀法院不受理。

反訴狀的開頭按上述格式寫作，反訴人的應寫信息應盡量寫清楚。

反訴狀的正文由案由、反訴請求、事實和理由、證據和證據來源組成。

案由應寫明「反訴人就______一案，對被反訴人提起如下反訴」。

反訴請求是反訴人向法庭提起反訴的目的。這部分內容應當明確、具體，符合法律規定。各自獨立的請求事項應分項列出，最后一項通常寫訴訟費用的負擔要求。

事實和理由：事實和理由是反訴狀最重要的部分，事實是法庭判案的依據，應依照事件的基本要素敘述，寫清楚時間、地點、人物、事件、原因、結果，這六個要素必須齊全。在文字表述中層次應當清晰，雙方爭執的焦點應當突出。要著重把於己方有利的事實全部闡述清楚，不能漏掉重要事實。理由部分應著重論證糾紛的性質及被告應負的法律責任，同時突出反訴人請求的合法性。這一部分應充分列舉證據，凡有利於支持訴訟請求的相關證據都要交代清楚，同時應引用相關法律條文進行分析，把法理講清講透，語言表達應有理有據有節，這樣才能獲得法官的支持。

證據和證據來源：這一部分反訴人應向法院列舉所有可供證明的證據。如果涉及人證，就應寫明證人的姓名、住址、職業、工作單位。其他書證、物證則應寫明來源及由誰保管，並向法院提供複印件，以便法院調查。

需要說明的是，有些簡單案件，正文部分可以只寫反訴請求、事實和理由兩部分內容。

反訴狀的結尾部分應寫明受訴法院名稱、署名、時間和附項。

例文 7－3

民事反訴狀

反訴人（本訴被告）：××縣××鄉人民政府

法定代表人：孫××，男，××歲，主持工作的副鄉長，住××鄉政府院內。

被反訴人（本訴原告）：××縣×××供銷經理部

法定代表人：陳××，經理，住××縣×××供銷經理部家屬院。

反訴請求：被反訴人與我鄉簽訂紅麻種購銷合同和麻皮收購合同各一份。第一個合同被反訴人沒按規定質量標準供貨，從根本上違約；第二個合同被反訴人從未履行，給我鄉造成直接經濟損失××元，被反訴人應予賠償。請求法院並案審理，依法判決。

事實和理由：××××年××月××日，被反訴人與我鄉簽訂了紅麻種購銷合同和麻皮收購合同各一份。紅麻種供貨品種規定為「青皮三號」，純度95%，雜質10%，出芽率85%，植株兩米內無花無權。同年7月份通過工商行政管理局等單位派員到麻田實地檢查鑑定證明：被反訴人所供品種為已被淘汰的「向陽號」雜種，青秆的占不到50%，兩米內既開花又發權，產量極低。

我鄉按合同規定購買被反訴人紅麻種6 400斤（1斤=500克），多發貨15斤，計6 415斤。因品種質量存在嚴重問題，在播種的后期群眾均不敢下種，只種下紅麻種3 897斤，剩余2 513斤，尚存我鄉，造成浪費，此責任應由被反訴人承擔。

收購麻皮合同規定：每畝下種4斤，我鄉應種植紅麻1 600畝，每畝產熟紅麻××斤，每斤單價為0.7元、0.6元、0.5元。因品種質量出現了問題，實種面積974畝，少種626畝，以每畝500斤，每斤××元計算，直接損失×××××元，已播種的974畝，通過準確測產，每畝減產125斤，以每斤××元計算，又給我鄉造成實際損失××××元。以上兩項共給我鄉造成直接經濟損失×××××元。

已播種的雜種紅麻收穫后，我鄉多次督促被反訴人依照合同規定開磅收購，以減少雙方的經濟損失。遺憾的是，被反訴人置法律和合同規定的違約責任於不顧，一拖再施，一再違約。××××年××月××日前，就應該將麻皮收購完畢，至今被反訴人也沒有開磅收購，給我鄉的資金周轉造成巨大困難。被反訴人本應答覆我鄉的要求，即依法協商因被反訴人的過錯給我鄉造成的實際經濟損失和麻皮收購事宜，非但不如此，反而無理爭訴。我鄉堅決要求被反訴人賠償我鄉×××××元的實際損失。

此致

______縣人民法院

反訴人：××縣××鄉人民政府

法定代表人：孫××

××××年××月××日

附：1. 本訴狀副本2份

2. 物證2件

第六節　上訴狀

一、上訴狀的概念

上訴狀是訴訟當事人或者依照法律規定有權提出上訴的其他人，不服人民法院的第一審判決、裁定，在法定的期限內向上一級人民法院提起上訴，請求撤銷、變更原裁判或者重新審理的文書。

上訴狀包括：刑事上訴狀、民事上訴狀、行政上訴狀。

二、上訴狀的特點和作用

上訴狀有如下特點：

(1) 上訴狀是原告或被告不服一審法院的判決，在法定期限內向上一級法院提起上訴請求的文書；

(2) 原告和被告都可以提起上訴；

(3) 上訴的目的是請求撤銷、變更或者重新審理原一審法院的判決。

上訴狀有如下作用：

(1) 上訴狀是原告和被告雙方合法權利的體現，法律規定不論是原告還是被告都有權上訴；

(2) 上訴引起二審程序的啓動；

(3) 上訴可以給當事人再次提供保護自己合法權益的機會；

(4) 上訴體現了在訴訟活動中當事人雙方和一審法院之間的法律關係是平等的。

三、上訴狀的格式

最高人民法院於 1992 年和 1993 年，分別制定和進一步規範了上訴訴狀的格式，這是我們製作上訴狀的依據。我們製作上訴狀，必須按照規範的格式進行製作，不能隨心所欲地寫作。

上訴狀的基本格式如下（以民事上訴狀為例）：

民事上訴狀

上訴人：____名稱：____住所：____電話：____法定代表人：名稱：____職務：____

委託代理人：姓名：____性別：____年齡：____

民族：______職務：______工作單位：________________

住所：________________電話：______

案由：上訴人因______一案，不服______法院於______年______月______日______字第______號判決，現提出上訴。

上訴請求：____

____。

事實和理由：______________________________________

____

____。

此致

______人民法院

上訴人：______（蓋章）

法定代表人：______（簽章）

______年______月______日

附：

1. 本上訴狀副本______份。

2. 有關證明材料______件。

四、上訴狀的寫作

上訴狀應當按照上述格式進行寫作，不符合格式要求的上訴狀法院不受理。

上訴狀的開頭按上述格式寫作，上訴人的應寫信息應盡量寫清楚。

上訴狀的正文由案由、上訴請求、事實和理由、證據和證據來源組成。

案由應寫明「上訴人因______一案，不服______法院於______年______月______日______字第______號判決，現提出上訴」。

上訴請求是上訴人向法庭提起上訴的目的。這部分內容應當明確、具體，符合法律規定。各自獨立的請求事項應分項列出，最后一項通常寫訴訟費用的負擔要求。

事實和理由：事實和理由是上訴狀最重要的部分，事實是法庭判案的依據，應依照事件的基本要素敘述，寫清楚時間、地點、人物、事件、原因、結果，這六個要素必須齊全。在文字表述中層次應當清晰，雙方爭執的焦點應當突出。要著重把於己方有利的事實全部闡述清楚，不能漏掉重要事實。理由部分應著重論證糾紛的性質及對方應負的法律責任，同時突出上訴人請求的合法性。這一部分應充分列舉證據，凡有利於支持訴訟請求的相關證據都要交代清楚，同時應引用相關法律條文進行分析，把法理講清講透，語言表達應有理有據有節，這樣才能獲得法官的支持。

證據和證據來源：這一部分上訴人應向法院列舉所有可供證明的證據。如果涉及人證，就應寫明證人的姓名、住址、職業、工作單位。其他書證、物證則應寫明來源及由誰保管，並向法院提供複印件，以便法院調查。

需要說明的是，有些簡單案件，正文部分可以只寫上訴請求、事實和理由兩部分內容。

上訴狀的結尾部分應寫明受訴法院名稱、署名、時間和附項。

例文 7－4

民事上訴狀

上訴人：北京私立新東方學校　　住所：×××××××××××

電話：×××××

法定代表人：姓名：×××　　職務：×××

委託代理人：姓名：×××　　性別：×　　年齡：××

民族：××　職務：××　　工作單位：×××××××××××

住所：×××××××××××　　電話：×××××

案由：上訴人因美國教育考試服務中心（英文簡稱 ETS）和美國研究生入學管理委員會（英文簡稱 GMAC）訴北京私立新東方學校通過大量複製、出版和發行「ETS」享有著作權和商標權的 GRE 考試試題，獲取巨大非法利益，要求賠償 1 000 余萬元一案，不服北京市第一中級人民法院於××××年××月××日××字第××號判決，現提起上訴。

上訴請求：根據中華人民共和國《××××法》第××章第××款之規定，北京私立新東方學校認為最高只能賠償 50 萬元人民幣，特請求判令撤銷北京市第一中級人民法院於××××年××月××日××字第××號判決。

事實和理由：北京私立新東方學校認為，第一，試題作為文字性作品，並不代表作者的思想，因而不應受著作權法保護。第二，新東方並不是強制性地給學員提供這些材料，學員有可能通過其他渠道獲得。另外，這些材料是學習材料，是非正式出版物。第三，依據著作權法，認為其在課堂教學過程中使用這些材料並不構成侵權。第四，教材封面標明的「TOEFL」「GRE」「GMAT」等字樣不侵犯商標權。第五，一審法院要求北京私立新東方學校賠償美國教育考試服務中心（英文簡稱 ETS）和美國研究生入學管理委員會 1 000 余萬元人民幣過高。

此致

北京市高級人民法院

上訴人：北京私立新東方學校（蓋章）

法定代表人：×××（簽章）

××××年××月××日

附：1. 本上訴狀副本×份。

2. 有關證明材料×件。

復習要求

1. 理解司法文書的概念。
2. 掌握司法文書的特點，重點掌握法定的強制性、製作的合法性和形式的規範性。
3. 理解司法文書的作用，重點掌握四個作用。
4. 掌握訴狀的概念和種類。
5. 理解起訴狀、答辯狀、上訴狀、反訴狀的概念、格式和寫作，重點掌握四種訴狀的寫作。

第八章　學術論文

第一節　學術論文概述

一、學術論文的定義

學術論文是用來進行科學研究和描述科研成果的文章。

科學分為自然科學和社會科學兩大類，前者包括物理、化學、生物、天文地理等工科專業；后者包括文學、歷史、哲學、經濟、法律等文科專業。凡是進行自然科學研究和社會科學研究並且描述這些科研成果的文章就是學術論文。

我們在理解這個定義時應把握兩層含義：

其一，學術論文的範圍限制在科學研究領域，非此領域的文章，不能算學術論文，如一般議論文、新聞報導、報告文學、雜文、散文等都不能算學術論文。

其二，並非科學領域的所有的文章都是學術論文，而只有表達科學研究新成果的文章才是學術論文。科幻和科普作品不能算學術論文。

二、學術論文的特點

（一）創見性

學術研究要求提出新思想、新見解、新觀點、新理論，要求要進行新的探索，要求要創新。學術論文的價值在於它的內容是研究者所取得的科研成果。科研成果的最基本的要求是新穎，具有獨創性，所以一篇學術論文的內容絕不應是空泛的、陳舊的、拾人牙慧的，這要求一篇學術論文所表達的必須是新的研究成果。

那什麼是新成果呢？所謂新成果指的是，在科學領域中發現了別人沒有發現過的，或沒有涉及的理論問題、思想觀點、實驗總結。可以分為兩個層次：一種是指增加人類知識總量的創造性的工作；另一種是指創造新知識以后，將新知識運用到現有的領域或者新的領域的活動。

學術論文的創見性是學術論文最重要的特性。學術論文沒有提出創造性的新思想、新理論，沒有對新知識的創造性應用，就不是一篇合格的學術論文。

（二）理論性

學術論文具有很強的理論性。學術論文主要運用概念、判斷、歸納、推理等思辨的方法，深刻探討和研究對象的本質和規律，並使之在高度概括和昇華的基礎上成為理論。學術論文不是靈感瞬現的突發奇想，不是零星散亂的感性偶得，不是天馬行空的奇妙幻想，更不是心血來潮的夢中囈辭。學術論文必須在科學世界觀的指導下，通過運用科學原理和科學方法，分析和解決科學領域的具體矛盾、具體問題。學術論文的理性思維水平越高，理論價值就越高。

(三) 科學性

科學性是學術研究的基礎。學術研究的任務是要揭示客觀事物的發展規律，揭示客觀真理，並指導人們的實踐行動，因此，學術論文的論點、論據和論證必須具有科學性，要能夠經得起實踐的檢驗。

三、學術論文的分類

學術論文可按多種不同的方式進行分類，分類方式不同，就會有不同的學術論文類型。通常我們可以按以下幾個方式來進行分類：①按研究對象分，我們可以把學術論文分為自然科學學術論文和社會科學學術論文；②按研究手段分，我們可以把學術論文分為理論研究類學術論文和應用研究類學術論文；③按作者的身分和寫作目的分，我們可以把學術論文分為學術論文、科研報告、學位論文、學年論文、畢業論文。

(1) 學術論文：主要指專業或業余科研人員，在各種專業學術期刊上發表的或向科研部門提交的反映學術研究成果的論文。這類學術論文反映了各個學科領域最新最前沿的科研成果，反映了本學科發展的最新動態，對中國各學科發展起著重要的推動作用。

(2) 科研報告：主要指科研工作者向上級或有關部門報告自己研究工作的經過和進展情況而形成的書面文字材料。這類科研報告通常是以科研工作者的研究心得及成果為核心內容，但它比學術論文寫得更詳細，更具體。既可以寫成功經驗，也可以寫失敗教訓。

(3) 學位論文：主要指學位申請者為獲得學位而寫的學術論文。這類學術論文的主要作用是考察學位申請者的研究水平，為授予相應的學位提供依據。學位論文有學士論文、碩士論文、博士論文三類。

(4) 學年論文：主要指部分高等院校及科研機構對本單位培養的學生的學習狀況和研究水平進行年度考察而要求學生撰寫的論文。這類論文並不是每一個高等院校和科研機構都會要求其學生撰寫，一般是根據導師的要求和安排進行撰寫。

(5) 畢業論文：主要指高等院校或科研機構所培養的本科生、研究生在畢業時撰寫的學術論文。

四、學術論文和一般議論文、科普文章的區別

1. 學術論文和一般議論文的區別

(1) 寫作目的不同。一般議論文是就一般問題發表自己的意見，這種意見是個人看法的表達，作者一般不求被證明為科學真理；學術論文是就某一專業領域的學術問題發表研究者所取得的科研成果，作者的目的是希望自己的研究能夠全面揭示或部分

揭示科學真理。

（2）寫作內容不同。一般議論文通常只討論現實生活中的一般問題，寫作內容較淺，通常沒有學科專業性；學術論文主要從學科專業角度研究現實生活中的某類問題，研究內容較深，學科專業性較強。

（3）寫作要求不同。一般議論文通常採用通俗語言寫作，力求所有讀者都能讀懂；學術論文通常採用專業術語寫作，一般只要求專業人員能讀懂。

（4）論證方法和論證邏輯嚴密性不同。一般議論文的論證方法比較簡單，通常只運用普通邏輯進行推理論證；學術論文往往採取多種方法並進或交叉論證，並更多地借助於實驗數據、統計數據作為論據進行論證，運用現代科技手段加以檢驗求證。一般議論文僅要求符合普通邏輯的推理論證原則，學術論文則要求符合科學的推理論證原則。學術論文邏輯嚴密性大大強於一般議論文。

2. 學術論文和科普文章的區別

（1）寫作目的不同。作者寫作科普文章是為了向讀者介紹科學知識；作者寫作學術論文是為了發表自己對某一學科專業問題的研究成果。

（2）寫作內容不同。科普文章的內容是介紹過去已經被證明了的科學知識和科學原理；學術論文的內容是要闡述作者自己在某個學術領域的新發現和新見解，這些新發現和新見解是過去沒有被認識、沒有被證明或人們的認識存在偏差的。

（3）寫作要求不同。作者寫作科普文章總是力求用最簡單、最通俗易懂的語言闡明深奧的科學知識和科學原理，以便大家都能讀懂；作者寫作學術論文通常更多地採用專業術語，不求普通大眾讀懂，只求不出現專業漏洞。

第二節　學術論文的選題

學術論文選題是從事學術研究，寫作學術論文的第一步，同時也是十分重要的一步。選好論題，是論文成功的一半。論題不僅影響學術論文的內容，而且影響學術論文的質量。

一、學術論文的選題原則

（一）注重累積，注意瞭解有關學術信息

要選好學術論文的論題，首先應當注重累積，這應建立在對已有資料和研究成果的全面把握的基礎上。注重累積就是要盡早做好各種準備工作，注意收集與自己選題相關的各種資料，注意隨時瞭解有關學術信息，做到心中有數。應在自己熟悉的或有興趣的某個範圍裡較廣泛地閱讀有關的研究論文和學術動態資料，掌握信息，看看別人已經研究了什麼問題，想想還有什麼問題值得研究，並且應對所選專業方向長期堅持研究，認準目標「挖山不止」，以「專」求「精」。

(二) 選題應難易適中，不宜太大

學術論文選題要堅持難易適中的原則，選題不宜太大。學術研究，選題宜小。應「小題大做」，不能「大題小做」。論題範圍大了，論述難以深入，難以透澈。有的學生在選題時，盲目求大，好高騖遠，選了力所不及的論題，以至花了很大精力，仍然無法深入。因此，選題最好是在力所能及的範圍內選擇較小的論題，揚長避短，在主客觀最佳點上選出符合自己實際能力的、難易適中的論題。

(三) 注意在專業範圍內選題

學術研究需要一定的知識基礎。在專業範圍內選題，能夠發揮自己的專長，為研究的順利進行打下基礎。選擇與所學專業不相干的課題，就等於在自己一無所知的領域開墾，那樣做必然事倍功半，得不償失。學生們撰寫學位論文，一定要在專業範圍內選題。因為學位論文是用以評定作者對本門學科基礎理論，專業知識和基本技能掌握的程度。若選非專業選題，將不符合學位論文的要求。

(四) 注意論題的學術價值和現實價值

學術論文選題要注意論題的學術價值和現實價值。應盡量選擇本學科研究領域的前沿課題，能填補本學科研究領域空白的課題，實踐中亟待解決的課題，國家和社會需要的、有發展前景的課題，避免選題過於陳舊。

總體說來要把握以下原則：

(1) 要瞭解「行情」。不但要瞭解前人對這一問題的看法和觀點，更要關心當代人的研究成果，同時還要瞭解國外的研究成果。

(2) 要盡量選擇學科前沿課題。

(3) 要盡量選擇研究空白課題。

(4) 要揚長避短，充分發揮自己的知識和能力水平。

(5) 要注意題目大小適中，盡量選擇較小的題目。

(6) 要盡量選擇對傳統觀念提出質疑的課題和有爭議的課題。

二、學術論文的選題方法

學術論文有以下幾種常用的選題方法：

(一) 削鉛筆法

削鉛筆要從外面一道一道地往裡削，慢慢削到當中的鉛筆芯。我們搞學術研究也要從一個寬廣的領域開始，逐漸進入一個我們所熟悉、所關心的問題。

(二) 自創性選題法

在自己平時專業學習累積中發現問題，積極鑽研，對老師在課堂上介紹的一些重要觀點刨根究底，多問幾個「為什麼」，產生強烈的求知欲，從而從這些問題中自擬論題。

（三）比較尋疑法

通過對自己所佔有的文獻資料的廣泛、深入的閱讀、研究，認真篩選，在比較鑑別中尋找到有價值的「疑點」，對這個「疑點」產生強烈的興趣，從而形成自己的選題。科學研究必須有「疑點」，對這些疑點深究下去，往往能夠產生非常好的論文。

（四）實際問題探求法

對自己在實際生產活動、實際工作，以及在社會生活中遇到的問題，從理論上進行深入的探究，從而寫出比較有深度、有應用價值的論文。

以上四種方法是一些比較常見的學術論題選題法，這些方法都需要作者發揮主觀能動性，積極依靠自己較深厚的社會生活累積和知識累積進行選題。當然，運用上述方法有一定的難度，需要大學生們在實踐中逐步掌握。

第三節　學術論文的資料收集

學術論文的資料收集是學術論文寫作的基礎。論題選定之后，我們通常需要花大量時間，圍繞論題範圍盡可能全面地搜集各種資料。一個小小的題目，往往需要佔有很多資料。有些文章只有幾千字，可收集的資料却有幾十萬字，數百萬字。

全面搜集資料是開展科學研究很重要的一個環節，是科研工作的基礎。因為科學研究的全過程始終建立在資料的基礎上。資料搜集與科研之關係，就像「水之積也不厚，則其負大舟也無力」一樣。科研實力和水平首先在於資料的充分佔有，能搜集到最新鮮、最生動、最全面資料的人，其寫作的論文往往也最有價值。

資料一般分為以下三種：

（1）事實材料：事實的記載和敘述，實驗的記載和敘述。

（2）理論材料：各種經典著作，各種權威學術觀點，自然科學的公理、原理和定理，社會生活中人們認同的各種道理。

（3）數據材料：社會科學和自然科學中的各種統計數據，國家有關部門的各種統計數據，科學實驗中得出的各種數據，調查研究中得出的各種數據。

一、收集資料的原則

（一）客觀性原則

對各種事實的記載和敘述，對各種數據和理論的使用，必須掌握客觀性原則。應客觀真實地記錄、引用，完整地展示材料、數據所反映的真實情況，對其盡可能地進行核實。不能隨意歪曲、篡改事實、數據和理論，不能隨意加上感情色彩，不能以自己的好惡隨意對材料進行取捨。在摘錄和引用著作和有關文獻時，不能斷章取義，不能有意篡改。

(二) 廣泛性原則

收集材料應多多益善，應盡可能廣泛和深入。要有「事實、理論、數據」等各方面材料，這些材料應做到「有古有今，有中有外，有點有面，有正有反」，這樣在論證時，才能做到「古今參照，中外印證，點面結合，正反相成」，具有較強的說服力。

(三) 典型性原則

收集材料應盡量選取具有典型意義的、最具代表性和普遍意義的材料，這種材料能深刻反映事物的本質，具有較強的說服力。

(四) 思辨性原則

收集材料除了要遵循客觀性原則、廣泛性原則和典型性原則外，還應遵循思辨性原則，即對材料要進行理論思辨。對同一材料，要用全面的、辨證的、歷史的眼光去看待，去取捨，去運用，去論證。

二、搜集資料的方法

(一) 調查

收集材料應盡量爭取獲得第一手資料。要獲得第一手資料就應親自去調查研究。在人文社會科學研究中，有許多材料必須通過調查才能獲得，並且只有通過深入調查，認識才會更加深入。調查是搜集第一手材料的最好方法。調查的主要方式有：

1. 普遍調查

普遍調查是把有關範圍內所有的對象逐一進行調查，這種調查搜集到的資料全面但膚淺。

2. 典型調查

典型調查是從有關範圍內挑選出最有代表性和最具有典型意義的對象進行調查。這種調查搜集到的資料具有典型意義，但難以全面。

3. 抽樣調查

抽樣調查是把調查對象進行總體分類，從每類中按隨機抽樣原則抽取出若干樣本進行調查，並通過樣本數據統計來推算總體情況。這種調查搜集到的資料具有比較準確的科學依據，但不排除偶然性成分。這種調查方式兼有普遍調查和典型調查兩者的優點。

4. 對比調查

對比調查是在一定範圍內選取不同對象或同一對象不同時間的狀況進行調查，以找到相互差別。對比調查可與典型調查和抽樣調查結合起來運用。

至於調查形式，又可以分為座談調查、訪問調查、問卷調查、查閱原始材料調查等各種形式。調查在科學研究中日益受到重視，我們應力爭在科學理論指導下開展有效的調查，搜集到更多更新更典型的資料。

(二) 觀察

觀察也是搜集第一手資料或驗證間接資料的有效方法。觀察可以直接獲得系統的科學事實，是認識發展的基礎和源泉，是科學發展的重要途徑。觀察是人們對事物感性認識的一種主動形式，是對研究對象有計劃、有目的地用感官考察的一種方法。

觀察應做好觀察記錄，應把感知認識用文字、音像、圖片等方式記載下來，記錄要客觀、準確，完整有序，不要輕視細節或現象。

（三）實驗

實驗是研究者利用專門的儀器和設備，對研究對象進行積極的干預，盡可能排除外界各種因素的影響，人為地變革、控制或模擬研究對象，以便在最有利的條件下進行觀察和研究，從而獲得經驗事實的一種搜集資料的方式。實驗有兩個目的：觀察迄今未知或未釋明的新事實以及判斷為某一理論提出的假說是否有大量可觀察到的事實作為基礎。

（四）文獻檢索

文獻是人類知識用文字、圖形、符號、聲音、圖像等手段記載下來的，有長遠歷史價值或當前實用價值的資料。文獻檢索是搜集間接資料的一種有效的方法。我們應盡可能地利用圖書館和互聯網進行文獻資料檢索，可手工檢索和計算機檢索。目前中國所有的城市都建立了計算機檢索系統，幾分鐘就可以掃描幾萬、幾十萬甚至幾百萬篇文獻資料目錄，具有檢索速度快、效率高、內容新、範圍廣、數量大的優越性。特別應學會使用各種數據庫檢索文獻資料。例如：利用中文學術期刊全文數據庫查詢系統和人大複印報刊資料查詢系統檢索查詢最新出版的學術期刊；利用各大圖書館圖書檢索系統檢索查詢最新出版的學術專著；利用中經網統計數據庫檢索查詢各種經濟數據等。

第四節　學術論文的寫作要求和基本格式

一、學術論文的寫作要求

（一）要有見解獨到，有一定創新性的論點

學術論文的論點和一般議論文的論點一樣，都必須鮮明深刻。除此之外，學術論文更要求論點應見解獨到，有一定的創新性。學術論文不能簡單地重複前人已經闡述過的論點，學術論文貴在創新，貴在提出前人沒有提出過的見解。

（二）要有翔實、準確、有說服力的材料

學術論文的論點必須以大量翔實、準確、有說服力的材料作為支撐，如果材料不翔實，不準確，自己的論點就很難使人信服。

（三）要有嚴謹而富於邏輯的論證和結構

學術論文不同於一般議論文，在論證邏輯以及論證結構上應該更加嚴格縝密。學術論文通常是按提出問題，分析問題，解決問題的方式展開，這樣有利於結構的完整和行文的條理清晰。

(四) 要有較濃厚的理論色彩

學術論文是一種典型的理論文章，在寫作中我們應注意增強文章的理論性。不要僅僅滿足於羅列一般材料，而應當著重在理論闡述和理論分析上下工夫，使學術論文達到較高的理論深度。

(五) 要用簡潔、準確、平實的語言

學術論文不是文學作品，不是一般議論文。我們在寫作學術論文時，應盡量使用簡潔、準確、平實的語言，不要使用華麗浮躁、富於誇張性的、容易引起歧義的文學語言。

(六) 格式和資料引用應規範化

寫作學術論文往往需要引用大量文獻資料，我們應該嚴格按照有關學術規範，標示注釋、注腳、參考文獻等。同時應按規範的格式寫出標題、作者、摘要、關鍵詞等。

例文 8－1

基於共同治理模式下的銀行公司治理結構

楊元澤

[摘要] 從公司治理結構的理論和實踐發展經驗看，企業公司治理模式的選擇受到股權結構、市場發育程度和制度環境等多種因素的制約。單純強調「股東至上主義」思想的單邊治理模式與銀行的穩健經營原則是相矛盾的，它必然削弱債權人對管理層監控的動力和能力。考慮到中國商業銀行股權比較集中，國有股權比例較大，金融市場發育程度遠低於西方發達國家以及金融業實行分業監管等基本現實，中國的銀行業更適合選擇利益相關者理論所倡導的多邊共同治理模式。在充分考慮利益相關者的基礎上，保持各方利益的均衡，構建一個反映中國銀行業發展特點、各利益相關方共同參與、相互製衡的多邊「共同治理」模式。

[關鍵詞] 商業銀行；公司治理；利益相關者；共同治理

到 2006 年年底，中國已按加入 WTO 的承諾，取消對外資銀行的限制，中資銀行將面臨更為激烈的市場競爭。在激烈的市場競爭面前，從股份制改造到上市融資，中國各主要商業銀行在改革中成效顯著。但是，必須看到，無論是股份制改造還是公開上市都只是改革的手段，而不是目的，商業銀行要保持長久競爭力，就必須繼續進一步完善現代商業銀行制度，即通過有效的改革不斷完善公司治理。特別值得注意的是，中國一些上市公司存在的諸多問題已經打破了改善企業公司治理「一股就靈」的天真設想。與一般工商企業和西方的現代商業銀行相比，中國國有控股商業銀行在治理結構方面的問題更為複雜。比如：亞洲開發銀行 2003 年的專題報告就明確指出，在亞洲各國銀行業中，與經營者的「內部人控制」相比，股東對金融機構的過度控制對金融機構的危害可能同樣不可忽視。所以，選擇一種合理的公司治理模式非常重要。

本文將從公司治理模式的一般演進及其發展趨勢出發，討論決定銀行業公司治理的基本約束條件，在借鑑現代企業理論關於銀行公司治理的最新成果與國際實踐經驗的基礎上，根據中國商業銀行治理結構演進的基本邏輯，分析中國國有商業銀行公司治理上市后所面臨的諸多新問題。

一、公司治理模式的演進及其評述

公司治理是一個多角度、多層次的概念，一般可以從狹義和廣義兩方面去理解。其中，狹義的公司治理是指所有者，主要是股東對經營者的一種監督與製衡機制，即通過特定的制度安排，來合理地配置所有者與經營者之間的權利與責任關係。在這種狹義內涵中，公司治理的目標集中體現在保證股東利益的最大化，防止經營者對所有者利益的背離。其主要特點是由股東大會、董事會及管理層所構成的公司治理結構的內部治理。廣義的公司治理則不局限於股東對經營者的製衡，而是涉及廣泛的利益相關者，包括股東、債權人、供應商、雇員、政府和社區等與公司有利害關係的集團。對於廣義的公司治理而言，公司治理的意義在於通過一套包括正式或非正式的、內部的或外部的制度或機制來協調公司與所有利益相關者之間的利益關係，以保證公司決策的科學化，從而最終維護公司各方面的利益。在這裡，從廣義上看，公司已不僅僅是股東的公司，而是一個利益共同體，公司的治理機制也不僅限於以治理結構為基礎的內部治理，而是利益相關者通過一系列的內部、外部機制來實施共同治理，治理的目標不僅是股東利益的最大化，還要保證公司決策的科學性，從而保證公司各方面的利益相關者的利益最大化（於東智，2005）。

對傳統的企業理論而言，企業的資本所有者被視為企業當然的所有者與剩余索取者，而企業則自然是為所有者賺錢的工具。受這種以物權界定企業產權的傳統思維和資本本位的影響，從貝利與米恩斯（Bede and Means，1932）最初提出現代企業的所有權與經營權的普遍分離現象開始，到其后以契約理論為核心的現代企業理論，不管是資產專用性理論、委託代理理論、還是證券設計理論，都將股東至上主義視為不容置疑的教條（楊瑞龍，2000）。其基本邏輯就是，股東為企業投入了大量的專用性資產，承擔著企業經營的邊際風險，是企業主要的剩余索取者，因此，自然應當擁有對企業的剩余控制權，並在企業中處於支配地位。這種根據「股東至上」理論所設計出來的公司治理結構，理論上通常稱為單邊治理結構，即以遵從股東的意志和利益為公司治理的基本原則（其結構一般如圖1所示）。這種治理結構模式在英美等國家顯得比較普遍（李維安，2002）。

然而，隨著科學技術的進步與信用制度的發展，現代企業的融資結構日益複雜，除股東投資外，人力資本等非物質資本在企業中的地位不斷上升，其他類型的專用性資本投入也更加重要，股東是公司專用性資產的唯一提供者這一假設逐漸不再成立。越來越多的事實表明，在許多大公司，股東在公司裡並不是唯一的具有真實所有權的利益集團，其他參與者也經常進行公司專用化投資，這樣，這些投資也就同股票資產處於相同的風險中，這些參與者也分享剩余利潤並分擔剩余風險。在此情況下，經營者的行為不僅會影響股東利益，還關係到債權人、雇員、供應商、顧客、社會和政府等多方利益相關者的利益。並且除了經營者外，在有限責任原則下，股東也可能會濫

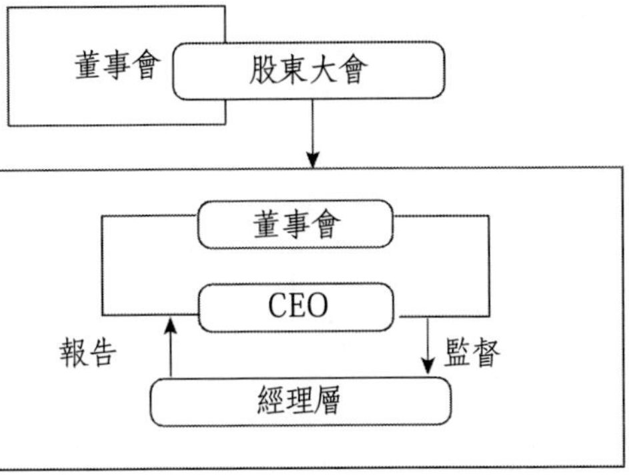

圖 1　遵從「股東至上」理論指導的單邊治理模式

用其對企業的有限責任來侵害債權人等其他利益相關者的利益，使企業成為「股東外在地轉嫁侵權損失的工具」。因此，「將股東作為公司的唯一所有者是一種誤導」，公司治理的目標不能狹隘地設定為股東利益最大化，企業經營者也不應僅僅對股東負責(科利，2006)。公司治理在架構上必須要安排一套自我約束和相互製衡機制，以協調企業的出資人、債權人、經營者、生產者等利益相關者之間的利益和權利關係，確保利益相關者的權益能夠受到尊重，使其有適當可行的程序可以參與公司治理，在其權益遭受不當侵害時，有「尋求救濟的機會」。這種綜合考慮各方利益的治理結構（如圖 2 所示）遵從「利益相關者」理論指導的雙邊治理模式理論，我們通常稱之為「利益相關者理論」。

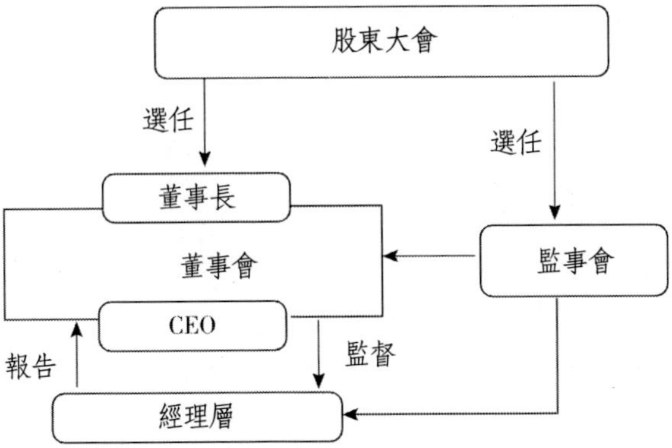

圖 2　遵從「利益相關者」理論指導的雙邊治理模式

根據這種利益相關者理論，企業的目的不僅僅為了股東利益最大化，而應該同時考慮其他參與人（包括職工、債權人、供應商、用戶、所在社區以及經理人等）的利益。股東利潤最大化不等於創造財富的最大化，各利益相關者的利益最大化才是現代企業追求的目標，它將社會公平和經濟效益結合起來。因此，各利益相關者都應該成為企業的所有者，共同參與公司治理。在德國、荷蘭、瑞士等歐洲國家，典型的利益相關者如員工、地方政府等，對公司治理的參與是相當普遍的，這種治理結構模式也比較常見。面對實踐中的這種發展趨勢，20 世紀 90 年代，經濟合作與發展組織（OCED）於 1999 年 6 月發表的《OCED 公司治理原則》開始把利益相關者放在重要的位置。根據這種理論設計出的公司治理結構通常稱之為雙邊治理結構（如圖 2 所示），也就是說，通過由職工等其他多方利益者共同構成的監事會和董事會一起完成對公司的共同治理。隨著《OCED 公司治理原則》的出抬，共同治理的觀念在特定行業、特定法系的國家日益深入人心，並開始成為公司治理基本準則。

二、銀行業公司治理的特殊性及其模式選擇

由於經營的特殊性和在資源配置方面的特殊作用，與一般企業相比，銀行業具有其獨特的行業特征，如銀行准入的限制、預算的軟約束以及資本結構上的高負債比、資產交易的非透明性和極為嚴格的行業管制和監管等，所有這些特征都在一定程度上對構成商業銀行公司治理機制的各要素產生了影響，導致商業銀行公司治理機制與一般企業公司治理機制的差異化。大量實證研究表明，與相同規模的製造業企業相比，商業銀行在其內部治理的股權結構、董事會人員構成、董事會結構、高級管理層的激勵機制等方面均存在著較大的差別。此外我們必須看到，在現代經濟體系中，商業銀行還承擔著創造和供給貨幣、維持資金清算與支付等社會職能，商業銀行的良好運行直接關涉社會各方的利益，因而更應當注意尊重利益相關者的治理原則（蔡鄂生，2003）。所以，如果說關於股東至上主義和利益相關者主義的爭議在一般公司治理領域還難分高下的話，那麼在商業銀行公司治理問題上，許多專家則認為應該堅決支持利益相關者主義的觀點（竇洪權，2005）。具體地說，提出這樣的觀點主要是因為：

（一）銀行的資本結構決定股東並不必然是銀行的所有者，債權人是重要的利益相關者。

一般意義上所說的「股東是企業所有者」，並不是一種準確的說法。事實上，企業所有權只是一種「狀態依存所有權」，股東不過是「正常狀態下的企業所有者」。對一個企業而言，如果其收入在支付員工工資和債權人本息后尚有余額，此時股東是企業的所有者；如果其收入只能用於支付員工工資，但不足於對債權人還本付息，此時債權人是企業的所有者；如果連員工的工資也不能支付，則此時員工是企業的所有者。

而商業銀行作為一個經營貨幣的特殊企業，和一般企業有著較大的區別。商業銀行與一般企業最明顯的區別就在於銀行是高負債營運的企業。因此銀行運作的杠杆率很高，資產和負債的流動性結構不匹配。高負債營運的特點使銀行對債權人的責任與對股東責任相比較而言更為重要，債權人是最重要的利益相關者之一。由於商業銀行的債權人是由眾多不具有信息優勢且不具備監督控制積極性的存款者構成，因此商業銀行的債權人集團缺乏一般企業債權人所具有的對企業的監督與控制能力。不可否認，商業銀行的債權人和股東利益有一致的一面，但是在某些情況下，債權人的利益會與股東的利益產生冲突。例如，在銀行正常業務往來過程中不能支付到期債務時，董事會却可能決定對股東進行分紅。這種現象在一般企業中是不常見的，因為一般企業在這種情況下會產生流動性不足的問題，而商業銀行通常可以通過吸收新的存款來獲得流動性，即便在其流動性正常的情況之下，仍有隱藏潛虧的可能性。而且如果銀行倒閉，較低的自有資本充足率使得債權人利益的損失要遠遠大於股東利益的損失。由於信息不對稱，這些分散的債權人在銀行業績較差時往往會選擇「用腳投票」，即通過擠兌來試圖減少自身損失，其結果只能是加速銀行的倒閉甚至會引發金融體系的動盪，最終債權人和股東都會蒙受更大的損失。鑒於此，讓商業銀行的債權人在事前和事中參與公司治理比讓其「用腳投票」對股東和債權人都更為有利。

（二）外部性的存在要求銀行重視利益相關者，重視整個金融業的穩定。

由於外部性的存在，現代企業在追求經濟效益的同時，還必須承擔一定的社會責任。許多企業都已經認識到單純追求經濟利益只是一種短期行為，一個企業要想獲得長足發展，在承擔經濟責任之外，還需承擔法律責任和道德責任等社會責任，並試圖在這些責任之間尋找到一個合適的均衡點。而對於商業銀行而言，其在營運過程中不可避免地要對其所處的環境（企業利益相關者）發生影響。這種影響可能是正面的，如滿足了客戶的需要，增加社會就業，向政府上繳更多的稅收。也可能是負面的，如解雇員工導致失業增加、危害社會穩定等。迫於外部的壓力（如工會、政府的法律）或提高企業經濟績效的需要，銀行在追求經濟效益的同時必須承擔一定的社會責任。而且由於銀行自身的特殊性，它比一般企業有著更大的外部性。作為金融業的基礎，銀行的倒閉可能會引發「多米諾骨牌」效應，危及整個金融體系的安全，因而銀行要承擔比一般企業更多的社會責任。外部性的存在決定了商業銀行必須重視「利益相關者管理」。

（三）員工參與治理可提高銀行績效。

信息經濟學認為，雇員比企業的外部股東更具有信息優勢，而雇員的信息優勢和參與機制能夠提高企業決策質量和監督效率①。青木昌彥（2001）的分析表明，股東和員工雙向控制下的企業的成長率高於股東單邊治理的情況。銀行員工在長期的工作和協調中形成的專門的信息交流方式和交易網絡的長期穩定關係構成了銀行專用性資源的源泉，員工通過這種專用性人力資本投資承擔了一定的經營風險，從而使員工的利益與銀行息息相關。對於銀行業這樣一個人力資本密集型的行業，這一點尤為重要。因此，允許員工參與銀行公司治理，不僅可以維護員工自身合法權益，客觀上也維護了物質資本所有者的權益，節省了物質資本所有者的監督成本，從而使得銀行治理更富於效率。

銀行業更適用共同治理的觀點在美國2007—2008年爆發的次級貸款危機中得到了最好的驗證。可以看到，此次次級貸款危機的發生與美國銀行業崇尚的單邊治理結構有著直接的關係。一方面，在美國銀行業的公司治理模式中，很多銀行的董事長和首席執行官是合二為一的，這直接導致權力過於集中帶來的缺乏風險監控。另一方面，美國式的公司治理結構特別強調外部董事和獨立董事，但現實是很多董事缺乏對金融工具和金融風險防範方面的專業知識，因此這些非執行董事通常無法有效履行自己的

① 雇員的信息優勢是指雇員比企業出資者掌握更多的企業內部信息，對企業經營過程中存在的問題有更加深刻的瞭解和認識。

責任，有意無意地放任了銀行業體系風險的大幅度上升，再加上由於資本市場對盈利的高度渴望，董事會往往還經常對首席執行官們的創新行為予以獎勵，其結果也鼓勵了風險的進一步上升。這突出地表現為銀行高層管理者領導力只知道追求企業的最大利潤，忽視甚至是漠視了市場的基本法則（高利潤必然伴隨高風險）。在失衡的治理結構下，盈利了經理層可獲巨額紅利，但風險發生了却不過是換一家公司而已。正如媒體對美國金融界的批評那樣：「這比賭場還糟。畢竟在賭場賭錢，輸贏還都是自己的錢。」於是乎銀行業為賺取比其他業務更高的按揭業務佣金，放松了各種基本標準，對次級貸申請人審核不嚴。據統計，美國銀行業 2007 年 40% 的次級貸款是被自動授權的，而商業銀行貸款申請的審批時間最長也不超過一周。治理結構失衡帶來的缺少對申請者信用和償貸能力的評估就成為導致次貸危機的最根本誘因。在宏觀經濟較為有利的情況下即經濟高漲、房價上漲、利率較低的背景下，過度競爭導致的「信用風險膨脹」問題就暫時被「虛假的繁榮」所掩蓋。但是，這種過度競爭導致的外延式發展方式存在著致命弱點，那就是無法抵擋系統性風險的冲擊。一旦經濟形式不佳，利率上升或房價下跌，借款人的套利活動就無法獲益，違約風險大幅上升。隨著流動性的收緊，各金融機構的資金鏈也變得十分脆弱，很容易斷裂，金融風暴也就隨之而來。

從微觀的企業層面看，在危機發生前，房利美和房地美兩家美國最大的房屋貸款機構使用的杠杆比率竟達到 33 倍，其結果是收益很高，但風險也極大。因為治理失衡導致經理層只賺不賠，再加上政府缺乏監管，風險的爆發只是時間問題。而高盛之所以能夠成為這次危機中倒閉風波的幸存者，就在於其不同於一般美國金融企業的治理結構模式。正如我們所知，高盛長時間實行合夥製，這是大家認同的較好的風險控制機制之一。在這裡，合夥製強調的共同治理要求對共同利益進行高度的爭論、調解和互相監督。盡管高盛已成為上市公司，但合夥製仍得以保持。因此，高盛公司有比較嚴格的問責製，同時還提高參與風險控制人士的地位、名譽和獎勵回報。可見在金融業，對於商業銀行這些關係整個金融系統穩定的關鍵企業，為了保障長期、健康、穩健的發展，確立利益相關者主導的「共同治理」的治理原則至關重要。特別是經歷了此次次級貸款危機，美國式銀行治理結構模式需要做出重要的調整。

三、中國銀行業公司治理改革的模式選擇：確立共同治理的原則

從治理結構理論和實踐的發展來看，任何一個企業選擇公司治理模式都不能任意而為，它要受到股權結構、市場發育程度、制度環境、文化背景等多種因素的制約，中國銀行業在選擇公司治理模式時也應如此。根據中國金融業市場發展和監管制度，考慮到中國商業銀行股權比較集中，國有股權比例較大，金融市場發育程度遠低於西方發達國家①，金融業實行分業監管的基本現實，中國的銀行業更適合選擇利益相關者理論所倡導的多邊共同治理模式。中國銀行業選擇多邊共同治理模式可兼顧各利益相關者的目標，不僅有利於商業銀行自身的利益，而且有利於利益相關者的利益和社會整體利益。從中國商業銀行公司治理結構中暴露的諸多問題來看，在既有的銀行改革

① 就金融業的市場結構看，中國目前仍屬於銀行主導型金融體系，銀行業在企業融資和金融業中居於主導地位，銀行的穩定對於經濟和社會的穩定至關重要。

過程中，國有商業銀行一直作為國家實施金融控制戰略的基本工具，完全遵從了股東的利益需求。但在整個改革過程中，國有控股商業銀行治理忽視了產權主體的平等問題，始終只在體現個別利益相關者利益的角點上求解，各方的利益一直未能得到很好的平衡和協調，結果使得國有商業銀行的治理結構始終建立在沒有監督能力和監督動力的政府代理人單方參與監控的單邊治理基礎之上，表現為一種典型的「股東至上主義」。因此，面對上市后各商業銀行治理中出現的種種問題，其根本解決在於適當的調整治理模式的取向，改變簡單學習美國式公司治理結構的做法，實現銀行治理結構模式的革新，遵循「利益相關者至上」的理論和邏輯。因此，國有商業銀行治理結構要想有根本改善，就應該堅持利益相關者共同參與的共同（多邊）治理模式，既要保證各方的共同參與，同時還須有一個完善的製衡與協調機制，保證各方利益的均衡，構建和設計一個反映中國銀行業發展特點、各利益相關方共同參與、相互製衡的「共同治理」模式。

中國《上市公司治理準則》作為當前中國公司進行治理的規範性文件，雖然對利益相關者問題有所關注，但是其中對利益相關者參與公司治理的規定還很不到位，至於銀行業公司治理所面對的特殊問題更是少有提及。因此，我們有必要根據銀行業的特點設計出一個真正有效的基於利益相關者共同參與的公司治理制度。在本文提出的商業銀行多邊「共同治理」的組織結構與框架中（如圖 3 所示），多種要素產權平等的原則得到了有效的貫徹，在此基礎上，通過有效的多邊雙層制度設計保證利益相關者，包括股東、債權人、員工和客戶乃至國家的聲音能夠通過有效的渠道加以表達，進而使其權益得到有效保護。在這裡，不僅要重視股東的權益，而且要關注包括債權人、客戶和職工在內的其他利益相關者的利益；不僅要強調股東對經營者的權威，還要關注其他利益相關者的實際參與（既包括決策的共同參與，也包括監督的相互制約）。在這裡，共同治理的理論基礎就是利益相關理論。共同治理的目標是合理平衡各利益相關者間的利益，實現利益相關者利益最大化的目標，並以此來安排利益相關者在公司治理中的權力（楊瑞龍，2000）。對於中國銀行業而言，實現多邊共同治理，一方面要確保各利益主體可以通過銀行章程等正式制度安排來確保每個產權主體具有平等參與銀行所有權分配的機會，另一方面，又依靠相互監督的機制來製衡各產權主體的行為，從而利用適當的投票機制和利益約束機制穩定各方合作的基礎，達到各產權主體行為統一於商業銀行經營效益提高這一共同目標之上。

為了使共同治理的原則落到實處，我們還需要特別強調在改革中應該通過設計有效的制度使利益相關者明確其在公司治理中的特殊地位，從而加強自身合法權益的保護意識，使其主動地參與到公司治理當中，也就是說，激勵利益相關者為公司長期績效的提高而努力。在中國，許多弱勢權益主體往往不注重對自身利益的保護，這固然與市場經濟意識薄弱、法律體系不完善有直接關係，還有一個重要的原因就是缺乏對自身權益保護的有效激勵。對利益相關者的激勵也是如此，如果不能有效地激勵他們對損害自己權益的行為說「不」，就不可能在公司內部真正形成有效的製衡和監督，就不能真正形成共同治理，也無法實現公司治理的目標。就改進的具體措施來說，我們可以考慮採用一些簡單直接的方案，比如可以採用職工持股計劃、債權轉股權計劃以

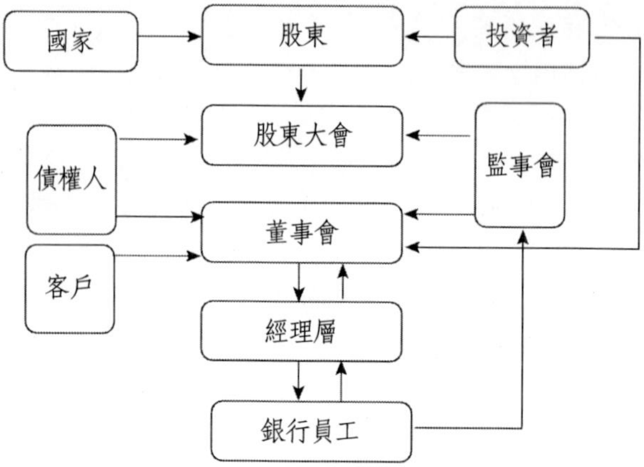

圖 3　商業銀行共同治理結構的組織與框架設計

及為利益相關者提供有效溝通的機會和途徑等，這些都是國際上經常採用的手段。只有通過這些有效的制度安排，各利益相關者才能充分履行其職責，才能夠真正貫徹和實現共同治理的精神，從而推動銀行長期績效的提高。

四、完善中國商業銀行共同治理的相關建議

隨著中國各主要商業銀行上市，為符合上市的基本要求，各商業銀行公司治理的基本架構已經初步具備，但這種基本架構距離有效往往還存在較大的差距和不足。從形式上看，雖然各商業銀行建立了「股東大會—董事會/監事會—經理層」的治理結構，但實際運行過程中却因為普遍缺乏良好公司治理的基本要素，而無法發揮其真正的作用，正如專家們指出的，完成公開上市之后，一方面是大股東憑藉控制權無視小股東利益現象沒有從根本上消除，另一方面，某些國有控股金融機構「內部人」控制問題仍然普遍存在（文君，2006）。因此，我們必須根據共同治理的基本原則和思路進一步完善公司治理。為了有效地實現共同治理，對於商業銀行治理結構在公開上市后的進一步改革，我們提出以下的建議：

（一）進一步完善股東大會制度。

要進一步完善股東大會制度，有效地解決國有股「一股獨大」和中小股東「搭便車」問題。在這裡，可行的方法之一是改革股東大會過於簡化的「一股一票」投票制度，對大股東的權力進行適當的限制。如實行分段投票制度、累積投票制度、代理投票制度等。只有通過這些對股東大會投票制度的創新與改革，才能對國有股代表「廉價投票權」形成制約，也才能使股東大會決策充分表達全體股東的意願，維護全體股東權益，從而促進商業銀行的健康發展。

（二）健全對董事會和董事的評價機制。

只有董事會的職權與責任對稱、貢獻與收益匹配，才能加強董事會運作的有效性，才能強化董事會的戰略管理功能與責任，強化董事會的集體領導作用，才能避免出現董事會被個別關鍵人物控制的局面。商業銀行應以此為基礎，進一步根據巴塞爾銀行監督委員會《加強銀行治理結構》的指導性文件和人民銀行頒布的《股份制商業銀行公司治理指引》，完善董事會所屬專業委員會：風險管理委員會、審計委員會、薪酬委員會、提名委員會、關聯交易控制委員會，還有其他類型的專業委員會，如治理委員會、執行委員會、合理性委員會等。

（三）進一步改進和完善監事會制度，擴大其職權範圍。

要避免監事會形同虛設的問題，就要明確界定監事會監督與董事會監督職能範圍，避免職責不清、重複監督，確保監督有效、制衡有力，允許並鼓勵中小股東運用累積投票方式選舉其信任的股東代表和外部監事進入監事會，以制衡大股東、董事會、經營者的控制權，維護自身權益。在這裡，我們可以借鑑德國的經驗，通過銀行內部員工持股的方法使職員成為股東，然后，通過職工代表大會選舉進入董事會，也可以借鑑日本公司監事會的經驗，賦予每位監事獨立行使監督職能的權力，建立監事經常工作制度。還可以借鑑美國的經驗，既賦予監事會監督評價職能，又賦予其重大經營決策職能。

（四）切實建立符合現代商業銀行要求的經理人員選拔機制。

重點是廢除國有控股商業銀行的行政級別和行政任命制，避免經理人「官僚化」，建立完全市場化的經理人資源配置機制。在銀行經理人員選拔標準方面應突出道德素質、專業理論素質、政策法規意識、經營管理能力、行為偏好和個人價值追求等標準。同時，要健全銀行內部人盡其才機制，廢除銀行經營層管理人員只升不降的制度安排，形成一種能夠保證經理人員在銀行業務擴張與發展過程中，既大膽開拓，又謹慎決策，穩健經營，提高經營效率，實現利潤最大化的機制安排。相反，對不稱職的、經營管理素質低的經理人員予以解職或解聘。要重視從銀行經理人員市場上通過公開競聘選拔，從銀行外部引入銀行經理人員，在操作上完全由銀行董事會根據透明、合理的程序和銀行內在要求獨立地選聘銀行經理人。同時完善經理人選聘的決策支持系統，包括推動經理人仲介行業的發展，建立銀行家資源信息庫等。

（五）通過國家監管和輿論監督保障債權人和客戶等其他利益相關者的利益。

在共同治理的範疇中，監管層和輿論媒體作為第三方在整個治理結構中至關重要，理應對公開上市商業銀行的經營和管理起到監督作用，通過監管和有效的輿論監督保障其他利益相關者如債權人和客戶的根本利益。

總之，國有控股商業銀行公司治理建立及完善才剛剛開始，要走的路還很長。國有控股商業銀行在獨特歷史條件下形成的許多獨特問題，特別是股權高度集中問題、代理人的非市場選擇問題以及代理人不可能真正對經營決策后果負責問題和超多層級的「內部人」控制問題等等，僅僅依靠照搬西方銀行的公司治理機制安排很難解決。特別是從此次美國的次級貸款危機中，我們看到，即使是美國銀行，其自身的治理結構也面臨方向上的抉擇。因此，要解決這些問題，必須在分析銀行治理結構演進的基礎上，結合中國特殊國情和國有控股商業銀行的現實情況，作更深刻的變革，進行更多的制度創新。

參考文獻：

[1]蔡鄂生．銀行公司治理與控制[M]．北京：經濟科學出版社，2003.

[2]竇洪權.銀行公司治理分析[M].北京：中信出版社，2005.

[3]李維安.公司治理[M].天津：南開大學出版社，2002.

[4]馬倩.探索國有商業銀行公司治理結構構建之路[J].發展，2006（2）：73－75.

[5]青木昌彥.比較制度分析[M].上海：上海遠東出版社，2001.

[6]文君.國有商業銀行公司治理的內部人控制問題[J].武漢金融，2006（6）：45－46.

[7]小約翰·科利.什麼是公司治理[M].北京：中國財政經濟出版社，2006.

[8]楊瑞龍.企業的利益相關者理論及其應用[M].北京：經濟科學出版社，2000.

[9]於東智.公司治理[M].北京：中國人民大學出版社，2005.

（金融論壇，2008，12）

上面這篇論文，是一篇典型的學術論文。該論文要素齊備，格式規範，符合學術論文的基本格式要求。

第五節　畢業論文的寫作和答辯程序

畢業論文是高等院校或科研機構所培養的本科生、研究生在畢業時撰寫的學術論文。畢業論文撰寫和答辯通常要經過以下程序。

一、選擇題目

高等院校或科研機構所培養的本科生、研究生在畢業時，導師通常會提前向學生發布畢業論文參考選題，供同學們選擇。這些參考選題一般包含了本學科領域各個方面的前沿研究課題，對同學們選擇自己的論文題目具有一定的指導作用。在一般情況下，這些參考選題通常都比較大，概括了該領域的某個前沿方向。在選定了某個參考選題后，還需要對該選題作進一步的細化，將題目縮小，以便更好把握。當然，也可以不在導師提供的參考選題中選擇自己的畢業論文題目，而是自己選擇畢業論文題目，這也是可以的。

選題時應注意把握本章第二節所學的選題原則。

二、撰寫開題報告

撰寫開題報告是進行畢業論文寫作的第二個環節。所謂開題報告通常為一份表格，如表 8－1 所示。

表 8－1　　××××大學本科學生畢業論文（設計）開題報告表

<table>
<tr><td>論文（設計）名稱</td><td colspan="5"></td></tr>
<tr><td>論文（設計）來源</td><td></td><td>論文（設計）類型</td><td></td><td>導　師</td><td></td></tr>
<tr><td>學生姓名</td><td></td><td>學　號</td><td></td><td>專　業</td><td></td></tr>
<tr><td colspan="6">開題報告內容：（設計目的、要求、思路與預期成果；任務完成的階段內容及時間安排；資料收集計劃；完成論文（設計）所具備的條件因素；寫作的基本思路等。）</td></tr>
<tr><td colspan="4">指導教師簽名：</td><td colspan="2">日期：</td></tr>
</table>

論文（設計）類型：A—理論研究；B—應用研究；C—軟件設計等；

表8－1的內容應依次認真填寫，重點是填寫開題報告內容。對這部分內容，應分項逐項認真填寫，通常應撰寫400字左右的內容。填寫完表格初稿后交給導師審閱，並征求導師的意見。如導師認可，則應請導師簽名，並將導師簽字認可的開題報告上交學院。

三、收集資料

收集資料是撰寫畢業論文的第三個環節。在這個環節中，主要由學生自己進行工作，並根據本章第三節所學內容，認真做好資料收集工作。初學論文寫作尤其應重點運用以下兩種方法收集相關學術資料：

第一種，到圖書館查詢本專業學術期刊。同學們應花費較多的時間，到圖書館認真查詢近幾年本專業若干種具有代表性學術期刊，期刊刊物通常不應低於10種，期刊刊期應包括近幾年該刊所出版的每一期刊物。查詢時應著重圍繞與自己選擇的畢業論文題目相關的學術論文進行收集，並把每一篇都複印下來。查詢完成后進入研讀階段。在這期間，同學們應花費較多的時間認真分析哪一些問題前期學者已做了深入研究，哪一些問題前期的研究尚不夠深入，哪一些問題前期尚未涉及，並在分析總結的基礎上確定自己的研究主攻方向。

第二種，利用中文學術期刊全文數據庫查詢系統和人大複印報刊資料查詢系統檢索查詢最新出版的學術期刊，利用各大圖書館圖書檢索系統檢索查詢最新出版的學術專著，利用中經網統計數據庫檢索查詢各種經濟數據等。用這種方法，同學們也需花費大量時間。同時也必須把近幾年本專業若干種具有代表性學術期刊每一期刊物都查詢到。查詢時應著重圍繞與自己選擇的畢業論文題目相關的學術論文進行收集，並把每一篇都複製下來。複製完成后同樣要進入研讀階段，並應花費較多的時間認真分析前期學者的研究成果，並在分析總結的基礎上確定自己的研究主攻方向。

四、提出論點

提出畢業論文的論點是一項具有決定性意義的工作。一篇論文的好壞，在很大程度上取決於該論文的論點是否新穎，是否有所創新。因此，同學們應盡量從自己的研究中找出具有創新意義的論點。

五、編寫論文提綱

編寫論文提綱是一項十分細緻的工作，並需要大量的勞動。因為論文提綱能夠清晰地提示論文的整體思路和每一段落的寫作內容，這需要同學們花費大量的精力進行認真細緻的思考。在編寫論文提綱的同時，同學們實際上已把該論文每一段落所需的材料作了細緻的安排。一份好的論文提綱，能夠清晰地反映該論文的整體思路和主要寫作內容，因此，編寫時應仔細斟酌，反覆推敲。

論文提綱編寫好了以后，應交給指導教師審閱，並取得指導教師的認可。

六、起草與修改論文

起草論文應按照論文提綱來寫，並認真梳理自己的思路。在論文起草過程中，初寫論文的同學常常會陷入思維混亂的境地，寫著寫著，就偏離了主題，偏離了提綱。在這種情況下，千萬不要著急，也不要慌亂。應該提醒自己冷靜下來，仔細整理自己的思路，迴歸到論文主題上來。在論文起草過程中，有時候會產生一些新的想法，或者出現一些新的亮點。這時，應冷靜判斷，如果這些新的想法和新的亮點能夠提升論文的質量，則應修改論文提綱，按新的思路寫下去。

論文起草完以后，同學們應把論文放一放，休息幾天，換換腦筋，這有助於保持清醒。休息幾天后，然后再對論文進行仔細的修改。

修改完成后，同學們應將論文交給導師審閱，並根據導師的意見再進行修改。一篇論文，通常要修改多次才可以定稿。

七、規範論文格式

畢業論文修改完成后，同學們應根據本章第四節要求認真規範論文的格式。通常情況下，學校會出抬有關畢業論文規範，同學們應根據該規範和學術論文的格式要求進行排印，不符合格式要求的論文不能進入答辯程序。

八、答辯

畢業論文答辯是最后一個環節。在這個環節中，學校通常會把教師和學生都分成若干個小組，每個小組有 3 ~5 個教師和學生若干。學生應事先將自己的畢業論文複印若干份，並在答辯的前幾天將論文交到本小組每一位答辯教師手中。答辯時一般先進行抽簽，先抽到的同學先進行答辯。答辯時同學們按順序依次走進答辯室，先用 5 ~10 分鐘時間進行論文陳述，講解論文的寫作情況和論文的主要論點。接著，教師們會根據你的論文進行提問，主要考查學生對論文資料的熟悉程度和對相關問題的研究深度，如果學生能流利地回答，則一般會順利通過答辯。

復習要求

1. 理解學術論文的概念，準確把握學術論文的特點。
2. 理解學術論文和一般議論文、科普文章的區別。
3. 掌握學術論文選題的原則和方法。
4. 掌握學術論文資料收集的方法。
5. 掌握學術論文的基本格式。
6. 試寫一篇學術論文。

主要參考文獻

[1] 西籬. 商務應用文大全 [M]. 沈陽：沈陽出版社, 2009.
[2] 劉宏彬. 新編應用文寫作教程 [M]. 北京：新華出版社, 2008.
[3] 劉大林. 現代實用文寫作 [M]. 2 版. 成都：西南財經大學出版社, 2004.

國家圖書館出版品預行編目(CIP)資料

應用文寫作 / 方琦, 肖錫彤 編著. -- 第二版.
-- 臺北市 : 財經錢線文化出版 : 崧博發行, 2018.12

面 ; 公分

ISBN 978-957-680-296-6(平裝)

1.漢語 2.應用文 3.寫作法

802.79 107019132

書　名：應用文寫作

作　者：方琦、肖錫彤 編著

發行人：黃振庭

出版者：財經錢線文化事業有限公司

發行者：崧博出版事業有限公司

E-mail：sonbookservice@gmail.com

粉絲頁　　網　址：

地　址：台北市中正區延平南路六十一號五樓一室

8F.-815, No.61, Sec. 1, Chongqing S. Rd., Zhongzheng

Dist., Taipei City 100, Taiwan (R.O.C.)

電　話：(02)2370-3310 傳　真：(02) 2370-3210

總經銷：紅螞蟻圖書有限公司

地　址：台北市內湖區舊宗路二段 121 巷 19 號

電　話 :02-2795-3656　傳真 :02-2795-4100　網址：

印　刷 ：京峯彩色印刷有限公司（京峰數位）

定價：400元

發行日期： 2018 年 12 月第二版

◎ 本書以POD印製發行